DROEMER

ALEX MICHAELIDES

DIE INSEL DES ZORNS

THRILLER

Übersetzt von
Kristina Lake-Zapp

DROEMER

Die englische Originalausgabe erschien 2024 unter dem Titel
»The Fury« bei Penguin Michael Joseph.

Besuchen Sie uns im Internet:
www.droemer.de

Aus Verantwortung für die Umwelt hat sich die Verlagsgruppe
Droemer Knaur zu einer nachhaltigen Buchproduktion verpflichtet.
Der bewusste Umgang mit unseren Ressourcen, der Schutz unseres Klimas und
der Natur gehören zu unseren obersten Unternehmenszielen.
Gemeinsam mit unseren Partnern und Lieferanten setzen wir
uns für eine klimaneutrale Buchproduktion ein, die den Erwerb von Klimazertifikaten zur Kompensation des CO_2-Ausstoßes einschließt.
Weitere Informationen finden Sie unter: www.klimaneutralerverlag.de

FSC
www.fsc.org
MIX
Papier | Fördert gute Waldnutzung
FSC® C083411

Deutsche Erstausgabe Februar 2024

Ein Imprint der Verlagsgruppe
Droemer Knaur GmbH & Co. KG, München

Zitate mit freundlicher Genehmigung aus:
Ford Madox Ford: Die allertraurigste Geschichte, aus dem Englischen
von Fritz Lorch und Helene Henze, Copyright der deutschsprachigen Übersetzung
© 1978 2018 Diogenes Verlag AG Zürich
Agatha Christie: Das fehlende Glied in der Kette, aus dem Englischen
von Nina Schindler, Copyright der deutschsprachigen Übersetzung
© 2015 Hoffmann und Campe Verlag GmbH
Edward Albee: Wer hat Angst vor Virginia Woolf …?,
In der Übersetzung von Pinkas Braun
© 1986 S. Fischer Verlag GmbH, Frankfurt am Main
Redaktion: Gisela Klemt
Covergestaltung: SO YEAH DESIGN, Gabi Braun
Coverabbildung: © Collage unter Verwendung von
Motiven von R. Wolf / plainpicture und Shutterstock.com
Satz: Adobe InDesign im Verlag
Druck und Bindung: CPI books GmbH, Leck
ISBN 978-3-426-44765-9

2 4 5 3 1

Für Uma

ἦθος ἀνθρώπῳ δαίμων

Der Charakter ist das Schicksal des Menschen

Heraklit

PROLOG

Beginne niemals ein Buch mit dem Wetter.

Wer hat das noch gleich gesagt? Ich kann mich nicht erinnern – irgendein berühmter Schriftsteller, nehme ich an.

Wer immer es war – er hatte recht. Das Wetter ist langweilig. Niemand will etwas über das Wetter lesen, schon gar nicht in England, wo das Thema dauerpräsent ist. Die Leute wollen etwas über *andere Leute* lesen – außerdem überspringen sie beschreibende Passagen generell, so meine Erfahrung.

Das Wetter zu meiden ist ein guter Rat – den ich jetzt auf eigene Gefahr missachte. Wie ich hoffe, eine Ausnahme, um die Regel zu bestätigen. Keine Sorge, meine Geschichte spielt nicht in England, also werde ich hier nicht vom Regen berichten. Da ist bei mir Schluss. Kein Buch sollte mit Regen beginnen, niemals. Es gibt absolut keine Ausnahme.

Ich erzähle vom Wind. Dem Wind, der um die griechischen Inseln weht. Dem wilden, unberechenbaren griechischen Wind. Wind, der einen in den Wahnsinn treibt.

Der Wind war heftig in jener Nacht – der Nacht des Mordes. Er war grimmig, zornig – fegte durch die Bäume, raste über die Wege, pfeifend, heulend, sämtliche anderen Geräusche mit sich reißend, verschlingend.

Leo war draußen, als er die Schüsse hörte. Auf Händen und Knien, hinter dem Haus, übergab er sich in den Gemüsegarten. Er war nicht betrunken, nur stoned. (*Mea culpa,* fürchte ich. Er hatte noch nie zuvor Gras geraucht; ich hätte ihm vermutlich keins geben dürfen.) Nach einem anfangs halb ekstatischen Erlebnis – offenbar verbunden mit einer außersinnlichen Wahrnehmung – wurde ihm übel, und er fing an, sich zu erbrechen.

Genau da raste der Wind auf ihn zu und schleuderte ihm das Geräusch direkt entgegen: *Bamm! Bamm! Bamm!* Drei Schüsse, in schneller Folge.

Leo richtete sich auf. So gut er konnte, kämpfte er sich durch den Sturm in Richtung der Salve – weg vom Haus, über den Pfad, durch den Olivenhain zur Ruine.

Und dort, auf der Lichtung, ausgestreckt auf der Erde … entdeckte er einen menschlichen Körper.

Der Körper lag inmitten einer immer größer werdenden Blutlache, umgeben von dem Halbkreis umgestürzter Marmorsäulen. Leo trat vorsichtig näher und warf einen Blick auf das Gesicht. Dann taumelte er zurück, die Züge verzerrt vor Entsetzen, den Mund geöffnet zu einem Schrei.

In dem Moment traf ich ein, zusammen mit den anderen – gerade rechtzeitig, um den Anfang von Leos Heulen zu hören, bevor der Wind das Geräusch von seinen Lippen riss und mit sich davontrug.

Wir alle standen einen Moment lang da, schweigend. Es war ein grauenvoller Moment, erschreckend – wie der Höhepunkt einer griechischen Tragödie.

Aber die Tragödie endete nicht. Nicht an diesem Punkt.

Sie fing gerade erst an.

AKT I

Das ist die allertraurigste Geschichte,
die ich je gehört habe.

Ford Madox Ford,
Die allertraurigste Geschichte

1

Das ist die Geschichte eines Mordes.

Obwohl … vielleicht stimmt das nicht ganz. Im Grunde ist es eine Liebesgeschichte. Eine Liebesgeschichte der allertraurigsten Sorte – über das Ende der Liebe, den Tod der Liebe.

Ersteres trifft also doch zu.

Vielleicht denken Sie, dass Sie diese Geschichte kennen. Sie werden möglicherweise darüber gelesen haben – die Boulevardpresse liebte sie. Falls Sie sich erinnern: MORD AUF DER INSEL war eine beliebte Schlagzeile. Es würde mich wirklich nicht überraschen, wenn Sie sie kennen, denn die Geschichte verfügte über die perfekten Zutaten für einen Skandal: einen zurückgezogen lebenden ehemaligen Filmstar; eine griechische Insel, abgeschnitten vom Rest der Welt aufgrund des heftigen Windes … und eben einen Mord.

Über die fragliche Nacht wurde jede Menge Unsinn geschrieben. Alle möglichen absurden, falschen Theorien, was wohl geschehen oder eben nicht geschehen war, fanden Verbreitung. Ich las nichts davon. Ich hatte kein Interesse daran, mich an den Spekulationen darüber zu beteiligen, was auf der Insel passiert sein mochte.

Ich *wusste,* was passiert war. Ich war dort.

Wer ich bin? Nun, ich bin der Erzähler dieser Geschichte – und gleichzeitig einer der Charaktere.

Wir waren insgesamt sieben, gefangen auf der Insel.

Einer von uns war ein Mörder.

Doch bevor Sie anfangen, Wetten abzuschließen, wer

von uns es getan hat, fühle ich mich verpflichtet, Ihnen mitzuteilen, dass das hier kein Krimi ist. Die Frage lautet nämlich nicht: *Wer war es?* Dank Agatha Christie weiß jeder, wie eine Kriminalgeschichte abläuft: ein rätselhaftes Verbrechen, gefolgt von hartnäckigen Ermittlungen und einer genialen Lösung – und dann, wenn man Glück hat, kommt noch eine unerwartete Wendung. Diese Geschichte ist jedoch wahr, keine Fiktion. Es geht darin um echte Menschen an einem echten Schauplatz. Wenn überhaupt, lautet die Frage: *Warum ist es passiert?* Es handelt sich also eher um eine Charakterstudie, eine kritische Auseinandersetzung damit, wer wir sind und warum wir die Dinge tun, die wir tun.

Was nun folgt, ist mein aufrichtiger, von Herzen kommender Versuch, die Ereignisse jener grauenvollen Nacht zu rekonstruieren – den Mord an sich und alles, was dazu geführt hat. Ich verspreche Ihnen, die schlichte, ungeschminkte Wahrheit zu präsentieren – oder ihr zumindest so nahe wie möglich zu kommen. Alles, was wir getan, gesagt und gedacht haben, offenzulegen.

Aber wie?, höre ich Sie fragen. *Wie soll das möglich sein*? Wie kann ich all das wissen? Wie informiert sein über sämtliche Handlungen, über alles, was gesagt und getan wurde – genau wie über all das Ungetane, Ungesagte, all die Gedanken in den Köpfen der anderen?

Zum Großteil beziehe ich mich auf die Gespräche, die wir geführt haben, vor dem Mord und danach – mit denen, die überlebt haben. Was die Toten betrifft, so vertraue ich darauf, dass Sie mir künstlerische Freiheit in Bezug auf deren Innenleben zugestehen. Da ich von Beruf Dramatiker bin, bin ich für diese besondere Aufgabe vermutlich besser qualifiziert als die meisten anderen.

Meine Schilderung gründet sich außerdem auf meine

Notizen – die ich vor und nach dem Mord gemacht habe. Gestatten Sie mir dazu ein paar erklärende Worte. Seit einigen Jahren habe ich die Angewohnheit, Notizbücher zu führen. Ich würde sie nicht »Tagebücher« nennen, denn so sind sie nicht angelegt. Es handelt sich lediglich um eine Aufzeichnung meiner Gedanken, Ideen, Träume. Notizen von zufällig aufgeschnappten Gesprächsfetzen und Beobachtungen. Die Bücher sind nicht besonders schick – einfache, schwarze Moleskine-Kladden. Ich habe das entsprechende Notizbuch aufgeschlagen neben mir liegen – und ich werde zweifelsohne darauf zurückgreifen, wenn wir weiter voranschreiten. Ich betone all dies, damit Sie, falls ich Sie an irgendeiner Stelle dieser Erzählung in die Irre führen sollte, verstehen, dass es sich um ein Versehen und keineswegs um Absicht handelt – weil ich die Ereignisse ungeschickterweise zu sehr von meiner eigenen Warte aus betrachte. Ein berufsbedingtes Risiko, wenn man eine Geschichte erzählt, in der man zufällig eine Nebenrolle spielt.

Gerade deshalb werde ich mein Bestes geben, weitestgehend außen vor zu bleiben, wenngleich ich hoffe, dass Sie mir eine gelegentliche Abschweifung gestatten. Und bevor Sie mir vorwerfen, meine Geschichte auf eine allzu labyrinthisch verschlungene Art und Weise zu präsentieren, lassen Sie mich Ihnen vor Augen rufen, dass es sich um eine *wahre* Geschichte handelt – genau so kommunizieren wir nun mal im echten Leben. Wir sind überall: Wir springen in der Zeit hin und her; in manchen Momenten verlangsamen wir, ehe wir wieder beschleunigen; dann wiederum spulen wir vor oder verlängern einzelne Augenblicke; andere bearbeiten wir, minimieren die Fehler und maximieren die Vorzüge.

Wir sind die unzuverlässigen Erzähler unseres eigenen Lebens.

Es ist seltsam, aber ich habe das Gefühl, Sie und ich sollten zusammen auf zwei Barhockern sitzen, jetzt, in diesem Moment, da ich Ihnen die Geschichte erzähle – wie zwei alte Freunde, die an der Theke etwas trinken.

Diese Geschichte ist für alle, die je geliebt haben, sage ich und schiebe einen Drink in Ihre Richtung – einen großen, Sie werden ihn brauchen –, während Sie es sich auf Ihrem Hocker bequem machen und ich beginne.

Ich bitte Sie, mich nicht allzu oft zu unterbrechen, zumindest nicht am Anfang. Im Anschluss wird es reichlich Gelegenheit zur Diskussion geben. Für den Augenblick ersuche ich Sie höflich, mich ausreden zu lassen und Nachsicht zu üben, wenn ein guter Freund Ihnen eine ziemlich lange Anekdote erzählt.

Es ist Zeit, unsere Schar von Verdächtigen kennenzulernen – in der Reihenfolge ihrer Wichtigkeit. Ich halte mich hinter den Kulissen bereit und warte auf mein Stichwort.

Beginnen wir also mit dem Star der Geschichte.

Beginnen wir mit Lana.

2

Lana Farrar war ein Filmstar.

Lana war ein großer Star. Schon in sehr jungen Jahren wurde sie dazu – damals, als Ruhm noch etwas bedeutete, bevor jeder mit einem Internetanschluss zu Berühmtheit gelangen konnte.

Zweifelsohne kennen Sie ihren Namen oder haben ihre Filme gesehen. Sie hat zu viele gemacht, um sie alle aufzuzählen. Wenn Sie nur ansatzweise so ticken wie ich, sind Ihnen ein oder zwei davon sehr eng ans Herz gewachsen.

Obwohl sie sich schon ein ganzes Jahrzehnt, bevor unsere Geschichte beginnt, zur Ruhe gesetzt hatte, dauerte Lanas Ruhm an, und ganz gewiss wird Lana Farrar zu Recht noch in aller Munde sein, wenn ich schon lange tot und vergessen bin, als hätte es mich nie gegeben. Wie Shakespeare über Cleopatra schrieb: Sie hat ihren Platz in der Geschichte verdient.

Lana wurde, wie allgemein bekannt ist, im Alter von neunzehn Jahren von dem legendären, Oscar-preisgekrönten Hollywood-Produzenten Otto Krantz entdeckt, den sie später heiratete. Bis zu seinem frühzeitigen Tod verwandte Otto einen Großteil seiner Energie und Macht darauf, Lanas Karriere voranzutreiben, schnitt ganze Filme auf sie zu, damit sie ihr Talent bestmöglich zur Schau stellen konnte. Doch Lana war ohnehin dazu bestimmt, ein Star zu sein, ob mit oder ohne Otto.

Es lag nicht nur an ihrem makellosen Gesicht, der reinen, strahlenden Schönheit eines Botticelli-Engels mit tiefblauen Augen, ihrer einwandfreien Haltung, ihrer Art zu reden oder ihrem berühmten Lächeln. Nein, Lana hatte noch etwas an sich – etwas nicht Greifbares, die Aura einer Halbgöttin; etwas Mythisches, Magisches –, das dazu führte, dass man sie unentwegt ansehen wollte. In Gegenwart solcher Schönheit konnte man gar nicht anders.

Als sie noch sehr jung war, drehte Lana viele Filme – und um ehrlich zu sein, war es ein bisschen so, als würde man Schlamm auf eine Mauer werfen, um zu sehen, was kleben blieb. Ihre romantischen Komödien waren meiner Meinung nach von wechselhaftem Erfolg gekrönt, und sie lieferte einen nichtssagenden Thriller nach dem anderen ab, aber dann landete sie mit ihrer ersten Tragödie einen Volltreffer. Sie spielte die Ophelia in einer zeitgenössischen Adaption des *Hamlet* und wurde zum ersten Mal für den Oscar nominiert. Von da an wurde edles Leid zu Lanas Spezialität. Nennen Sie es Schmachtfetzen oder Schnulzen – Lana brillierte als jede dem Untergang geweihte romantische Heldin, von Anna Karenina bis Johanna von Orléans. Sie bekam nie den Mann, den sie wollte, und es gelang ihr nur selten, zu überleben – und dafür liebten wir sie.

Wie Sie sich vorstellen können, hat Lana vielen Leuten jede Menge Geld eingebracht. Als sie fünfunddreißig war, durchschritt Paramount eine schon mehrere Jahre andauernde finanzielle Katastrophe, nur die Gewinne, die Lanas größte Erfolge einbrachten, hielten das Studio über Wasser. Als sie plötzlich ihren Rückzug aus dem Filmgeschäft ankündigte, war die Branche schockiert. Wie konnte sie so etwas machen, auf dem Höhepunkt ihres Ruhms und ihrer Schönheit, im zarten Alter von vierzig Jahren?

Warum sie beschlossen hatte, aufzuhören, war ein Geheimnis – und es sollte auch eins bleiben, denn Lana gab keinerlei Erklärung ab. Weder damals noch in den kommenden Jahren. Sie sprach nie in der Öffentlichkeit darüber.

Mir jedoch verriet sie es, an einem winterlichen Abend in London. Wir tranken Whisky vor dem Kamin und beobachteten die Schneeflocken, die draußen am Fenster vorbeitrieben. Sie erzählte mir die ganze Geschichte, und ich erzählte ihr von …

Verdammt. Es passiert mir schon wieder – ich schlängele mich in die Erzählung hinein. Es scheint so, als könnte ich mich trotz allerbester Absichten nicht aus Lanas Geschichte heraushalten. Vielleicht sollte ich mich geschlagen geben – akzeptieren, dass wir untrennbar miteinander verbunden sind, sie und ich, verknotet wie ein Knäuel filziger Fäden, unmöglich zu entwirren oder voneinander zu lösen.

Doch wenngleich das der Wahrheit entspricht, begann unsere Freundschaft erst später. An diesem Punkt der Geschichte waren wir uns noch gar nicht begegnet. Damals lebte ich zusammen mit Barbara West in London. Und Lana war natürlich noch in Los Angeles.

Lana stammt gebürtig aus Kalifornien, wo sie auch aufgewachsen ist. Sie wohnte dort, arbeitete dort, drehte den Großteil ihrer Filme dort. Erst nach Ottos Tod und erst nachdem sie sich aus dem Filmgeschäft zurückgezogen hatte, beschloss Lana, Los Angeles zu verlassen und einen Neuanfang zu wagen.

Doch wohin sollte sie gehen?

Tennessee Williams sagte bekanntermaßen, dass es keinen Ort gibt, an den man sich zurückziehen kann, wenn man aus der Branche ausgeschieden ist – es sei denn, man entscheidet sich für den Mond.

Aber das tat Lana nicht. Stattdessen ging sie nach England.

Sie zog mit ihrem kleinen Sohn Leo nach London. Kaufte ein riesiges herrschaftliches Haus in Mayfair, sechs Stockwerke hoch. Sie hatte nicht die Absicht, lange zu bleiben –

und ganz gewiss nicht für immer; es handelte sich vielmehr um die Erprobung eines zeitlich begrenzten neuen Lebensstils, während sie herausfinden wollte, was sie mit dem Rest ihres Lebens anfangen sollte.

Das Problem war, ohne ihre überwältigende Karriere, über die sie sich bislang definiert hatte, dämmerte Lana die unangenehme Erkenntnis, dass sie nicht wusste, wer sie war oder was sie mit sich selbst anfangen sollte. Sie fühlte sich verloren.

Zweifelsohne fällt es denjenigen von uns, die sich an Lana Farrars Filme erinnern, schwer, dies nachzuvollziehen. Auf der Leinwand litt sie über alle Maßen, doch mit stoischem Gleichmut, innerer Kraft und enormem Mut. Sie war eine Frau, die sich, ohne mit der Wimper zu zucken, ihrem Schicksal stellte und kämpfend niederging. Sie war alles, was man von einer Heldin erwartet.

Im echten Leben war Lana völlig anders. Sobald man sie näher kennenlernte, begann man, eine andere Person hinter der Fassade zu sehen, ein weitaus zerbrechlicheres, kompliziertes Ich. Jemanden, der sehr viel weniger selbstbewusst war. Die meisten Menschen sind dieser Person nie begegnet. Doch während sich diese Geschichte entfaltet, müssen wir nach ihr Ausschau halten, Sie und ich. Denn Lana birgt alle Geheimnisse in sich.

Diese Diskrepanz – in Ermangelung eines passenderen Wortes – zwischen Lanas öffentlichem und privatem Ich war etwas, womit ich all die Jahre über zu kämpfen hatte. Ich weiß, dass es Lana genauso ging. Vor allem anfangs, als sie Hollywood verließ und nach London zog.

Zum Glück musste sie nicht allzu lange kämpfen, bevor das Schicksal eingriff und Lana sich verliebte – in einen Engländer, einen etwas jüngeren, gut aussehenden Geschäftsmann namens Jason Miller.

Ob diese Verliebtheit tatsächlich als Wende des Schicksals verstanden werden konnte oder bloß als willkommene Ablenkung – eine Möglichkeit für Lana, die Auseinandersetzung mit dem kniffligen, existenziellen Dilemma, sie selbst und ihre Zukunft betreffend, auf unbestimmte Zeit zu vertagen –, war in der Tat fraglich. Zumindest in meinen Augen.

Wie dem auch sei: Lana und Jason heirateten. London wurde Lanas neue Heimat.

Lana mochte London. Vor allem, so vermute ich, wegen der englischen Reserviertheit – die Menschen dort neigten eher dazu, sie in Ruhe zu lassen. Es entspricht nicht dem englischen Nationalcharakter, ehemalige Filmstars auf der Straße anzusprechen und um Selfies oder Autogramme zu bitten, ganz gleich, wie berühmt sie sind. Daher konnte Lana in der Regel ungestört durch die Stadt schlendern.

Sie ging viel spazieren. Lana genoss es, spazieren zu gehen – wenn das Wetter es erlaubte.

Ah, das Wetter. Wie alle, die eine gewisse Zeit in Großbritannien verbringen, entwickelte Lana eine ungesunde Besessenheit, das Klima betreffend. Im Laufe der Jahre wurde es für sie zu einer ständigen Quelle der Frustration. Ja, sie mochte London, aber nach fast zehn Jahren wurden die Stadt und das Wetter in ihrem Kopf eins. Beides war untrennbar miteinander verbunden: London war gleichzusetzen mit *nass,* mit *Regen,* mit *grau.*

In diesem Jahr war es besonders regnerisch und trüb gewesen. Ostern stand bevor, doch bislang zeigte sich nicht einmal der leiseste Anflug von Frühling. Derzeit war Regen angesagt.

Lana, die durch Soho schlenderte, schaute zu dem düster werdenden Himmel hinauf, und schon spürte sie einen Regentropfen auf ihrem Gesicht, dann einen auf der Hand. *Verdammt.* Sie sollte lieber umkehren, bevor es schlimmer wurde.

Also lenkte sie ihre Schritte zurück – und ihre Gedanken ebenso. Womit sie wieder bei dem heiklen Problem landete, das sie zuvor im Kopf hin und her gewälzt hatte. Etwas nagte an ihr, aber sie bekam nicht zu fassen, was. Schon seit mehreren Tagen fühlte sie sich beklommen. Rastlos, unsicher, als würde sie von etwas verfolgt, dem sie auszuweichen versuchte. Doch was war es?

Denk nach, sagte sie sich. *Finde heraus, was es ist.*

Im Gehen machte Lana eine Bestandsaufnahme ihres Lebens, auf der Suche nach irgendwelchen offenkundigen Sorgen oder Unzufriedenheiten. War es ihre Ehe? Unwahrscheinlich. Jason war gestresst von der Arbeit, aber das war nichts Neues – in ihrer Beziehung lief es im Augenblick gut. Das war nicht das Problem. Aber was dann? Ging es um ihren Sohn? Leo? Um das Gespräch, das sie neulich geführt hatten? Sie hatten sich in lockerem Rahmen über seine Zukunft unterhalten.

Oder steckte in Wahrheit etwas sehr viel Komplizierteres dahinter?

Ein weiterer Regentropfen riss sie aus ihren Gedanken. Lana betrachtete verdrossen die schwarzen Wolken. Kein Wunder, dass sie nicht klar denken konnte. Könnte sie doch nur den Himmel sehen … die *Sonne!*

Während sie weiterging, formte sich in ihrem Kopf die Idee, dem Wetter zu entfliehen. Wenigstens in dieser Hinsicht konnte sie etwas tun.

Wie wäre es mit einem Tapetenwechsel? Ostern stand vor der Tür. Was, wenn sie sich ein verlängertes Osterwochenende gönnten, eine Last-Minute-Reise machten, auf der Suche nach Sonnenschein?

Warum fuhren sie nicht für ein paar Tage nach Griechenland? Auf die Insel?

Ja, warum eigentlich nicht? Es würde ihnen guttun – Jason, Leo und vor allem Lana. Sie könnte auch Kate und Elliot einladen, überlegte sie. *Ja, das wäre lustig.* Lana lächelte. Die Verheißung auf Sonne und blauen Himmel hob augenblicklich ihre Stimmung.

Sie zog ihr Handy aus der Tasche.

Sie würde Kate sofort anrufen.

3

Kate war mitten in einer Theaterprobe.

In einer guten Woche sollte die Premiere im The Old Vic Theatre stattfinden – eine neue, mit Spannung erwartete Inszenierung von *Agamemnon,* einer Tragödie von Aischylos. Kate spielte die Klytaimnestra.

Dies war die erste Probeaufführung des Stücks im Theater, und es lief nicht gut. Kate kämpfte noch immer mit ihrer Darbietung – genauer gesagt, mit ihrem Text, was in dieser späten Probenphase kein gutes Zeichen war.

»Himmelherrgott, Kate!«, donnerte Gordon, der Intendant, mit seinem dröhnenden Glasgower Dialekt aus dem Parkett. »Wir haben in zehn Tagen Premiere! Kannst du dich nicht in Gottes Namen mit dem verdammten Buch hinsetzen und deinen Text lernen?«

Kate war genauso genervt. »Ich kann meinen Text, Gordon! Das ist nicht das Problem.«

»Was ist es dann? Bitte klär mich auf, meine Liebe.« Gordon erwartete keine Antwort auf seine sarkastische Frage. »Mach weiter!«, rief er.

Unter uns – *entre nous,* wie Barbara West zu sagen pflegte –, ich mache Gordon nicht zum Vorwurf, dass er die Geduld verlor.

Sie werden sehen, dass Kate trotz ihres immensen Talents – und machen wir uns nichts vor, sie *war* enorm talentiert – ausgesprochen chaotisch war und noch dazu schlampig, launisch, notorisch unpünktlich, oftmals streitlustig, nicht immer nüchtern. Außerdem war sie natürlich brillant, charismatisch, witzig, und sie besaß einen untrüglichen

Sinn für die Wahrheit, sowohl auf als auch abseits der Bühne. All das in Kombination bedeutete – wie der arme Gordon persönlich erfahren musste –, dass es ein Albtraum war, mit ihr zu arbeiten.

Ach … das ist nicht fair. Ich jubele Ihnen klammheimlich mein Urteil über Kate unter, als würden Sie das nicht bemerken. Ich bin ein ziemliches Schlitzohr, nicht wahr?

Ich habe versprochen, objektiv zu sein, zumindest soweit es mir möglich ist, damit Sie sich Ihre eigene Meinung bilden können. Also muss ich jetzt dieses Versprechen halten. Von nun an werde ich meine persönliche Meinung verschweigen.

Bei den Fakten bleiben.

Kate Crosby war eine britische Theaterschauspielerin. Sie wuchs in London in einer Arbeiterfamilie auf, auf der Südseite des Flusses, doch jahrelanges Training auf der Schauspielschule und Stimmbildung hatten jede Spur von Akzent eliminiert. Kate sprach mit einem sogenannten BBC-Akzent – ausgesprochen kultiviert und schwer einzuordnen –, obwohl ihr Vokabular, und das muss an dieser Stelle gesagt werden, so bodenständig blieb wie eh und je.

Sie provozierte bewusst, »stellte sich absichtlich auf eine der unteren Stufen«, wie Barbara es formuliert hätte. *Derb* ist das Wort, das ich benutzen würde, um Kate zu beschreiben.

Ich erinnere mich an eine berühmte Geschichte, in der es darum ging, wie Kate einst King Charles begegnete, als er noch der Prince of Wales war, bei einem Wohltätigkeitsessen, das er veranstaltete. Kate fragte Charles, wie weit es bis zu den Toiletten wäre – und fügte hinzu, sie sei so verzweifelt, dass sie, falls nötig, auch in irgendein Waschbecken pinkeln würde. Charles brüllte vor Lachen, offenbar zutiefst entzückt. Damit war Kates künftige Erhebung in den Adelsstand zweifelsfrei gesichert.

Als unsere Geschichte beginnt, ist Kate Ende vierzig. Vielleicht auch älter – das ist schwer zu sagen. Wie bei so vielen Schauspielerinnen war ihr exaktes Geburtsdatum eher variabel. Man sah ihr ihr Alter nicht an. Sie war wunderschön – so dunkel, wie Lana hell war. Dunkle Augen, dunkles Haar. Auf ihre eigene Art und Weise war Kate genauso attraktiv wie ihre amerikanische Freundin. Doch anders als Lana verwendete sie jede Menge Make-up, trug dick Eyeliner und mehrere Schichten schwarze Wimperntusche auf, die ihre großen Augen akzentuierten. Meines Wissens entfernte sie die Wimperntusche nie, ich glaube, sie fügte lediglich Tag für Tag ein, zwei Schichten hinzu.

Insgesamt wirkte Kates Look sehr viel mehr wie der einer Schauspielerin als Lanas – tonnenweise Schmuck, dazu Schals, Stiefel, voluminöse Mäntel –, als würde sie alles tun, um aufzufallen. Lana dagegen, die in vielerlei Hinsicht tatsächlich außergewöhnlich war, kleidete sich stets so schlicht wie möglich – als wäre es irgendwie geschmacklos, allzu große Aufmerksamkeit zu erregen.

Kate war eine dramatische Person, extrovertiert, befeuert von einer rastlosen Energie. Sie trank und rauchte pausenlos. In dieser und vermutlich auch in jeder anderen Hinsicht müssen Lana und Kate als Gegenteil voneinander verstanden werden. Ich gebe zu, dass mir ihre Freundschaft auf gewisse Weise stets ein Rätsel war. Sie wiesen so wenige Gemeinsamkeiten auf, und doch waren sie die allerbesten Freundinnen – und zwar schon seit sehr langer Zeit.

Tatsächlich war von all den verschiedenen, ineinander verschlungenen Liebesgeschichten die Beziehung von Lana und Kate die, die am ehesten begonnen hatte und am längsten hielt – und daher wahrscheinlich die traurigste.

Wie hatten zwei so unterschiedliche Menschen jemals Freundinnen werden können?

Ich nehme an, die *Jugend* hatte viel damit zu tun. Die Freundschaften, die wir schließen, wenn wir jung sind, entsprechen selten denen, auf die wir uns später im Leben einlassen würden. Wenn man so will, rückt die lange Zeit, die wir sie kennen, diese Menschen in unseren Augen in ein nostalgisches Licht, was dazu führt, dass wir uns ihnen gegenüber als nachsichtig erweisen; wir geben ihnen sozusagen einen »Freischein« für unser Leben.

Kate und Lana begegneten einander erstmals vor dreißig Jahren – an einem Filmset. Ein Independent-Film, der in London gedreht wurde: eine Adaption von *The Awkward Age* von Henry James. Vanessa Redgrave spielte die Hauptrolle Mrs Brook, und Lana war ihre Tochter, die naive Nanda Brookenham. Kate hatte die komische Nebenrolle der italienischen Cousine Aggie übernommen. Kate brachte Lana sowohl vor als auch hinter der Kamera zum Lachen, und während des Sommers wurden die beiden jungen Frauen Freundinnen. Kate führte Lana ins Londoner Nachtleben ein, und schon sehr bald waren sie jeden Abend unterwegs. Sie verbrachten eine wilde Zeit und kehrten mit einem Kater ans Set zurück – manchmal, daran bestand kein Zweifel, vor allem nicht bei Kate, noch immer betrunken.

Fühlt es sich nicht an, als würde man sich verlieben, wenn man eine neue Freundschaft schließt? Und Kate war Lanas erste enge Freundin. Die erste Verbündete, die sie im Leben hatte.

Wo war ich stehen geblieben? Verzeihen Sie, es erweist sich als ziemlich knifflig, eine lineare Erzählweise beizubehalten. Ich muss mich bemühen, diese Herausforderung zu meistern, sonst schaffen wir es nie auf die Insel – geschweige denn bis zum Mord.

Kates Probe, da waren wir.

Nun, es ging holprig weiter, und sie verhaspelte sich immer wieder. Doch der Grund war nicht, dass sie den Text nicht konnte. Sie *konnte* den Text. Sie fühlte sich einfach nicht wohl in der Rolle – sie fühlte sich verloren.

Klytaimnestra ist ein ikonischer Charakter. Die klassische Femme fatale. Die ihren Ehemann und seine Geliebte tötet. Ein Monster – oder ein Opfer, kommt darauf an, wie man es betrachtet. Was für ein Geschenk für eine Schauspielerin! Eine Rolle, in die man sich wirklich verbeißen kann. Sollte man meinen. Aber Kates Darbietung blieb blutleer. Sie schien nicht in der Lage zu sein, das nötige griechische Feuer in ihrem Bauch zu entfachen. Irgendwie musste sie sich in den Charakter einfinden, sich einen Weg unter die Haut, ins Herz und in die Seele der Klytaimnestra bahnen, um die Rolle ausfüllen zu können. Für Kate war das Schauspielen ein verworrener, magischer Prozess. Im Augenblick allerdings war daran nichts magisch – nur verworren.

Sie kämpften sich bis zum Ende durch. Kate machte ein tapferes Gesicht, aber sie fühlte sich elend. Gott sei Dank hatte sie wegen Ostern ein paar Tage frei, dann begannen die technischen Proben und die Kostümproben. Ein paar Tage, um sich zu sammeln, nachzudenken – und zu beten.

Am Schluss der Probe verkündete Gordon, dass er nach Ostern von allen absolute Textsicherheit verlangte. »Oder ich übernehme keine Verantwortung für das, was ich tue, verstanden?« Er richtete seine Worte an die gesamte Besetzung, aber allen war klar, dass er Kate meinte.

Kate schenkte ihm ein breites Lächeln und hauchte einen Kuss auf seine Wange. »Gordon, mein Lieber, mach dir keine Sorgen. Ich habe alles unter Kontrolle. *Versprochen.*«

Gordon verdrehte die Augen. Er wirkte nicht überzeugt.

Kate ging in den Backstage-Bereich, um ihre Sachen zu holen. Sie hatte gerade erst die Garderobe der Hauptdarstellerin bezogen, und aus ebendiesem Grund herrschte Chaos: Überall stieß man auf halb ausgepackte Taschen, Make-up und Kleidung.

Als Erstes zündete Kate in einer neuen Garderobe stets die Jasminkerze an, die sie extra dafür gekauft hatte. Das sollte ihr Glück bringen und außerdem die muffige Luft hinter der Bühne erfrischen. Immer roch es abgestanden, nach altem Holz, Teppich, feuchtem Mauerwerk – und nach dem Rauch, den sie aus dem Fenster blies, wenn sie heimlich eine Zigarette rauchte.

Sobald die Kerze brannte, wühlte Kate in ihrer Tasche, zog eine Pillenflasche heraus und schüttete eine Xanax in ihre Hand. Sie wollte nicht die ganze Tablette nehmen, nur ein kleines Stückchen, ein winziges *Bröckchen,* um nicht mehr ganz so nervös zu sein. Sie brach sie in zwei Hälften, dann teilte sie eine Hälfte davon in Viertel. Anschließend ließ sie das bittere Pillenstück auf der Zunge zergehen. Sie mochte den strengen Geschmack nach Chemie, redete sich ein, er würde bedeuten, dass die Tablette wirkte.

Kate schaute aus dem Fenster. Es regnete. Nicht stark – es würde bald aufklaren. Sie würde einen Spaziergang am Fluss entlang machen. Ein Spaziergang täte ihr gut. Es galt, den Kopf frei zu bekommen. Ihr ging so viel durch den Sinn, dass sie schon ganz benommen war. Sie musste so vieles bedenken, sich wegen so vieler Dinge Sorgen machen, doch im Augenblick schaffte sie es einfach nicht, sich damit auseinanderzusetzen.

Vielleicht würde ein guter Tropfen helfen. Sie öffnete den kleinen Kühlschrank unter dem Schminktisch und nahm eine Flasche Weißwein heraus.

Anschließend schenkte sie sich ein Glas ein und stellte es

auf dem Tisch ab. Sie zündete sich eine Zigarette an, was strikt gegen die Vorschriften verstieß und vermutlich mit der Todesstrafe geahndet wurde, aber Scheiß drauf. So wie es aussah, würde sie ohnehin zum letzten Mal in diesem Theater auftreten – oder in irgendeinem anderen.

Hasserfüllt starrte sie das Textbuch auf dem Schminktisch an. Es schien ihren Blick zu erwidern. Sie streckte die Hand danach aus und drehte es um. *Was für ein Desaster.* Warum um alles in der Welt hatte sie es für eine gute Idee gehalten, bei *Agamemnon* mitzuwirken? Sie musste high gewesen sein, als sie die Rolle annahm! Vor ihrem inneren Auge sah sie die grausamen Verrisse und krümmte sich. Die Theaterkritikerin der *Times* hatte sie schon immer gehasst; sie würde sie mit größter Freude auseinandernehmen. Genau wie dieser Bastard vom *Evening Standard.*

Ihr Handy klingelte – eine willkommene Ablenkung von ihren finsteren Gedanken. Sie griff danach und warf einen Blick aufs Display. Es war Lana.

»Hey. Alles okay?«, fragte Kate.

»Bald schon«, erwiderte Lana. »Mir ist gerade eben klar geworden, dass wir ein bisschen Sonnenschein brauchen. Kommst du auch mit?«

»Wie bitte? Wohin?«

»Auf die Insel – über Ostern?«

Bevor Kate etwas sagen konnte, fuhr Lana fort: »Sag nicht Nein! Nur wir: du, ich, Jason und Leo. Und natürlich Agathi … Ich bin mir nicht sicher, ob ich auch Elliot einladen soll – er ist mir in letzter Zeit ein bisschen auf die Nerven gegangen. Nun, was denkst du?«

Kate tat so, als müsste sie überlegen, dann schnippte sie die Zigarettenkippe aus dem Fenster in den Regen.

»Ich buche sofort meinen Flug.«

4

Lanas Insel war ein Geschenk. Ein Geschenk der Liebe. Otto hatte sie ihr geschenkt, zur Hochzeit. Zugegebenermaßen ein unglaublich extravagantes Geschenk – aber das war typisch für ihn. Nach allem, was man so hörte, war Otto Krantz eine ganz besondere Nummer gewesen.

Die Insel gehörte zu Griechenland, befand sich im südlichen Teil der Ägäis und zählte zur Inselgruppe der Kykladen. Von den berühmtesten haben Sie sicher schon gehört – Mykonos und Santorin –, aber der überwiegende Teil der Inseln ist unbewohnt und unbewohnbar. Einige davon befinden sich in Privatbesitz, so wie die Insel, die Otto für Lana gekauft hatte.

Sie kostete nicht so viel, wie Sie vielleicht annehmen. Natürlich jenseits der kühnsten Träume eines Normalsterblichen, aber für eine Insel nicht unerschwinglich, weder im Erwerb noch im Unterhalt.

Zum einen war sie winzig – ein paar Hundert Morgen groß –, nicht viel mehr als ein Felsen. Und in Anbetracht der Tatsache, dass die neuen Besitzer ein Filmproduzent aus Hollywood und seine Muse waren, lebten Otto und Lana dort relativ bescheiden. Sie beschäftigten nur einen Angestellten in Vollzeit – einen Verwalter, aber das ist eine Geschichte für sich, eine Anekdote, die Otto liebend gern zum Besten gab. Otto erfreute sich überhaupt sehr an den Eigenheiten der Griechen, war fasziniert von ihnen. Und hier, weit weg vom griechischen Festland – das muss an dieser Stelle gesagt werden –, waren die Inselbewohner besonders exzentrisch.

Die nächstgelegene bewohnte Insel war Mykonos, zwanzig Minuten mit dem Boot entfernt. Es lag daher nahe, dass Otto sich dort auf die Suche nach einem Verwalter für Lanas Insel machte. Doch einen zu finden, erwies sich als schwieriger als erwartet. Niemand, so schien es, war bereit, auf der Insel zu leben, nicht einmal für das großzügige Gehalt, das Otto bot.

Das lag nicht allein daran, dass der Verwalter ein ausgesprochen einsames Leben würde führen müssen, nein, unter den Einheimischen kursierte außerdem der Mythos – ein gruseliges Schauermärchen –, dass es seit Zeiten der Römer auf der Insel spukte. Es brachte Pech, auch nur einen Fuß darauf zu setzen, geschweige denn darauf zu leben, und sie waren abergläubische Menschen, diese Bewohner von Mykonos.

Am Ende gab es nur einen Bewerber für den Job: Nikos, ein junger Fischer.

Nikos war Mitte zwanzig und vor Kurzem Witwer geworden. Er war ein schweigsamer, trauriger Mann. Lana erzählte mir, sie halte ihn für schwer depressiv. Allein sein war alles, was er wollte, teilte er Otto mit.

Nikos war nicht sonderlich gebildet und sprach nur gebrochen Englisch – aber Otto und ihm gelang es, sich untereinander verständlich zu machen, oftmals mit aussagekräftigen Gesten. Einen Vertrag unterzeichneten sie nicht, sie besiegelten ihr Abkommen per Handschlag.

Von da an verbrachte Nikos das ganze Jahr über allein auf der Insel. Offiziell als Verwalter des gesamten Anwesens, inoffiziell als Gärtner. Anfangs gab es kaum etwas, was man als Garten bezeichnen konnte. Nikos lebte schon einige Jahre dort, bevor er anfing, Gemüse zu ziehen – und zwar, wie sich bald herausstellte, mit beträchtlichem Erfolg.

Im folgenden Jahr ließ Otto – inspiriert durch Nikos' Erfolg – einen kleinen Obstgarten aus Athen importieren: Apfel-, Birnen-, Pfirsich- und Kirschbäume, an Seilen aus Helikoptern herabgelassen, wurden auf ein von einer Mauer eingefriedetes Stück Land gepflanzt. Auch sie gediehen. Alles schien zu blühen, auf dieser Insel der Liebe.

Klingt herrlich, nicht wahr? Idyllisch, ich weiß. Selbst jetzt ist es ausgesprochen verlockend, zu romantisieren. Niemand möchte mit der Realität konfrontiert werden, wir alle ziehen ein Märchen vor – und genau so wirkte Lanas Leben auf die Außenwelt: eine faszinierende, märchenhafte Geschichte. Doch wenn ich eines gelernt habe, dann das: Die Dinge sind selten so, wie sie scheinen.

Jahre später erzählte mir Lana eines Abends die Wahrheit über Otto und sie und dass in ihrer Märchenehe nicht alles so märchenhaft war, wie es sein sollte. Vielleicht war es unvermeidlich, dass mit Ottos herausragender Persönlichkeit, seiner Großzügigkeit, seinem unermüdlichen Tatendrang und Ehrgeiz auch andere, weniger attraktive Charaktereigenschaften einhergingen. Zum einen war er um einiges älter als Lana und nahm ihr gegenüber eine väterliche, um nicht zu sagen patriarchalische Haltung ein. Er kontrollierte, was sie tat, schrieb ihr vor, was sie zu essen und wie sie sich zu kleiden hatte, zeigte sich unerbittlich kritisch gegenüber jeder Entscheidung, die sie traf, stellte sie infrage, schikanierte sie – und wenn er betrunken war, neigte er zu physischer und psychischer Gewalt.

Wären sie länger zusammengeblieben, hätte Lana vermutlich rebelliert, sobald sie älter und unabhängiger wurde. Vielleicht hätte sie ihn eines Tages sogar verlassen.

Aber ob das wirklich der Fall gewesen wäre, werden wir nie erfahren. Nur ein paar Jahre nach der Hochzeit erlag Otto einem Herzinfarkt, ausgerechnet auf dem Flughafen von Los Angeles. Er war auf dem Weg zur Insel, wo er sich auf Anweisung seines Arztes mit Lana treffen wollte. Leider kam er nie am Zielort an.

Nach Ottos Tod blieb Lana für mehrere Jahre der Insel fern. Die Erinnerungen und Assoziationen, die sie damit verband, wühlten sie einfach zu sehr auf. Doch im Laufe der Zeit fühlte sie sich wieder in der Lage, ohne allzu großen Schmerz an die Insel zu denken, an die guten Zeiten, die sie dort gemeinsam verbracht hatten. Und deshalb beschloss sie, dorthin zurückzukehren.

Von da an stattete Lana ihrer Insel mindestens zweimal im Jahr einen Besuch ab, manchmal auch öfter. Vor allem, seit sie nach England gezogen war, brauchte sie eine Zuflucht vor dem Klima.

Bevor wir fortfahren, muss ich Ihnen von der Ruine erzählen. Wie Sie noch sehen werden, spielt sie eine entscheidende Rolle in unserer Geschichte.

Die Ruine war mein Lieblingsfleck auf der Insel: ein Halbkreis aus sechs umgestürzten, verwitterten Marmorsäulen auf einer Lichtung, umgeben von Olivenbäumen. Ein atmosphärischer Ort, leicht zu füllen mit Magie. Ein perfekter Ort für eine innere Einkehr. Ich saß oft auf einem dieser Säulenstücke, atmete und lauschte einfach nur der Stille.

Die Ruine gehörte zu den Überbleibseln einer antiken Villenanlage, die vor über tausend Jahren auf der Insel gestanden und einer vermögenden römischen Familie gehört hatte. Die zerbrochenen Säulen waren das Einzige, was davon übrig geblieben war. Einst, so erzählte man Lana und Otto, hatte die Ruine ein kleines Theater beherbergt, in dem private Vorführungen für einige wenige Zuschauer stattfanden.

Eine nette Geschichte – wenngleich meiner Meinung nach an den Haaren herbeigezogen. Ich konnte mich des

Verdachts nicht erwehren, dass sie von einem übereifrigen Immobilienmakler stammte, der hoffte, Lanas Fantasie zu befeuern. Falls dem so war, funktionierte es. Lana war sofort gefesselt, und sie bezeichnete die Ruine von da an als »das Theater«.

Für eine Weile ließen Otto und sie die alte Tradition wiederaufleben: An den Sommerabenden führten sie Sketche und Dramolette in der Ruine auf, geschrieben und zum Besten gegeben von der Familie und ihren Gästen – eine Gepflogenheit, die glücklicherweise aufgegeben wurde, lange bevor ich das erste Mal auf die Insel reiste. Die Aussicht, Filmstars bei ihren Auftritten in Amateurdramen bewundern zu müssen, ist ehrlich gesagt mehr, als ich ertragen kann.

Abgesehen von der Ruine gibt es noch drei weitere Gebäude, alle jüngeren Datums: das kleine Haus des Verwalters – eher eine Hütte – sowie das Haupthaus nebst Gästehaus.

Das Haupthaus steht in der Mitte der Insel – ein Sandsteinmonstrum, über hundert Jahre alt. Es hat blassgelbe Wände, ein rotes Terrakottadach und grüne Holzfensterläden. Otto und Lana haben es umgebaut und erweitert und die maroden Bereiche renovieren lassen. Das Gästehaus im Garten haben sie bauen lassen, genau wie einen Swimmingpool und einen Anleger am zugänglichsten Strand der Insel, an dem ihr Schnellboot vertäut ist.

Es ist schwer zu beschreiben, wie lieblich die Insel ist – *war?* Ich kämpfe hier ein wenig mit den korrekten Zeiten. Ich bin mir nicht sicher, wo ich mich aktuell befinde – in der Gegenwart oder in der Vergangenheit? Ich weiß nur, wo ich gern wäre, bestünde auch nur die leiseste Chance darauf. Im Augenblick würde ich alles tun, um dorthin zurückzukehren.

Ich kann mir alles so deutlich vorstellen. Wenn ich die Augen schließe, bin ich dort: auf der Terrasse des Hauses, einen kalten Drink in der Hand, die Aussicht genießend. Die Insel ist überwiegend flach, deshalb kann man weit sehen: über die Olivenbäume hinweg auf die Strände und Buchten und auf das türkisfarbene Meer. Das Wasser ist, wenn es ruhig ist, blau und wie Glas, durchsichtig. Doch wie die meisten Dinge im Leben hat es mehr als nur ein Gesicht. Wenn Wind aufkommt, was regelmäßig der Fall ist, wirbeln die aufgewühlten Wellen und Strömungen den Sand auf dem Meeresboden auf und lassen das Wasser trüb, dunkel und gefährlich aussehen.

Der Wind plagt diesen Teil der Welt. Er sucht ihn das ganze Jahr über heim, wenngleich nicht kontinuierlich, nicht stets mit derselben Intensität – aber jedes Mal, wenn er es tut, gerät er in Zorn und fegt über das Wasser, bevor er mit voller Wucht auf die Inseln trifft. Agathis Großmutter pflegte den ägäischen Wind als *ὀργή* zu bezeichnen – was so viel bedeutet wie Zorn, Wut, Raserei.

Die Insel hat übrigens auch einen Namen.

Sie wurde Aura genannt, nach der griechischen Göttin der Morgenbrise. Ein hübscher Name, der die wilde Kraft des Windes und der Göttin Lügen strafte.

Aura war eine niedere Göttin, eine Nymphe, eine Jägerin, eine Gefährtin der Artemis. Sie mochte Männer nicht besonders gern und tötete sie zum Spaß. Als sie Zwillinge zur Welt brachte, verschlang sie einen davon, während Artemis den anderen retten konnte.

Nebenbei gesagt: Ganz ähnlich sprachen die Einheimischen über den Wind, den sie als »monströs« und »gefräßig« bezeichneten. Kein Wunder, dass er es in ihre Mythen geschafft hat, personifiziert durch Aura.

Ich konnte von Glück sagen, dass ich ihn nie persönlich

erlebt hatte – den Wind, meine ich. Mehrere Jahre war ich bei meinen Besuchen auf der Insel mit außergewöhnlich ruhigem Wetter gesegnet, oft verpasste ich einen Sturm nur um ein, zwei Tage.

Aber nicht in diesem Jahr. In diesem Jahr holte mich der Zorn ein.

5

Am Ende lud Lana mich auf die Insel ein – obwohl sie Kate gegenüber behauptet hatte, ich würde sie nerven.

Ich bin übrigens Elliot, nur für den Fall, dass Sie nicht von allein darauf gekommen sind.

Und Lana scherzte bloß, als sie das sagte. So war unsere Beziehung eben. Leicht, prickelnd, wie die Bläschen in einem Glas Bollinger.

Nicht, dass man mir auf meinem Flug nach Griechenland Champagner angeboten hätte, nicht einmal griechischen Schaumwein. Bei Lana und ihrer Familie war das wahrscheinlich anders – sie reisten so auf die Insel, wie Lana überallhin reiste: mit einem Privatjet bis Mykonos und dann weiter per Boot. Normalsterbliche wie ich nahmen einen Linienflug oder buchten, was traurigerweise immer häufiger vorkam, bei einer Billigfluggesellschaft.

Und so steige ich, an einem ausgesprochen bodenständigen Check-in-Schalter am Flughafen Gatwick, in diese Geschichte ein. Ich habe ungeduldig darauf gewartet, mich Ihnen vorstellen zu können. Jetzt endlich können wir uns richtig kennenlernen.

Ich hoffe, ich werde Sie als Erzähler nicht enttäuschen. Ich mag die Vorstellung, dass Sie mich für eine angenehme Gesellschaft halten – einigermaßen unterhaltsam, geradeheraus, umgänglich, womöglich sogar tiefgründig –, vor allem dann, wenn ich Ihnen schon ein paar Drinks spendiert habe.

Ich bin um die vierzig plus/minus ein, zwei Jährchen. Man sagt mir oft, ich würde jünger aussehen. Das liegt zweifellos an meiner Weigerung, erwachsen zu werden – ganz zu schweigen von alt. Im Innern fühle ich mich immer noch wie ein Kind. Tut das nicht jeder?

Ich bin durchschnittlich groß, vielleicht ein klein bisschen größer, und von eher schmächtiger Statur, aber nicht mehr ganz so spindeldürr wie früher. Früher schien ich mich in Luft aufzulösen, sobald ich mich zur Seite drehte. Das hatte natürlich viel mit den Zigaretten zu tun, keine Frage. Ich habe die Raucherei inzwischen unter Kontrolle, bis auf einen gelegentlichen Joint und ganz selten mal eine Zigarette, aber in meinen Zwanzigern und mit Anfang dreißig … mein Gott. Ich war stark tabakabhängig, lebte förmlich von Rauch und Kaffee. Ich war mager, drahtig, nervös und ängstlich. Meine Gesellschaft muss das pure Vergnügen gewesen sein. Zum Glück bin ich ruhiger geworden.

Ich würde sagen, das ist das einzig Gute am Älterwerden. Ich werde endlich ruhiger.

Ich habe dunkle Augen und dunkle Haare, genau wie mein alter Herr. Durchschnittliche Erscheinung. Manche haben mich als »gut aussehend« beschrieben, aber dafür halte ich mich nicht – außer in vorteilhaftem Licht.

Barbara West pflegte zu behaupten, die beiden wichtigsten Dinge im Leben seien Licht und Timing. Sie hatte recht. Wenn das Licht zu grell ist, sehe ich nur meine Makel. Ich hasse zum Beispiel mein Profil und die Art und Weise, wie merkwürdig meine Haare im Nacken abstehen, außerdem mein kleines Kinn. Es ist stets ein unerfreulicher Schock, wenn mein Blick in einer Kaufhausumkleide zufällig auf einen Seitenspiegel fällt und ich meine hässlichen Haare, die große Nase und das fehlende Kinn bemerke. Kurz gesagt: Ich sehe nicht gerade aus wie ein Filmstar. Im Gegensatz zu den anderen in dieser Geschichte.

Ich wuchs außerhalb von London auf. Je weniger ich über meine Kindheit sage, desto besser. Beschränken wir uns auf einige wenige Worte. Wie wäre es mit dreien?

Sie war finster. Das fasst es ungefähr zusammen.

Mein Vater war ein Unmensch, meine Mutter trank. Sie lebten zusammen in Schmutz, Elend und Hässlichkeit – wie zwei betrunkene Kinder, die in der Gosse zankten.

Sie müssen kein Mitleid mit mir haben, das ist kein trübsinniges Memoir. Nur eine simple Tatsache. Eine vertraute Geschichte, nehme ich an. Wie viel zu vielen Kindern wurde mir eine Erziehung zuteil, die geprägt war von langen Phasen des Alleingelassenwerdens und der Vernachlässigung, sowohl körperlich als auch emotional. Meine Mutter berührte mich kaum, spielte nicht mit mir, nahm mich fast nie an die Hand – und das einzige Mal, dass mein Vater Hand an mich legte, geschah im Zorn.

Das fällt mir schwerer zu verzeihen. Nicht die körperliche Gewalt, die ich bald als Teil des Lebens zu akzeptieren lernte, sondern den Mangel an liebevoller Berührung und die Folgen für mich, später, als Erwachsener, wenn Sie verstehen, was ich meine. Wie soll ich es formulieren? Ich war nicht gewöhnt an die Berührungen von anderen, hatte vielleicht sogar Angst davor. Und das machte es mir extrem schwer, mich auf intime Beziehungen, emotional und körperlich, einzulassen.

Ich konnte es kaum erwarten, von zu Hause wegzukommen. Meine Eltern waren Fremde für mich – unvorstellbar, dass ich überhaupt mit ihnen verwandt war. Ich fühlte mich wie ein Außenstehender, mehr noch, wie ein Außerirdischer, jemand von einem anderen Planeten, adoptiert von einer minderwertigen Lebensform – wie einer, dem keine andere Wahl blieb, als zu fliehen und andere Exemplare seiner Spezies zu finden.

Bitte verzeihen Sie mir, wenn das arrogant klingt. So etwas passiert nun mal, wenn man jahrelang auf der einsamen Insel der Kindheit gefangen ist, von der Außenwelt abgeschnitten, mit zornigen Eltern, die alkoholabhängig sind, über die Maßen sarkastisch und voller Verachtung; die einen niemals ermutigen, die einen schikanieren und demütigen, die einen verspotten, weil man gern lernt oder die Kunst liebt; die alles lächerlich machen, was auch nur im Entferntesten empfindsam, emotional oder intellektuell ist … Man wird selbst ein bisschen wütend, ein bisschen eigensinnig und defensiv.

Man wächst auf, entschlossen, sein Recht zu verteidigen – *was* zu sein? *Anders?* Ein *Individuum?* Ein *Freak?*

Für den Fall, dass ich mit einem jüngeren Menschen rede – lassen Sie mich Ihnen etwas geben, woran Sie sich festhalten können: Verzweifeln Sie nicht, weil Sie anders sind. Denn genau dieser Unterschied, anfangs eine Quelle so vieler Demütigungen, so großen Schmerzes, wird eines Tages zu einem Zeichen der Ehre und des Stolzes werden.

Tatsache ist, dass ich heutzutage stolz darauf bin, anders zu sein – Gott sei Dank bin ich anders.

Als Kind war ich voller Selbsthass, und dennoch spürte ich, dass es irgendwo noch eine andere Welt geben musste. Eine bessere Welt, in die ich gehörte. Eine strahlende Welt – jenseits der Finsternis, erhellt von Scheinwerfern.

Wovon ich rede? Natürlich vom *Theater!* Denken Sie nur an den Moment, in dem es im Saal dunkel wird und das Licht auf den Vorhang fällt, in dem sich das Publikum kollektiv räuspert und auf den Stühlen zurechtsetzt, bebend vor Vorfreude. Es ist schlicht und einfach magisch – und macht süchtiger als jede Droge, die ich je ausprobiert habe. Schon in sehr jungen Jahren, als ich bei Schulausflügen Vorführungen der Royal Shakespeare Company erlebte, das

National Theatre oder Matineen im West End besuchen durfte, verstand ich, dass ich in diese Welt gehörte.

Außerdem erkannte ich, dass ich mich ändern musste, wenn ich in diese Welt hineinpassen, in dieser Welt akzeptiert werden wollte.

So, wie ich war, war ich einfach nicht gut genug. Ich musste ein anderer werden.

Jetzt, da ich dies schreibe, erscheint mir das absurd – sogar schmerzhaft –, doch damals war ich von ganzem Herzen davon überzeugt. Ich glaubte, ich müsste alles an mir ändern: meinen Namen, meine äußere Erscheinung, mein Verhalten, meine Art zu sprechen, meine Gesprächsthemen, meine Gedanken. Um Teil dieser schönen neuen Welt zu sein, musste ich ein anderer Mensch werden – ein besserer.

Und eines Tages gelang es mir schließlich.

Nun, beinahe – einige Spuren meines alten Ichs waren immer noch da, wie eine Blutspur auf einem Holzfußboden, ein blassroter Fleck, der einfach nicht weichen wollte, ganz gleich, wie sehr man schrubbte.

Mein voller Name ist übrigens Elliot Chase.

Ich schmeichle mir, dass Ihnen mein Name nicht unbekannt ist, vorausgesetzt, Sie gehen gern ins Theater. Wenn Sie den Namen nicht kennen, haben Sie bestimmt von meinem Stück gehört – oder es sogar gesehen? *The Miserabilists* war ein Riesenerfolg, auf beiden Seiten des Atlantiks. Es lief anderthalb Jahre am Broadway und räumte mehrere Preise ab. Ich war sogar für einen Tony Award nominiert.

Nicht schlecht für ein Debüt als Dramatiker, stimmt's?

Natürlich gab es die unvermeidlichen abfälligen, gehässigen Kommentare und böswilligen Geschichten, verbreitet von einer überraschend großen Anzahl verbitterter, älterer, etablierter Autoren, die neidisch waren auf den Erfolg dieses jungen Mannes. Sie warfen mir allerlei hässliche Dinge vor, von Plagiat bis zu offenem Diebstahl. Ich nehme an, das ist verständlich. Ich bin ein leichtes Ziel. Ich habe nämlich viele Jahre lang, bis zu ihrem Tod, mit Barbara West, der Romanautorin, zusammengelebt.

Anders als ich, muss Barbara nicht vorgestellt werden. Vielleicht haben Sie sie sogar im Schulunterricht durchgenommen. Ihre Kurzgeschichten stehen immer auf dem Lehrplan, obwohl sie meiner Meinung nach ziemlich überschätzt wird.

Barbara war viele Jahre älter als ich, als wir uns kennenlernten, und ihr Gesundheitszustand verschlechterte sich bereits. Ich blieb bis zum Ende bei ihr.

Ich habe sie nicht geliebt – nur für den Fall, dass Sie sich diese Frage stellen. Unsere Beziehung war eher ein gegenseitiges Geben und Nehmen und keinesfalls romantischer Natur. Ich war ihr Begleiter, Diener, Chauffeur, Wegbereiter, Punchingball. Einmal habe ich sie gebeten, mich zu heiraten – aber sie hat abgelehnt. Sie wollte auch keiner Lebenspartnerschaft zustimmen. Daher waren wir weder ein Liebespaar noch Partner; wir waren nicht mal Freunde – zumindest nicht gegen Ende.

Dennoch hat Barbara mir in ihrem Testament das Haus zugedacht. Das verfallende alte Herrenhaus in Holland Park. Riesig und hässlich, und ich konnte es mir nicht leisten, es zu unterhalten – also verkaufte ich den Kasten und lebte von dem Erlös mehrere Jahre lang glücklich und zufrieden.

Was sie mir nicht hinterließ, waren die Tantiemen für ihre Bestseller, die mir für den Rest meines Lebens finanzielle Sicherheit gegeben hätten. Stattdessen verteilte sie sie auf verschiedene Wohltätigkeitsorganisationen sowie Cousins und Cousinen zweiten Grades in Nova Scotia, die sie kaum kannte.

Diese »Enterbung« war Barbaras letzter Akt der Bosheit in einer von kleinen Grausamkeiten geprägten Beziehung und etwas, was ich ihr nicht verzeihen konnte. Deshalb schrieb ich das Drama, das auf unserem gemeinsamen Leben basiert. Ein Akt der Vergeltung, werden Sie womöglich sagen.

Ich bin kein hitzköpfiger Mensch. Wenn ich wütend werde, tobe ich nicht – ich setze mich ganz ruhig hin, ganz still, bewaffnet mit Stift und Papier, und plane mit eiskalter Präzision meine Rache. Ich habe sie mit diesem Stück durch den Fleischwolf gedreht, unsere Beziehung als Mogelpackung entlarvt und Barbara als die eitle, lächerliche alte Närrin, die sie war.

Unter uns gesagt, muss ich zugeben, dass ich mich noch mehr über den entrüsteten Zorn von Barbaras treu ergebenen Fans freute, den ich damit auslöste, als über den kommerziellen Erfolg.

Nun, vielleicht ist das nicht ganz richtig.

Ich werde nie den Abend vergessen, an dem mein Stück Premiere im West End feierte. Lana hatte sich bei mir untergehakt, sie war bei mir, als meine Begleiterin. Und für einen Moment erfuhr ich, wie es sein muss, berühmt zu sein. Blitzlichtgewitter, donnernder Applaus – und Standing Ovations. In jener Nacht war ich so stolz wie noch nie in meinem Leben. Ich denke oft daran zurück, an die Zeit damals, und lächle.

Das scheint eine gute Stelle zu sein, um diesen Exkurs zu beenden. Kehren wir zu unserer eigentlichen Geschichte zurück – zu Kate und mir und zu unserer Reise aus dem verregneten London in das sonnige Griechenland.

6

Ich entdeckte Kate am Flughafen Gatwick, bevor sie mich erblickte. Sogar um diese Zeit am Morgen sah sie umwerfend aus, wenngleich ein wenig derangiert.

Ihr Gesicht verfinsterte sich leicht, als sie mich am Check-in-Schalter bemerkte. Sie tat so, als hätte sie mich nicht gesehen, und ging schnurstracks zum Ende der Schlange. Ich dagegen winkte und rief laut ihren Namen – so oft, dass andere Leute sich zu ihr umdrehten. Ihr blieb keine andere Wahl, als aufzuschauen und mich ihrerseits zu bemerken. Sie tat überrascht und klebte sich ein Lächeln ins Gesicht.

Dann schlenderte sie zu mir an den Anfang der Schlange. Ihr Lächeln wackelte nicht.

»Elliot, hi. Ich habe dich gar nicht gesehen.«

»Ach? Nicht? Merkwürdig, ich habe dich sofort entdeckt.« Ich grinste. »Guten Morgen. Schön, dich hier zu treffen.«

»Sind wir im selben Flieger?«

»Sieht so aus. Wir könnten Plätze nebeneinander nehmen und ein bisschen plaudern.«

»Das geht nicht.« Kate hielt ihr Textbuch vor die Brust wie einen Schild. »Ich muss lernen. Das habe ich Gordon versprochen.«

»Mach dir keine Gedanken – ich frage dich ab. Wir können während des Flugs üben. Und jetzt gib mir deinen Pass.«

Kate blieb keine Wahl, das wussten wir beide – wenn sie sich weigerte, neben mir zu sitzen, würde das Wochenende schon schlecht beginnen. Daher behielt sie ihr Lächeln bei und reichte mir ihren Pass. Wir checkten zusammen ein.

Kaum war der Flieger gestartet und zwischen den Wolken verschwunden, wurde auch schon klar, dass Kate keinerlei Absicht hegte, ihren Text zu lernen. Sie stopfte das Textbuch in die Handtasche.

»Macht es dir etwas aus, wenn wir nicht üben? Ich habe fürchterliche Kopfschmerzen.«

»Kater?«

»Immer.«

Ich lachte. »Ich kenne da ein Heilmittel: ein kleines Gläschen Wodka.«

Kate schüttelte den Kopf. »So früh am Morgen kann ich unmöglich Wodka trinken.«

»Unsinn, Wodka macht dich wach. Wie ein Faustschlag ins Gesicht.«

Kates Protest ignorierend, gab ich einem vorbeieilenden Steward ein Zeichen und bat ihn um zwei Gläser mit Eis – Eis war das Einzige, was auf diesem Flug umsonst angeboten wurde. Er warf mir einen merkwürdigen Blick zu, aber er brachte das Gewünschte. Anschließend zog ich eine Handvoll Mini-Wodkaflaschen hervor, die ich in meiner Tasche an Bord geschmuggelt hatte. Angesichts der mangelnden Auswahl in Flugzeugen heutzutage, ganz zu schweigen von den exorbitanten Preisen, finde ich es bequemer – und ökonomischer –, mit meinen eigenen Alkoholika zu reisen.

Sollte Ihnen das in irgendeiner Weise übertrieben ausschweifend vorkommen, so versichere ich Ihnen, dass die Flaschen winzig waren. Außerdem waren Kate und ich gezwungen, den Rest der langen Reise gemeinsam hinter uns zu bringen, da konnten wir ein Betäubungsmittel gut gebrauchen.

Ich schenkte Wodka in die beiden Plastikbecher, dann hob ich meinen in die Höhe und prostete ihr zu.

»Auf ein unterhaltsames Wochenende. Zum Wohl.«

»Prost.« Kate trank den Wodka in einem Zug und zuckte zusammen. »Ugh.«

»Das ist gut gegen deine Kopfschmerzen. Und jetzt erzähl mir von *Agamemnon*. Wie läuft's?«

Kate zwang sich zu einem Lächeln. »Oh, wirklich gut. *Großartig.*«

»Tatsächlich? Prima.«

»Warum fragst du?« Kates Lächeln verschwand. Sie sah mich misstrauisch an. »Was hast du denn gehört?«

»Nichts. Gar nichts.«

»Spuck's aus, Elliot.«

Ich zögerte. »Es ist bloß ein Gerücht … Angeblich kommt ihr nicht so gut miteinander klar, du und Gordon.«

»Wie bitte? Das ist absoluter Unsinn!«

»Das dachte ich mir schon.«

»Totaler Mist.« Kate öffnete eine weitere Miniflasche Wodka und füllte ihren Becher erneut. »Gordon und ich verstehen uns blendend.« Sie kippte ihren Drink.

»Ich bin erleichtert, das zu hören«, sagte ich. »Ich kann den Premierenabend kaum erwarten. Lana und ich werden da sein, in der ersten Reihe, und dir zujubeln.«

Ich lächelte sie an.

Kate lächelte nicht zurück. Stattdessen betrachtete sie mich einen Moment lang – unfreundlich, schweigend. Ich kann eine peinliche Pause nicht ertragen, deshalb füllte ich sie mit einer Anekdote über einen gemeinsamen Freund, der eine absurd rachsüchtige Scheidung durchmachte, Todesdrohungen, E-Mail-Hacking und jede Menge Irrsinn inklusive. Eine lange, komplizierte Geschichte, die ich um der Komik willen übertrieben ausschmückte.

Während ich sprach, musterte Kate mich mit versteinertem Gesicht. Ich sah ihr an, dass sie weder mich noch meine Geschichte lustig fand.

Ich blickte in ihre Augen, bis in ihr Gehirn ... und las ihre Gedanken: *Gott, ich wünschte, er würde die Klappe halten. Elliot hält sich für so verdammt witzig, so geistreich – er scheint wirklich zu glauben, er wäre der neue Noël Coward. Aber das ist er nicht. Er ist bloß ein dämlicher Wichser ...*

Kate mochte mich nicht besonders – aber das haben Sie wohl schon vermutet. Sagen wir einfach, sie war immun gegen meinen besonderen Charme. Sie dachte, sie würde ihre Abneigung gut überspielen, doch wie die meisten Schauspielerinnen – vor allem die, die sich selbst gern für »rätselhaft« halten – war sie leicht zu durchschauen.

Ich kannte Kate, lange bevor ich Lana begegnete. Kate war eine große Favoritin von Barbara West, sowohl auf als auch hinter der Bühne, und sie lud sie regelmäßig in das Haus in Holland Park ein, zu den berühmten Soireen, euphemistisch bezeichnet als »Dinnerpartys«, doch in Wirklichkeit ausschweifende Gelage für Hunderte von Menschen.

Kate schüchterte mich schon damals ein. Ich wurde nervös, wenn sie mich auf einer Party erspähte, meinen Arm nahm und mich zur Seite zerrte – Zigarettenasche und Schnapsgeruch um sich herum verbreitend –, um hemmungslos über die anderen Gäste herzuziehen und mich mit ihrem gnadenlosen Spott zum Lachen zu bringen. Ich spürte, dass Kate sich zu mir hingezogen fühlte, weil sie mich für einen weiteren Außenseiter hielt. *Ich bin nicht wie die anderen, mein Lieber,* schien sie zu sagen. *Lass dich nicht von den geschliffenen Vokalen täuschen – ich bin keine Lady.*

Offenbar sollte ich unbedingt erfahren, dass sie genauso

hochstapelte, wie ich es tat – der einzige Unterschied war der, dass ich mich für meine Vergangenheit schämte, nicht für das, was ich gegenwärtig war. Anders als Kate wollte ich verzweifelt meine alte Haut abstreifen, meine aktuelle Rolle ausfüllen und zu den anderen Gästen passen. Doch indem sie mich in all ihre scherzhaften Kommentare, Ellbogenstöße, Andeutungen und Seitenbemerkungen miteinbezog, gab sie mir eindeutig zu verstehen, dass ich mit meiner Darbietung keinen Erfolg hatte.

Um ehrlich zu sein, lachte ich mit Kate sehr viel öfter als mit Lana, obwohl ich Lana keineswegs kritisieren möchte, denn sie hat mir nie einen Grund zur Kritik gegeben, deshalb sollen diese Worte auch nicht als solche verstanden werden. Kate versuchte stets, mich zum Lachen zu bringen – suchte stets in allem nach dem Lustigen, voller Schalk und Sarkasmus. Lana hingegen – nun, Lana war in vielerlei Hinsicht ein ernster Mensch, war extrem direkt und immer herzlich. Die beiden waren wie Öl und Wasser, ja, das waren sie tatsächlich.

Vielleicht ist das aber auch bloß dem kulturellen Unterschied geschuldet. Alle Amerikaner und Amerikanerinnen, die ich kennengelernt habe, neigten dazu, geradlinig, beinahe ungehobelt zu sein. Ich respektiere dies – ihre Ehrlichkeit hat etwas Reines, Unverdorbenes. (»Im Grunde ihres Herzens sind die Yankees Puritaner«, pflegte Barbara West zu sagen. »Man darf nicht vergessen, dass sie alle Pilger von der *Mayflower* waren.«) Anders als wir Briten sind sie krankhaft höflich, nicken einem beinahe unterwürfig ins Gesicht, nur um in dem Moment, in dem man ihnen den Rücken zuwendet, aufs Bösartigste über einen herzuziehen.

Kate und ich waren uns sehr ähnlich; hätte es Lana nicht gegeben, wären wir mit Sicherheit Freunde geworden. Das ist mein einziger Vorwurf an Lana und all ihre Freundlichkeit mir gegenüber: dass sie sich versehentlich zwischen uns stellte. Sobald Lana und ich enger miteinander wurden, fing Kate an, mich als Bedrohung zu sehen. Ich konnte es in ihren Augen erkennen – eine neue Feindseligkeit, einen Wettstreit um Lanas Aufmerksamkeit.

Ungeachtet dessen, wie sie meinetwegen empfand, hielt ich Kate für faszinierend und hoch talentiert, und gleichzeitig für kompliziert und volatil. In ihrer Gegenwart fühlte ich mich unbehaglich, oder vielleicht ist *wachsam* ein passenderes Wort – so wie man sich in Gegenwart einer unberechenbaren, schlecht gelaunten Katze fühlt, die einem womöglich jederzeit ohne Vorwarnung einen Hieb mit der Tatze verpasst. Ich glaube nicht, dass man je wirklich mit einem Menschen befreundet sein kann, der einem Angst macht. Wie soll man da man selbst sein? Wenn man sich fürchtet, schafft man es nicht, authentisch zu sein.

Und *ja,* ich hatte Angst vor Kate. Wie sich herausstellte, hatte ich auch allen Grund dazu.

Ach. Habe ich das jetzt zu früh verraten? Möglich.

Aber jetzt ist es raus, ich habe es gesagt. Jetzt muss ich es stehen lassen.

Wir landeten am Flughafen von Mykonos – auf der Landebahn, die dieser Bezeichnung nicht wirklich gerecht wurde, was alles nur noch exotischer machte. Anschließend nahmen wir ein Taxi zum alten Hafen, von wo wir mit dem Wassertaxi auf die Insel übersetzen würden.

Es war später Nachmittag, als wir im Hafen eintrafen. Er sah aus wie auf den Postkarten: blau-weiße Fischerboote und zusammengeknäuelte Netze. Holz knarrte auf dem Wasser, in die salzige Meeresbrise mischte sich ein feiner Geruch nach Benzin. Die Cafés waren rappelvoll, überall waren lebhaftes Geplapper und Gelächter zu hören, es duftete nach griechischem Kaffee und frittiertem Tintenfisch. Ich liebte all das – es fühlte sich so lebendig an, dass ein Teil von mir am liebsten für immer dortgeblieben wäre.

Doch mein Bestimmungsort – oder sollte ich sagen, meine Bestimmung? – lag anderswo. Also kletterte ich hinter Kate her in das Wassertaxi.

Unsere Fahrt über das Meer begann. Der Himmel wurde violett, während wir übersetzten, und er wurde von Sekunde zu Sekunde dunkler.

Bald tauchte die Insel vor uns auf, eine sich verdunkelnde Landmasse in der Ferne. Beinahe bedrohlich im dämmrigen Licht. Ihre herbe Schönheit erfüllte mich immer wieder mit Ehrfurcht.

Da ist sie, dachte ich. *Aura.*

7

Als Kate und ich uns der Insel näherten, legte gerade ein Schnellboot ab. Es wurde von Babis gesteuert – einem kleinen, tief gebräunten Glatzkopf in den Sechzigern, der sehr schick gekleidet war. Er führte das Restaurant Yialos – *γιαλός* – auf Mykonos. Vor Jahrzehnten hatte Otto mit ihm vereinbart, dass Agathi vor ihren Besuchen auf der Insel anrufen und eine Bestellliste mit den Dingen durchgeben würde, die Babis ihnen liefern sollte; außerdem hatte er dafür zu sorgen, dass das Haus gelüftet und gereinigt wurde. Ich war froh, dass ich ihn und seine Putztruppe verpasst hatte – in meinen Augen war er ein Langweiler und ein Snob.

Als Babis an uns vorbeifuhr, drosselte er die Geschwindigkeit und machte eine große Show daraus, sich formvollendet vor Kate zu verbeugen. Die drei älteren Reinigungsfrauen saßen im Heck seines Boots neben einem Stapel leerer Lebensmittelkörbe. Als er sich verbeugte, tauschten die drei Alten hinter seinem Rücken versteinerte Blicke.

Ich wette, sie hassen ihn, dachte ich. Ich wollte gerade eine Bemerkung darüber machen, doch ein Blick zu Kate sagte mir, dass ich besser schweigen sollte. Sie hatte Babis nicht einmal bemerkt. Ihr Blick war starr nach vorn auf die Insel gerichtet, zwischen ihren Augenbrauen erschien eine tiefe Falte. Sie war im Laufe der Reise immer missmutiger geworden. Ihr brannte eindeutig etwas auf der Seele. War nur die Frage, was.

Wir trafen auf Aura ein und trugen in erschöpftem Schweigen unser Gepäck den langen Weg zum Haus hinauf.

Es kam in Sicht, war hell erleuchtet, ein Leuchtfeuer, umgeben von Dunkelheit.

Lana und Leo hießen uns herzlich willkommen. Champagner wurde geöffnet, und bis auf Leo tranken wir alle ein Glas. Lana erkundigte sich, ob wir vor dem Abendessen auspacken und uns etwas frisch machen wollten.

Ich bat um dasselbe Zimmer, das ich immer bewohnte, im Haupthaus – neben Lana. Kate wollte gern ins Gästehaus ziehen, wo sie letzten Sommer so gut geschlafen hatte.

Lana nickte Leo zu. »Liebling, hilfst du Kate mit dem Gepäck?«

Leo, galant wie immer, stand bereits auf, doch Kate winkte ab.

»Schon gut, mein Schatz. Ich brauche keine Hilfe. Ich bin eine zähe alte Schachtel, ich schaffe das schon. Ich trinke nur schnell meinen Champagner aus.«

In diesem Moment kam Jason hereingeschlendert, den Blick aufs Handy geheftet, die Stirn in tiefe Falten gelegt. Er öffnete gerade den Mund, um etwas zu Lana zu sagen, als er Kate entdeckte und abrupt in der Bewegung innehielt. Mich sah er nicht.

»Oh, du bist's.« Jason warf Kate ein etwas gezwungenes Lächeln zu. »Ich wusste gar nicht, dass du kommst.«

»Ta-dah!«

»Liebling, ich hab dir doch erzählt, dass ich Kate eingeladen habe«, sagte Lana. »Du hast es wohl vergessen.«

»Wer ist denn noch hier?« Jason seufzte. »Herrgott, Lana – du weißt doch, dass ich arbeiten muss.«

»Niemand wird dich stören, das verspreche ich dir.«

»Solange du nicht Elliot eingeladen hast, diesen Volltrottel …«

»Hallo, Jason«, sagte ich hinter ihm. »Freut mich auch, dich zu sehen.«

Jason zuckte zusammen. Wenigstens besaß er den Anstand, verlegen dreinzublicken, als er sich zu mir umdrehte. Kate brach in schallendes Gelächter aus. Auch Lana lachte. Agathi ebenfalls.

Wir alle lachten – abgesehen von Jason.

Und damit komme ich zu Jason.

Ich kann gern sofort zugeben, dass es mir unmöglich ist, auch nur annähernd objektiv über ihn zu berichten. Selbstverständlich werde ich mein Bestes geben. Aber es ist schwierig. Sagen wir einfach, Jason war nicht mein Ding. Was eine höfliche Umschreibung dafür ist, dass ich den Mann nicht ausstehen konnte.

Jason war ein komischer Kerl. Und ich meine »komisch« nicht im Sinne von amüsant. Er sah gut aus – gut gebaut, markantes Kinn, klare blaue Augen, dunkle Haare –, aber seine Art war mir ein permanentes Rätsel. Ich konnte nicht sagen, ob er absichtlich brüsk – das ist ein höfliches Wort – war oder ob es ihn ganz einfach nicht scherte, dass er sich benahm wie ein Rüpel. Vielleicht war ihm auch gar nicht bewusst, wie andere Menschen sich in seiner Gegenwart fühlten. Leider vermute ich Ersteres.

Besonders Agathi verübelte es ihm, wie er mit ihr sprach. Er schlug ihr gegenüber einen derart herablassenden Ton an, dass man meinen konnte, er spreche mit einer Bediensteten, dabei war sie ganz sicher viel, viel mehr als das. Für gewöhnlich funkelte sie ihn an, wenn er sie so behandelte: *Ich war schon vor dir da,* riefen ihre Augen, *und ich werde auch noch da sein, wenn es dich nicht mehr gibt!*

Aber Agathi machte niemals eine unpassende Bemerkung. Sie kritisierte Jason nie vor Lana, die blind blieb für all seine Fehler. Lana hatte die sture Angewohnheit, stets das Beste in allen zu sehen – sogar in den schlechtesten Menschen.

»Na schön«, sagte Kate schließlich. »Dann werde ich mal auspacken. Wir sehen uns beim Abendessen.«

Sie trank ihren Champagner aus, schob sich den Riemen ihrer Reisetasche auf die Schulter, nahm ihr restliches Gepäck und verließ die Küche.

Schwer bepackt mit ihren Taschen, stieg Kate die schmalen Steinstufen zur tieferen Ebene des terrassenförmig angelegten Grundstücks hinab.

Das Gästehaus befand sich am hinteren Ende des Swimmingpools. Der Pool war aus grünem Marmor und umgeben von Zypressen. Otto hatte ihn so entwerfen lassen, dass er zur Bauweise des Haupthauses passte.

Kate mochte es hier unten – abgeschieden vom Haupthaus, bot ihr der Neubau Privatsphäre, einen Ort, an den sie sich zurückziehen konnte.

Sie betrat das Gästehaus und ließ ihr Gepäck auf den Boden fallen. Kurz überlegte sie, ob sie auspacken sollte, doch das war ihr im Augenblick zu anstrengend. Sie schnaufte tief durch.

Plötzlich war ihr zum Heulen zumute. Sie war schon den ganzen Tag über emotional gewesen, und nun hatte der Anblick von Lana und Leo – so glücklich in der Gesellschaft des anderen, einander auf eine so selbstverständliche, vertraute Art und Weise zugetan – einen Anflug von Traurigkeit in ihr ausgelöst, vermischt mit Neid und dem Bedürfnis, in Tränen auszubrechen.

Wieso?, fragte sie sich. Wieso wollte sie weinen, wenn Leo die Hand seiner Mutter nahm oder ihre Schulter berührte oder sie zärtlich auf die Wange küsste? Weil sie selbst sich so verzweifelt einsam fühlte?

Nein, das war Unsinn. Es steckte mehr dahinter, das wusste sie.

Es lag daran, hier zu sein, auf der Insel – das war es, was ihr zu schaffen machte. Hier zu sein und zu wissen, warum sie hierhergekommen war. War es ein Fehler gewesen? Hatte sie falsche Vorstellungen? Vielleicht ... wahrscheinlich.

Jetzt ist es zu spät, dachte sie. *Komm schon, Katie, reiß dich zusammen.*

Sie brauchte etwas, um ihre Nerven zu beruhigen. Was hatte sie eingepackt? Clonazepam? Xanax? Plötzlich fiel ihr das kleine Geschenk ein, das sie für sich selbst hier zurückgelassen hatte, beim letzten Mal, als sie auf der Insel gewesen war. Ob es wohl noch da war?

Kate eilte zum Bücherregal und fuhr mit den Fingern über die Buchrücken. Sie fand das abgegriffene gelbe Buch, nach dem sie suchte: *Die Pforten der Wahrnehmung* von Aldous Huxley.

Sie nahm es aus dem Regal. Es öffnete sich auf der richtigen Seite – und gab ein kleines, platt gedrücktes Tütchen Kokain frei. Ihre Augen leuchteten auf. *Bingo.*

Mit einem zufriedenen Lächeln leerte Kate den Inhalt des Tütchens auf den Nachttisch. Dann nahm sie ihre Kreditkarte und fing an, das Kokain zu zerkleinern.

8

Agathi stand in der Küche und nahm mithilfe eines kurzen, scharfen Messers geschickt eine Seebrasse aus. Die grauen Eingeweide landeten in der Spüle. Dunkelrotes Blut vermischte sich mit dem fließenden Wasser, als sie den so entstandenen Hohlraum auswusch.

Sie konnte ihre Großmutter förmlich spüren, die ihre Hände lenkte, ihren Geist, der Agathis Finger die vertrauten Bewegungen ausführen ließ. Sie hatte schon den ganzen Nachmittag über an ihre *γιαγιά* denken müssen. In ihren Gedanken war die alte Frau untrennbar mit diesem Teil der Welt verbunden. Eine gewisse Wildheit, ein Hauch von Magie umgab sie beide. Es hieß, ihre Großmutter wäre eine Hexe gewesen, und Agathi konnte ihre Präsenz an diesem Ort spüren. Sie spürte sie im Sonnenschein, in den Geräuschen des Meeres – und beim Ausnehmen eines Fisches.

Sie drehte den Wasserhahn zu, tupfte die Seebrasse mit Küchenpapier trocken und legte sie zu den anderen auf einen großen Teller.

Agathi war fünfundvierzig Jahre alt. Sie hatte ein ausdrucksstarkes Gesicht, schwarze Augen, hohe Wangenknochen und sah meiner Meinung nach sehr hellenisch aus. Eine schöne Frau, die mit Make-up nur wenig im Sinn hatte und die die Haare stets streng zurückgekämmt und hochgesteckt trug. Sie war eine herbe Erscheinung und nicht besonders eitel, ihre wenige Freizeit verschwendete sie nicht für Äußerlichkeiten. Das überließ sie den anderen.

Nachdenklich betrachtete sie die Fische. Sie waren groß.

Drei sollten genügen, überlegte sie, aber sie wollte das mit Lana besprechen. Nur für alle Fälle.

Lana wirkt glücklicher, dachte sie. *Das ist gut.*

Lana war in letzter Zeit in einer seltsamen Stimmung gewesen. Hatte distanziert gewirkt, unnahbar. Offensichtlich nagte etwas an ihr, aber Agathi hakte nicht nach. Sie war der Inbegriff von Diskretion, solange sie nicht danach gefragt wurde, behielt sie ihre Meinung für sich – und selbst wenn man sie fragte, antwortete sie nur, wenn sie gar nicht anders konnte.

Agathi war das einzige Mitglied des Haushalts, das aufmerksam genug war, diese jüngste Veränderung an Lana zu bemerken. Die anderen – die beiden Männer im Haus – verschwendeten nicht allzu viel Zeit darauf, sich Gedanken um Lanas Stimmung zu machen. Leos Egoismus entschuldigte Agathi mit seiner Jugend. Jasons Gleichgültigkeit fiel ihr schwerer zu verzeihen.

Agathi selbst war fest entschlossen, Lana einige erholsame, vergnügte Tage auf der Insel zu bereiten. Und es gab keinen Grund, warum ihr das nicht gelingen sollte.

Bislang hatten sie sogar Glück mit dem Wetter. Von dem störenden Wind keine Spur. Das Meer hätte bei der Überfahrt nicht glatter sein können, kaum eine Welle hatte die Wasseroberfläche gekräuselt.

Ihre Ankunft war holpriger gewesen – im logistischen Sinne. Agathi war eine großartige Haushälterin und sorgte dafür, dass alles lief wie am Schnürchen. Was es für gewöhnlich auch tat. Heute allerdings war sie spät dran. Als sie eintrafen, fanden sie Babis in der Küche vor. Die Lebensmittel mussten noch ausgepackt werden, die Reinigungsfrauen waren noch im Haus beschäftigt, wischten die Fußböden und machten die Betten. Babis entschuldigte sich, sichtlich verlegen. Lana war natürlich gnädig. Sie beharrte darauf, dass es ihre Schuld war, weil sie ihm so kurzfristig Bescheid gegeben hatte, bedankte sich bei jeder der alten Frauen persönlich, und diese strahlten sie an, voller Bewunderung, in den Bann gezogen von der Welt der Stars. Lana und Leo gingen schwimmen, während Jason sich schlecht gelaunt in sein Arbeitszimmer zurückzog, bewaffnet mit Laptop und Handy.

Agathi blieb allein mit Babis zurück – was ihr natürlich unangenehm war. Doch sie ließ sich von seiner Anwesenheit nicht einschüchtern. Was für ein aufgeblasenes Arschloch dieser Mann doch war! Unterwürfig, schleimig, kroch er förmlich vor ihr auf dem Boden herum, während er im selben Atemzug sein griechisches Personal anblaffte, herrisch, herablassend, als wäre es Dreck.

Und Agathi verabscheute er von allen am meisten. Für ihn würde sie immer die Kellnerin aus seinem Restaurant sein. Er hatte ihr nie verziehen, was in jenem Sommer passiert war – als Otto und Lana das erste Mal zum Mittagessen im Yialos aufgetaucht waren, auf der Suche nach einer Babysitterin, und das Schicksal Agathi zu ihrem Tisch geschickt hatte. Lana hatte Agathi sofort ins Herz geschlossen. Sie hatten die junge Kellnerin vom Fleck weg engagiert, und sie wurde für sie unentbehrlich. Als ihr Besuch auf der Insel zu Ende ging, fragten sie sie, ob sie gern mit ihnen als Nanny nach Los Angeles gehen würde. Und Agathi sagte Ja, ohne auch nur eine Sekunde zu überlegen.

Vielleicht denken Sie, es wäre die Faszination Hollywoods gewesen, die Agathi dazu bewegte, so schnell einzuwilligen – aber Sie täuschen sich. Es war ihr gleich, wohin sie ging, solange sie bei Lana bleiben konnte. Sie war damals von Lana derart in den Bann geschlagen, dass sie ihr auch nach Timbuktu gefolgt wäre, hätte Lana sie darum gebeten.

Und so ging Agathi mit der Familie nach L. A. und anschließend nach London. Als Leo älter wurde, stieg sie von der Nanny zur Köchin, dann zur Haushälterin, Assistentin und schließlich – vorausgesetzt, sie bildete sich in dieser Hinsicht nicht zu viel ein – zu Lanas Vertrauten und besten Freundin auf. Vielleicht überschritt dies eine gewisse Grenze, aber wenn ja, dann nicht allzu sehr. In einem praktischen, alltäglichen Sinne stand Agathi Lana tatsächlich näher als jeder andere.

Allein mit Babis in der Küche, fand Agathi ein boshaftes Vergnügen daran, quälend langsam die lange Liste mit Lebensmitteln abzuhaken, Stück für Stück – und darauf zu bestehen, dass er nachsah, ob wirklich alles vorhanden war. Er fand das natürlich unerträglich, und es gab viel Gemurre und ungeduldiges Füßescharren.

Als Agathi merkte, dass sie ihn genug gepeinigt hatte, entließ sie ihn, fing an, die Lebensmittel einzuräumen und die anstehenden Mahlzeiten zu planen.

Sie schenkte sich gerade eine Tasse Tee ein, als die Hintertür aufging.

Nikos stand auf der schattigen Schwelle, in einer Hand einen Dolch und einen gefährlich aussehenden Haken, in der anderen eine Tragetasche voller nasser, schwarzer, stacheliger Seeigel.

Agathi starrte ihn an. »Was willst du?«, fragte sie ihn auf Griechisch.

»Hier.« Nikos streckte ihr die Tasche mit den Seeigeln entgegen. »Für sie.«

»Oh.« Agathi nahm ihm die Tasche ab.

»Du weißt, wie man sie zubereitet?«

Agathi nickte.

Nikos verharrte einen Moment. Er reckte sich und spähte über ihre Schulter, als wollte er sehen, ob sich sonst noch jemand in der Küche befand.

Agathi runzelte die Stirn. »Brauchst du noch etwas?«

Nikos schüttelte den Kopf.

»Dann würde ich jetzt gern weiterarbeiten«, sagte sie und warf ihm die Tür vor der Nase zu.

Sie ließ die Tasche mit den Seeigeln auf die Anrichte fallen und betrachtete sie einen Augenblick. Roh galten sie als lokale Delikatesse, und Lana liebte sie. Es war nett von Nikos, ihr welche zu bringen, und Agathi war auch nicht böse, dass er ihr mit der Zubereitung zusätzliche Arbeit aufbürdete – nur die Art und Weise, wie er nach Lana Ausschau hielt, störte sie. Etwas daran machte sie nervös.

Es war seltsam, dachte Agathi, wie er Lana ansah. Sie hatte es vorhin schon bemerkt, als Nikos sie am Bootsanleger begrüßte. Lana war es offenbar nicht aufgefallen.

Aber Agathi. Und es gefiel ihr gar nicht.

9

Nikos entfernte sich von der Hintertür.

Es war ein merkwürdiges Gefühl, nach Monaten der Einsamkeit wieder von anderen Menschen umgeben zu sein, fand er.

Es fühlte sich beinahe an wie eine Invasion – als würde seine Insel belagert.

»Seine Insel«. Wie absurd, dieses Eiland für sein eigenes zu halten, aber er konnte nicht anders.

Mittlerweile führte Nikos seit fast fünfundzwanzig Jahren ein einsames Dasein auf Aura. Er lebte mehr oder weniger autark, jagte und baute an, was immer er brauchte. Hinter seinem kleinen Haus hatte er einen Gemüsegarten angelegt, hielt ein paar Hühner – und im Meer gab es Fisch in Hülle und Fülle. Er musste nur wegen ein paar unverzichtbarer Dinge hin und wieder nach Mykonos zurückkehren – Tabak, Bier, Ouzo. Auf Sex verzichtete er.

Wenn er sich gelegentlich einsam fühlte und das Bedürfnis nach menschlicher Gesellschaft verspürte – nach anderen Stimmen und Gelächter –, suchte er auf Mykonos die Taverne auf, in der die Einheimischen saßen. Sie lag auf der anderen Seite des Hafens, weit weg von den Milliardären und ihren Jachten. Nikos setzte sich dann allein an die Bar und trank ein Bier. Er wollte nicht reden, aber er hörte zu und verfolgte mit einem Ohr den Tratsch der anderen Gäste. Die ließen ihn bis auf ein knappes Nicken zur Begrüßung für gewöhnlich in Ruhe. Sie spürten, dass Nikos anders geworden war – die jahrzehntelange Isolation hatte ihn zu einem Außenseiter gemacht.

Er hörte, wie sie über Lana klatschten, die alten Männer, die mit ihren Backgammon-Brettern an den Tischen saßen, vor sich kleine Gläser mit Ouzo. Viele von ihnen erinnerten sich an Otto – und an Lana, die sie auf Griechisch als »Leinwand-Sirene« bezeichneten. Sie waren fasziniert von diesem zurückgezogen lebenden amerikanischen Filmstar, der die verfluchte Insel besaß – ein Besitz, das muss gesagt werden, der ihr nur wenig kostbares Glück und viel Kummer eingetragen hatte.

Auf der Insel liegt ein Fluch, sagte jemand. *Merkt euch meine Worte: Es wird wieder geschehen. Es dauert nicht mehr lange, dann passiert diesem neuen Ehemann das Gleiche wie dem alten.*

Er hat kein Geld, behauptete ein anderer. *Der Neue ist ein gemachter Mann, ausgehalten von seiner Frau.*

Nun, sie ist ja auch reich genug, stellte ein Dritter fest. *Ich wünschte, meine Frau würde für mich mitbezahlen.*

Das brachte ihm Gelächter ein.

Ob das, was man über Jason sagte, der Wahrheit entsprach, wusste Nikos nicht – und es war ihm auch egal. Er verstand, in welch misslicher Lage Jason steckte. Wer konnte schon mit einem solchen Vermögen mithalten, wie Lana es besaß? Alles, was Nikos ihr zu bieten hatte, waren seine bloßen Hände. Aber er war wenigstens ein richtiger Mann – nicht so eine Mogelpackung wie Jason.

Nikos hatte Jason von Anfang an nicht leiden können. Er erinnerte sich noch gut an das erste Mal, als Jason Aura besucht hatte. Schlecht gelaunt, mit Anzug und Sonnenbrille, hatte er die Insel mit besitzergreifender Miene inspiziert.

Nikos beobachtete ihn über mehrere Jahre hinweg aus nächster Nähe – oft, wenn Jason keinen blassen Schimmer hatte, dass er beobachtet wurde. Und Nikos kam zu dem Schluss, dass Jason ein Hochstapler war. Sein jüngstes »Hobby« war der bislang größte Witz: Jason tat so, als wäre er ein Jäger, dabei ging er so unbeholfen mit dem Gewehr um, zielte so schlecht, dass Nikos sich das Lachen kaum verkneifen konnte. Trotzdem gab er fürchterlich damit an, wie ein aufgeblasener Junge, der vortäuschte, ein Mann zu sein.

Was seine Beute betraf: Die paar jämmerlichen Vögel, die er abknallte, waren für Agathi die Mühe des Rupfens nicht wert. Ganz zu schweigen von der Munition, die er verschwendete.

Ein Mann wie Jason hatte Lana nicht verdient.

Sie war die Einzige, deren Anwesenheit auf der Insel Nikos nicht störte. Schließlich war es ihre. Lana gehörte hierher, hier erwachte sie wieder zum Leben. Bei ihrer Ankunft war sie jedes Mal leichenblass, brauchte dringend Sonne. Und dann, binnen weniger Tage, entfaltete die Insel ihren Zauber – und sie schwamm im Meer, aß den Fisch und die Früchte, die hier wuchsen. Sie blühte auf wie eine Blume, und sie war das Schönste, was er je gesehen hatte. Eine tiefgehende Erkenntnis, dass die Natur – so großartig und lebenserhaltend sie auch sein mochte – nicht dasselbe war wie eine Frau. Nikos konnte sich nicht an das letzte Mal erinnern, dass ihn eine Frau berührt, geschweige denn geküsst hatte.

Er verbrachte zu viel Zeit allein. Manchmal fragte er sich, ob er verrückt wurde. In der Taverne sagten sie, der Wind würde einen in den Wahnsinn treiben. Aber es war nicht der Wind.

Es war die Einsamkeit.

Wohin sollte er gehen, wenn er Aura verließ? Er könnte andere Menschen nicht mehr für eine längere Zeit um sich herum ertragen. Seine einzige Option war das Meer – auf einem Boot zu leben, um die Inseln zu segeln. Allerdings besaß er kein Boot, das groß genug und für diesen Zweck geeignet gewesen wäre, und er konnte sich auch keins leisten.

Nein, er musste sich damit abfinden, dass er bis zu seinem Tod auf dieser Insel bleiben würde. Und wahrscheinlich selbst dann noch, denn es würde mit Sicherheit mehrere Monate dauern, bis man seine Leiche entdeckte. Wahrscheinlich wäre er bis dahin längst von den anderen Bewohnern der Insel verspeist worden – genau wie der tote Käfer vor seiner Küchentür, den eine lange Reihe von Ameisen in kleine Stücke zerlegt und abtransportiert hatte.

Seine Gedanken schienen sich dieser Tage ständig um den Tod zu drehen. Der Tod war auf Aura allgegenwärtig, das wusste er.

Als er die Abkürzung zwischen den Bäumen hindurch einschlug, die zu seiner Hütte führte, sah Nikos etwas, was ihn wie angewurzelt stehen bleiben ließ.

Ein riesiges Wespennest.

Fasziniert starrte er es an. Das Nest war gigantisch, das größte, das er je gesehen hatte. Es befand sich am Fuß eines Olivenbaums, in einem Wurzelhohlraum. Eine gewaltige Masse schwirrender, krabbelnder Wespen – wie eine schwarze Rauchwolke, die sich in sich selbst drehte. Auf gewisse Weise war es wunderschön.

Es wäre verrückt gewesen, ein Nest dieser Größe zu zerstören. Aber er wollte es auch gar nicht zerstören. Es war nicht richtig, die Wespen zu töten. Sie hatten das gleiche Recht, hier zu sein, wie alle anderen. Im Grunde waren sie ein Segen – sie fraßen die Mücken. Er hoffte, die Familie würde das Nest nicht entdecken und verlangen, dass er es vernichtete.

Um dem vorzubeugen, so beschloss er, würde er die Wespen vom Haupthaus weglocken – und dabei hoffentlich nicht gestochen werden. Ein Teller Fleisch vor seiner Hütte dürfte genügen: klein gehacktes Rindfleisch oder ein gehäutetes Kaninchen. Die Wespen waren ganz verrückt nach Kaninchen.

In dem Moment hörte er ein Platschen. Vorsichtig drehte er sich zur Seite, spähte durch die Bäume und sah, dass Kate in den Pool gesprungen war.

Nikos blieb stehen, unsichtbar in der Dunkelheit, und beobachtete sie beim Schwimmen.

Nach einer Weile schien Kate seine Anwesenheit zu bemerken. Sie hielt inne, sah sich um und versuchte, etwas zu erkennen, doch die Lichter im Pool machten dies unmöglich.

»Wer ist da?«, rief Kate.

Nikos wollte gerade weitergehen, als er Schritte hörte. Jemand anderes trat aus der Dunkelheit – Jason, der die Stufen zur tiefer gelegenen Ebene herunterkam und an den Beckenrand trat.

Dort blieb er stehen und blickte auf Kate im Wasser hinab. Sein Gesicht war ausdruckslos, wie eine Maske. Kate schwamm zu ihm.

Sie lächelte. »Du solltest reinspringen, das Wasser ist herrlich.«

Jason erwiderte ihr Lächeln nicht. »Was machst du hier?«

»Wie meinst du das?«

»Du weißt genau, was ich meine. Warum bist du hier?«

Kate lachte. »Du freust dich offenbar gar nicht, mich zu sehen.«

»Da hast du vollkommen recht.«

»Das ist aber nicht nett.«

»Kate …«

Kate streckte ihm die Zunge raus, dann tauchte sie mit einem leisen Plätschern unter die Wasseroberfläche und schwamm davon. Gespräch beendet.

Jason drehte sich um und kehrte zum Haupthaus zurück.

Nikos zögerte einen Moment. Er musste erst verarbeiten, was er soeben mitbekommen hatte. Er wollte sich gerade wieder in Bewegung setzen, als ihn plötzlich ein seltsames Gefühl beschlich. Er erstarrte.

Er war nicht allein. Noch jemand war hier draußen, in der Dunkelheit, und beobachtete Kate.

Mit zusammengekniffenen Augen sah Nikos sich um, aber er konnte niemanden entdecken. Er lauschte angestrengt – doch er hörte nichts als Stille. Trotzdem hätte er schwören können, dass sich jemand hier versteckte.

Einen Augenblick lang verharrte er noch, dann eilte er aufgewühlt zurück zu seiner Hütte.

10

Nachdem ich geduscht hatte, besorgte ich zwei Gläser Champagner und suchte Lana in ihrem Zimmer auf. Sie war allein. Saß im Bademantel an ihrem Schminktisch. Ohne Make-up, fand ich, sah sie sogar noch schöner aus.

Jason betrat das Zimmer. Er bemerkte mich und blieb stehen.

»Oh«, sagte er. »Du bist hier. Über wen tratscht ihr zwei denn so?«

Lana lächelte. »Kennst du nicht.«

»Na dann. Hauptsache, es geht nicht um mich.«

»Warum?«, fragte ich. »Hast du etwa ein schlechtes Gewissen?«

Er starrte mich finster an. »Was zur Hölle soll das denn heißen?«

Lana lachte – doch ich merkte, dass sie genervt war. »Jason. Er macht nur Spaß.«

»Nun, er ist aber nicht lustig«, erwiderte Jason – dann fügte er, mit herkulischer Anstrengung, etwas Geistreiches zu erwidern, hinzu: »War er noch nie.«

Ich lächelte. »Gott sei Dank sind Tausende von Theaterbesuchern auf der ganzen Welt anderer Meinung.«

»Hm.« Er erwiderte mein Lächeln nicht.

Derzeit war Jasons Wohlwollen mir gegenüber komplett erschöpft – ich konnte nur hoffen, dass er höflich blieb und sich nicht zu Gewalttätigkeiten hinreißen ließ.

Natürlich war er auf mich eifersüchtig, denn ich bot Lana etwas, was er niemals verstehen und was er ihr niemals würde bieten können. Was das war? Nun, nennen wir es

Freundschaft – in Ermangelung eines besseren Wortes. Jason konnte sich eine Welt, in der ein Mann und eine Frau so eng befreundet sein konnten, nicht vorstellen.

Lana und ich waren aber nicht nur Freunde – wir waren Seelenverwandte.

Doch das konnte Jason ebenfalls nicht verstehen.

»Elliot hatte eine brillante Idee«, sagte Lana. »Wir fahren morgen zum Dinner nach Mykonos. Was hältst du davon?«

Jason schnitt eine Grimasse. »Nein, danke.«

»Warum nicht? Das wird bestimmt toll.«

»Wohin denn? Und jetzt sag nicht, du willst ins Yialos.«

»Warum nicht?«, fragte sie erneut.

»Ach, Herrgott noch mal.« Jason seufzte. »Was für ein Aufwand! Ich dachte, wir wären hergekommen, um zu entspannen.«

Ich konnte mir nicht verkneifen, mich einzumischen. »Komm schon, Jason. Denk doch nur dran, wie gut das Essen im Yialos ist. Lecker!«

Jason ignorierte mich. Doch er sträubte sich auch nicht länger, offenbar wusste er, dass ihm kaum eine Wahl blieb. »Macht, was ihr wollt. Ich gehe unter die Dusche.«

»Das ist mein Stichwort. Ich ziehe mich dann mal zurück. Wir sehen uns unten!«

Ich trat hinaus in den Gang und schloss die Tür hinter mir.

Und dann – normalerweise würde ich das nicht zugeben, aber weil Sie es sind, bin ich ehrlich – legte ich das Ohr ans Türblatt. Hätten Sie nicht dasselbe getan? Die beiden würden mit Sicherheit über mich reden, und ich war neugierig, was Jason sagte, sobald ich ihm den Rücken zukehrte.

Das Gespräch war gedämpft, aber doch gut durch die Tür zu verstehen. Lana klang gereizt.

»Ich begreife nicht, warum du ihm gegenüber nicht höflich sein kannst.«

»Weil er ständig in deinem Schlafzimmer rumhängt, deshalb.«

»Er ist einer meiner besten Freunde.«

»Er ist in dich verliebt.«

»Sei nicht albern.«

»Selbstverständlich ist er das. Warum sonst hatte er nie eine Freundin, seit er diese alte Frau ermordet hat?«

Eine Pause. Dann: »Das ist nicht witzig, Jason.«

»Wer sagt, dass ich scherze?«

»Liebling, möchtest du auf etwas Bestimmtes hinaus, oder hast du nur Lust zu streiten?«

Es entstand eine weitere Pause – anscheinend beruhigte sich Jason ein wenig. In sanfterem Ton fuhr er fort: »Ich muss mit dir reden.«

»Okay. Aber lass Elliot in Ruhe. Ich meine es ernst.«

»Na dann.« Jason sprach mit leiser Stimme. Ich musste das Ohr gegen die Tür pressen, um seine Worte zu verstehen. »Es ist nichts Wichtiges ... Du musst bloß etwas unterschreiben.«

»Jetzt? Kann das nicht warten?«

»Ich muss es noch heute Abend rausschicken. Es dauert nur eine Sekunde.«

Lana zögerte. »Ich dachte, es wäre nicht wichtig.«

»Ist es ja auch nicht.«

»Warum dann die Eile?«

»Es hat keine Eile.«

»Dann lese ich es morgen.«

»Du brauchst es nicht zu lesen«, entgegnete Jason. »Ich verschiebe bloß einige Gelder. Das Wesentliche kann ich dir auch so erklären.«

»Ich möchte es trotzdem lesen. Schick es per E-Mail an

Rupert, er soll einen Blick darauf werfen – ich unterschreibe dann später. Was hältst du davon?«

»Vergiss es.« Er klang zornig.

Jason erklärte nichts – aber ich brauchte auch gar keine Erklärung. Obwohl ich mehrere Schritte entfernt und durch eine massive Eichenholztür von ihm getrennt war, wusste ich genau, was er vorhatte. Ich konnte es seinem Zögern entnehmen, der Veränderung in seiner Stimme, nachdem Lana ihren Anwalt ins Spiel gebracht hatte. Spätestens da war Jason klar geworden, dass sich seine kleine Mauschelei – worum auch immer es sich handeln mochte – nicht umsetzen lassen würde.

»Schon gut«, ruderte er zurück. »Es pressiert nicht, ich kann warten.«

»Sicher?«

»Ja. Mach dir keine Sorgen. Ich gehe jetzt duschen.«

Ich huschte von der Tür weg, denn ich konnte mir vorstellen, was als Nächstes passierte: Jason würde ins Badezimmer gehen, und sobald er allein war, würde ihm die lächelnde Maske vom Gesicht rutschen. Er würde in den Spiegel starren, sich selbst betrachten. In seinen Augen stünde Verzweiflung. War es ein Fehler gewesen, so mit Lana zu reden? Hatte er ihren Verdacht geweckt?

Er hätte warten sollen, bis sie ein paar Gläser getrunken hatte, und ihr die Papiere dann zur Unterschrift zuschieben sollen. *Obwohl, vielleicht würde das auch jetzt noch funktionieren.*

Später, nach dem Abendessen, würde er es erneut probieren – wenn sie entspannter war. Er musste nur immer schön ihr Glas nachfüllen. Besonders nett zu ihr sein. So wie er Lana kannte, würde sie ihre Meinung ändern und ihm von selbst vorschlagen, zu unterschreiben – um ihm eine Freude zu machen.

Ja, es war durchaus möglich, dass sein Plan doch noch aufging. *Atme tief durch, Jason,* sagte er sich, *atme und bleib ruhig.*

Er stellte die Dusche an. Das Wasser war zu heiß und peitschte sein Gesicht, seinen Körper, verbrühte ihn.

Was für eine Erleichterung es war, Schmerz zu verspüren – eine willkommene Ablenkung von all den Gedanken, die ihn umtrieben … von allem, was er zu tun hatte … von allem, was vor ihm lag.

Er schloss die Augen und brannte.

11

Etwas später kam Kate in die Küche geschlendert. Sie war außer Atem und ein bisschen high. Hoffentlich merkten ihr die anderen nichts an!

Sie setzte sich auf einen Stuhl und sah Lana und Agathi beim Zubereiten des Abendessens zu. Lana machte einen grünen Salat mit den leicht scharf schmeckenden Blättern des Meersenfs, der hier überall wuchs. Agathi zeigte Lana den Teller mit den ausgenommenen Seebrassen.

»Ich denke, drei genügen, was meinst du?«

Lana nickte. »Drei sind reichlich.«

Kate griff nach einer Flasche Wein und schenkte ein Glas für sich und eins für Lana ein.

Kurz darauf gesellte sich Leo zu ihnen, der frisch aus der Dusche kam. Seine Haut war gerötet, aus seinen Haaren tropfte Wasser aufs T-Shirt.

Leo war jetzt siebzehn, fast achtzehn. Er sah aus wie eine jüngere, männliche Ausgabe von Lana – wie ein junger griechischer Gott. Wie der jugendliche Sohn der Aphrodite – wie hieß er noch gleich? –, Eros. Leo sah so aus, wie Eros ausgesehen haben musste. Blondes Haar, blaue Augen, schlank und sportlich. Er war eine sanfte Seele, genau wie seine Mutter.

Lana schaute ihn an. »Trockne deine Haare ab, Liebling. Nicht, dass du dir eine Erkältung holst.«

»Die sind doch in einer Sekunde trocken. Brauchst du Hilfe?«

»Deckst du den Tisch?«

»Wo essen wir denn? Drinnen oder draußen?«

»Wie wär's mit draußen? Danke, Liebling.«

Kate musterte Leo anerkennend. »Du siehst *umwerfend* aus, Leo! Wann bist du so hübsch geworden? Möchtest du einen Schluck Wein?«

Leo schüttelte den Kopf und suchte Tischsets und Servietten zusammen. »Ich trinke keinen Alkohol.«

»Komm schon, setz dich und spuck's aus …« Kate klopfte auf den Stuhl neben ihrem und beugte sich zu ihm. »Wer ist die Glückliche? Wie heißt sie?«

»Wer?«

»Deine Freundin.«

»Ich habe keine Freundin.«

»Du *musst* doch irgendwen daten! Na los, verrat es uns: Wie ist ihr Name?«

Leo murmelte verlegen etwas Unverständliches, dann floh er aus der Küche.

»Hab ich was Falsches gesagt?«, wandte Kate sich verwirrt an Lana. »Und jetzt behaupte bloß nicht, er ist Single. Das ist unmöglich – er ist *umwerfend!*«

»Das sagtest du bereits.«

»Nun, es stimmt ja auch. In seinem Alter sollte er wie wild durch die Gegend vögeln. Was ist denn los mit ihm? Machst du dir keine Sorgen, er könnte ein bisschen …?« Kate verstummte und warf Lana einen bedeutungsvollen Blick zu. *»Du weißt schon.«*

»Nein.« Lana schenkte ihr ein fragendes Lächeln. »Was weiß ich?«

»Keine Ahnung … Ich meine nur, vielleicht ist er etwas zu … *anhänglich.*«

»Anhänglich? An wen sollte er sich denn anhängen?«

»An *wen?*« Kate lachte. »An dich, meine Liebe.«

»An mich?« Lana wirkte aufrichtig überrascht. »Ich glaube nicht, dass Leo besonders anhänglich ist.«

Kate verdrehte die Augen. »Lana. Leo ist vernarrt in dich. Immer schon gewesen.«

Lana wischte ihre Bemerkung beiseite. »Wenn dem tatsächlich so ist, wird sich das bald verwachsen. Was mir sehr leidtun würde.«

»Glaubst du, er ist schwul?«

Lana zuckte mit den Achseln. »Keine Ahnung, Kate. Und wenn schon.«

»Vielleicht sollte ich ihn fragen.« Kate, die sich offenbar für diese Vorstellung erwärmte, schenkte sich lächelnd nach. »Soll ich mal mit ihm reden? So wie eine große Schwester, meine ich?«

Lana schüttelte den Kopf. »Bitte nicht.«

»Warum nicht?«

»Ich finde nicht, dass du wirkst wie eine große Schwester.«

Kate ließ sich Lanas Worte durch den Kopf gehen. »Du hast recht. Das finde ich auch nicht.«

Beide lachten.

»Was ist so lustig?«, fragte ich, als ich in die Küche schlenderte.

»Ach, nichts«, sagte Kate, immer noch lachend.

Sie hob ihr Glas und prostete Lana zu. »Zum Wohl.«

An diesem Abend wurde viel gelacht. Wir waren ein fröhlicher Haufen – Sie wären nie darauf gekommen, dass es der letzte Abend war, an dem wir so zusammensaßen.

Was kann in einer Zeitspanne von einigen wenigen Stunden denn schon passieren?, werden Sie womöglich fragen. Was kann so furchtbar schiefgehen, dass es in Mord endet?

Schwer zu sagen. Kann irgendwer den exakten Moment benennen, in dem Liebe in Hass umschlägt? Alles hat ein Ende, das weiß ich. Vor allem Glück. Vor allem Liebe.

Verzeihen Sie mir, ich bin ein solcher Zyniker geworden. Als ich jung war, war ich so idealistisch – sogar romantisch. Ich glaubte, Liebe wäre etwas für die Ewigkeit. Jetzt glaube ich das nicht mehr. Jetzt weiß ich nur eins mit Bestimmtheit: Die erste Hälfte des Lebens besteht aus purem Egoismus, die zweite Hälfte aus purer Trauer.

Üben Sie Nachsicht mit mir, nur für einen Moment – lassen Sie mich an dieser Stelle verweilen und die letzte glückliche Erinnerung auskosten.

Wir aßen draußen unter den Sternen zu Abend. Bei Kerzenschein saßen wir unter der Pergola, umgeben von süß duftendem Jasmin.

Als Erstes gab es die salzigen Seeigel, frisch zubereitet von Agathi. Sie wurden roh gegessen, mit einem Spritzer Zitrone. Mein Geschmack waren sie nicht – aber wenn Sie die Augen schließen und schnell schlucken, können Sie sich einreden, es wären Austern. Auf die Seeigel folgten gegrillte Seebrasse, in dünne Scheiben geschnittenes Steak, verschiedene Salate und in Knoblauch geschwenktes Gemüse – dann kam das Pièce de résistance: Agathis Röstkartoffeln.

Kate hatte keinen großen Appetit – also schaufelte ich mir den Teller voll und aß für zwei. Ich lobte Agathis Kochkünste, wobei ich so taktvoll war, auch auf Lanas Bemühungen einzugehen. Allerdings kamen ihre gesunden Salate nicht gegen die dekadenten Kartoffeln an, in der roten Erde von Aura gewachsen, goldgelb, triefend vor Öl. Es war ein perfektes Essen, dieses letzte Abendmahl.

Anschließend setzten wir uns an die Feuerstelle. Ich plauderte mit Lana, während Leo eine Partie Backgammon mit Jason spielte.

Dann fragte Kate plötzlich nach Agathis Kristall. Sie ging ins Haus, um ihn zu holen.

Ich muss Ihnen von dem Kristall erzählen. Er hatte innerhalb der Familie fast einen mythischen Status inne. Ein primitives Mittel zum Wahrsagen, hatte der Kristall einst Agathis Großmutter gehört und besaß angeblich magische Fähigkeiten.

Es handelte sich um ein Pendel – einen weißen, milchigen Kristall in Form eines kleinen Zapfens, wie ein junger Pinienzapfen, an einer Silberkette hängend. Man hielt die Kette in der rechten Hand und ließ den Kristall über der offenen Handfläche der linken Hand baumeln. Dann stellte man eine Frage – und formulierte sie so, dass nur ein Ja oder ein Nein als Antwort infrage kam.

Der Kristall fing an zu schwingen und verriet einem auf diese Weise die Antwort. Wenn er in einer geraden Linie ausschlug wie ein Pendel, bedeutete das nein. Wenn er einen Kreis beschrieb, ja. Absurd in seiner Schlichtheit – aber mit einer enervierenden Tendenz, korrekte Ergebnisse zu liefern. Die Leute befragten den Kristall wegen ihrer Zukunftspläne, ihrer Vorhaben – *Soll ich den Job annehmen? Soll ich nach New York ziehen? Soll ich diesen Mann heiraten?* Die Mehrheit von ihnen bestätigte einige Monate, manchmal noch Jahre später, dass der Kristall recht behalten hatte.

Kate glaubte leidenschaftlich und mit kindlichem Vertrauen an die Zauberkraft des Kristalls, auf diese naive Art und Weise, die sie mitunter an den Tag legte. Sie war überzeugt davon, dass es sich um ein echtes Wahrsage-Instrument handelte – ein griechisches Orakel.

Wir alle wechselten uns an jenem Abend damit ab, stellten unsere geheimen Fragen – bis auf Jason, der sich nicht dafür interessierte. Er blieb ohnehin nicht lange. Als Leo ihn beim Backgammon schlug, verlor er die Beherrschung und stürmte schmollend ins Haus.

Als wir vier allein waren, wurde die Stimmung fröhlicher. Ich drehte einen Joint. Lana rauchte nie Gras, aber heute Abend brach sie eine ihrer Grundregeln und nahm einen Zug, genau wie Kate.

Leo holte seine Gitarre und spielte etwas, was er komponiert hatte. Ein Duett, für ihn und Lana. Es war ein schöner Song; Mutter und Sohn hatten liebliche Stimmen, die einander ergänzten. Aber Lana war stoned, und sie vergaß immer wieder den Text. Dann fing sie an zu kichern, was Kate und ich höchst amüsant fanden, sehr zu Leos Ärger.

Wir müssen ihm ziemlich auf die Nerven gegangen sein, diesem ernsten, siebzehn Jahre alten Jungen – alberne, bekiffte Erwachsene, die sich benahmen wie Teenager. Wir konnten nicht aufhören zu lachen, Lana, Kate und ich. Immer wieder losprustend, klammerten wir uns aneinander und schüttelten uns vor Lachen.

Ich bin froh, dass ich diese Erinnerung habe. Wir drei, lachend. Ich bin froh, dass diese Erinnerung unbefleckt ist.

Es ist schwer zu glauben, dass binnen vierundzwanzig Stunden einer von uns tot sein würde.

12

Bevor ich Ihnen von dem Mord erzähle, habe ich eine Frage an Sie.

Was steht an erster Stelle – Charakter oder Schicksal?

Das ist die zentrale Frage in jeder Tragödie. Was hat Vorrang – der freie Wille oder die Bestimmung? Waren die furchtbaren Ereignisse des nächsten Tages unvermeidlich, von einem bösartigen Gott gewollt? Waren wir verdammt – oder bestand die Hoffnung, zu entkommen?

Diese Frage hat mich die Jahre über immer wieder heimgesucht. *Charakter oder Schicksal?* Was denken Sie? Ich werde Ihnen sagen, was ich denke. Nachdem ich lange und gründlich überlegt habe, bin ich zu dem Schluss gekommen, dass Charakter und Schicksal ein und dasselbe sind.

Aber nehmen Sie mich deswegen nicht beim Wort. Allerdings hat der griechische Philosoph Heraklit einst gesagt: *Charakter* ist *Schicksal.*

Und falls Heraklit recht hat, dann war die Tragödie, die uns in wenigen Stunden erwartete, eine direkte Folge unseres Charakters – dessen, wer wir waren. Richtig? Also, wenn *wer man ist* bestimmt, was einem passiert, dann heißt die eigentliche Frage: Was bestimmt, *wer man ist?*

Was macht den *Charakter* aus?

Die Antwort, so scheint es mir, lautet, dass sich meine gesamte Persönlichkeit – all meine Werte und Meinungen, wie ich in der Welt zurechtkommen, Erfolg haben oder glücklich werden kann – auf die nur noch schemenhaft vorhandene, vergessene Welt meiner Kindheit zurückführen lässt, in der mein Charakter geformt und schlussendlich definiert wurde, von all den Dingen, die anzunehmen – oder gegen die zu rebellieren – ich gelernt hatte.

Es dauerte eine ganze Weile, bis ich zu dieser Erkenntnis gelangte. Als ich jung war, weigerte ich mich, über meine Kindheit oder meinen Charakter nachzudenken. Ich wollte vergessen. Aber manche Dinge, so fand ich heraus, sind nicht so leicht zu vergessen. Vielleicht ist das nicht überraschend.

Meine Therapeutin hat mir einmal gesagt, dass alle traumatisierten Kinder – genau wie die Erwachsenen, zu denen sie heranreifen – dazu neigen, sich ausschließlich auf die äußere Welt zu fokussieren. Eine Art Hypervigilanz, nehme ich an. Wir blicken nach *außen,* nicht nach innen, scannen die Welt nach Gefahrenzeichen – ist sie sicher oder nicht?

Wir wachsen zum Beispiel mit so großer Angst davor auf, Ärger heraufzubeschwören oder Geringschätzung zu erfahren, dass wir als Erwachsene einen beängstigenden Riss in unserem Innern verspüren – wie ausgefranster Stoff, der endgültig zerfetzt wird –, wenn wir bemerken, dass jemand bei einem Gespräch ein Gähnen unterdrückt oder sich Langeweile oder gar Unmut in seinen Augen widerspiegelt. Und sogleich verdoppeln wir unsere Bemühungen, zu unterhalten und zu gefallen.

Die eigentliche Tragödie besteht natürlich darin, dass wir den Kontakt zu uns selbst verlieren, wenn wir stets nach außen schauen und uns derart intensiv mit den Erfahrungen anderer befassen. Es ist, als würden wir unser ganzes Leben lang vorgeben, wir selbst zu sein – Gaukler, die sich *vorgaukeln,* sie selbst zu sein, anstatt zu fühlen: *Das bin wirklich ich; das ist, wer ich bin.* Aus diesem Grund zwinge ich mich heutzutage immer wieder dazu, mich auf das zu besinnen, was ich empfinde, mir nicht die Frage zu stellen, ob die *anderen* sich amüsieren, sondern *ich*. Mich nicht zu fragen, ob *sie* mich mögen, sondern ob *ich* sie mag.

In diesem Sinne stelle ich mir die Frage, ob ich Sie mag.

Natürlich mag ich Sie. Sie sind ein bisschen still, aber Sie sind ein großartiger Zuhörer. Und wir alle wissen einen guten Zuhörer zu schätzen, nicht wahr? Gott weiß, dass wir unser gesamtes Leben damit verbringen, ungehört zu bleiben.

Mit Mitte dreißig begann ich eine Therapie. Zu jener Zeit spürte ich, dass ich genügend Distanz zu meiner Vergangenheit aufgebaut hatte, um einen vorsichtigen Blick darauf werfen zu können; indem ich sozusagen zwischen den Fingern hindurchspähte. Ich wählte eine Gruppentherapie, nicht nur, weil das billiger war, sondern weil ich es, um ehrlich zu sein, mochte, Leute zu beobachten. Ich war in meinem Leben bis dahin so verdammt einsam gewesen; ich genoss es, anderen zuzuschauen und zu sehen, wie sie interagierten.

Meine Therapeutin hieß Mariana. Sie hatte dunkle, durchdringende Augen und lange, wellige, dunkle Haare – ich denke, sie war Griechin oder Halbgriechin. Mariana war eine kluge und sehr freundliche Frau – meistens. Sie konnte allerdings auch brutal sein.

Ich erinnere mich, dass sie einmal etwas ausgesprochen Beängstigendes sagte – was mich sehr lange Zeit aufwühlte. Im Rückblick denke ich, dass es mein ganzes Leben verändert hat.

»Wenn wir jung sind und furchtsam«, sagte Mariana, »passiert etwas, wenn man uns beschämt und demütigt. Die Zeit bleibt stehen. Sie friert ein, im jeweiligen Moment. Eine Version von uns sitzt in der Falle, in ebenjenem Alter, in dem wir zu dem Zeitpunkt sind – für immer.«

»In der Falle, wo?«, fragte Liz, ein Mitglied der Gruppe.

»Hier oben.« Mariana tippte sich seitlich an den Kopf. »Ein verängstigtes Kind versteckt sich in unserer Seele – immer noch unsicher, immer noch ungehört und ungeliebt. Und je eher Sie mit diesem Kind in Kontakt treten und lernen, mit ihm zu kommunizieren, desto harmonischer wird Ihr Leben in Zukunft verlaufen.«

Ich muss ein zweifelndes Gesicht gemacht haben, denn Mariana versetzte mir den Todesstoß: »Dafür ist es schließlich herangewachsen, nicht wahr, Elliot? Zu dem starken Körper eines Erwachsenen, damit Sie sich um das Kind in Ihnen und seine Interessen kümmern. Damit Sie auf es aufpassen, es beschützen. Sie waren dazu bestimmt, es zu befreien, doch am Ende wurden Sie zu seinem Gefängniswärter.«

Das klang seltsam. Die Wahrheit zu hören, die man längst wusste – im Herzen, aber nie in Worte gefasst. Und dann kommt eines Tages irgendwer vorbei und erklärt es Ihnen, einfach und verständlich. *Das ist dein Leben, da ist es, wirf mal einen Blick darauf.* Ob Sie die Worte hören oder nicht, liegt an Ihnen.

Ich hörte sie. Laut und deutlich.

Ein verängstigtes Kind ist in meinem Innern gefangen. Ein Kind, das nicht weggehen wird.

Plötzlich ergab alles einen Sinn. All die beunruhigenden Gefühle, die ich auf der Straße oder in gesellschaftlichen Situationen empfand oder wenn ich jemandem widersprechen oder mich behaupten musste – das mulmige Gefühl im Magen, die Furcht vor Augenkontakt –, all das hatte nichts mit mir zu tun, nichts mit dem Hier und Jetzt. Es handelte sich um alte Gefühle, die einfach in der Zeit verschoben wurden. Sie gehörten einem kleinen Jungen, der völlig verängstigt war, total unter Beschuss stand – absolut unfähig, sich zu verteidigen.

Ich dachte, ich hätte ihn zurückgelassen, vor Jahren schon. Ich dachte, *ich* hätte mein Leben in der Hand. Aber ich täuschte mich. Ich wurde immer noch bestimmt von einem verängstigten Kind. Einem Kind, das den Unterschied zwischen der Gegenwart und der Vergangenheit nicht erkannte – und das, wie ein nichts ahnender Zeitreisender, für immer dazwischen hin und her stolperte.

Mariana hatte recht: Ich sollte das Kind aus meinem Kopf vertreiben – und es stattdessen auf meinen Schoß setzen.

Das wäre sehr viel sicherer für uns beide.

Charakter *ist* Schicksal. Merken Sie sich das für später.

Denken Sie an das Kind.

Und ich meine nicht nur das Kind in mir, sondern auch das Kind in *Ihnen*.

»Ich weiß, dass es viel verlangt ist, Sie aufzufordern, sich selbst zu lieben«, pflegte Mariana zu sagen. »Aber zu lernen, das Kind zu lieben, das Sie einst waren, oder zumindest Mitgefühl mit diesem Kind zu empfinden, ist ein Schritt in die richtige Richtung.«

Sie lachen vielleicht darüber. Verdrehen die Augen. Sie könnten das für typisch kalifornisch halten, für selbstgefällig, selbstmitleidig. Sie behaupten vielleicht, Sie wären aus härterem Holz geschnitzt. Das sind Sie unter Umständen auch. Aber lassen Sie mich Ihnen eines sagen, mein Freund: Selbstironie ist bloß eine Abwehr gegen das Gefühl von Schmerz. Wie wollen Sie sich jemals ernst nehmen, wenn Sie über sich selbst lachen? Wie wollen Sie jemals all das spüren, was Sie durchgemacht haben?

Als ich das Kind in mir sah, fing ich an, die Kinder in anderen Menschen zu sehen – allesamt gekleidet wie Erwachsene, taten sie so, als wären sie erwachsen. Aber ich durchschaute jetzt ihre Darbietungen, sah die verängstigten

Kinder dahinter. Wenn Sie sich jemanden als Kind vorstellen, ist es Ihnen unmöglich, Hass zu empfinden. Mitgefühl entsteht und …

Du bist so ein Heuchler, Elliot. So ein verdammter Lügner.

Das ist das, was Lana jetzt sagen würde – wenn sie mir über die Schulter blicken und dies lesen würde. Sie würde lachen und mich wegen dieses Unsinns zur Rede stellen.

Was ist mit Jason?, würde Lana sagen. *Wo ist dein Mitgefühl für ihn?*

Gute Frage. Wo ist mein Mitgefühl für Jason?

War ich unfair ihm gegenüber? Habe ich ihn falsch dargestellt? Die Wahrheit verdreht, ihn absichtlich schlecht dastehen lassen?

Möglich. Ich nehme an, mein Mitgefühl für Jason wird sich für immer in Grenzen halten. Ich begreife seine schrecklichen Taten nicht. Ich kann nicht in das Herz dieses Mannes blicken – und die Dinge erkennen, die er als Kind ertragen musste, all das Schlimme, die Demütigungen, die Grausamkeiten, die ihn dazu brachten zu glauben, dass der einzige Weg zu Erfolg im Leben darin besteht, selbstsüchtig zu sein, skrupellos, ein Lügner und Betrüger.

So, dachte Jason, musste ein Mann sein. Aber Jason war kein Mann.

Er war nur ein Kind, das so tat, als ob.

Und Kinder sollten nicht mit Schusswaffen spielen.

13

Bamm, bamm, bamm.

Erschrocken wachte ich auf. Was zur Hölle war das für ein Lärm?

Es klang wie Schüsse. Wie spät war es? Ich warf einen Blick auf meine Uhr. Zehn Uhr morgens.

Ein weiterer Schuss.

Beunruhigt setzte ich mich im Bett auf. Draußen hörte ich Jason, der wütend fluchte, als er wieder keinen Vogel erwischte.

Jason war »bei der Jagd«, das war alles. Stöhnend ließ ich mich in die Kissen zurücksinken.

Herrje, dachte ich. *Was für eine Art, geweckt zu werden!*

Und damit kommen wir zum Tag des Mordes.

Was kann ich über diesen grauenvollen Tag berichten? Um ehrlich zu sein, wäre ich niemals aus dem Bett gestiegen, hätte ich gewusst, wie er enden, welche Schrecken er mit sich bringen würde. So aber muss ich zugeben, dass ich tief und fest schlief, ohne schlechte Träume, ohne düstere Vorahnungen.

Ich schlief immer gut auf Aura. Die Insel war so still. So friedlich. Keine Betrunkenen oder Müllaster, die einen beim Schlafen störten. Nein, es brauchte schon Jason mit einem Gewehr, um das zu bewerkstelligen.

Ich stieg aus dem Bett. Die kalten Steinfliesen weckten meine Füße. Ich tappte zum Fenster und zog die Vorhänge zurück. Sonnenlicht flutete herein, und ich schaute in den klaren blauen Himmel, auf die ordentlichen Reihen hoher, grüner Pinien, auf die silbrig blauen Olivenbäume, leuchtend rosa Frühlingsblumen und Wolken aus gelben Schmetterlingen. Für einen Augenblick lauschte ich dem Chor der Zikaden und Vögel, atmete den schweren Duft nach Erde, Sand und Meer ein. Es war wundervoll – ich konnte nicht anders, als zu lächeln.

Ich beschloss, ein bisschen zu arbeiten, bevor ich hinunterging. Auf der Insel fühlte ich mich stets inspiriert. Also setzte ich mich an den Schreibtisch, öffnete mein Notizbuch und umriss ein paar Ideen für das Drama, an dem ich arbeitete.

Anschließend duschte ich, dann ging ich nach unten. Der starke Geruch nach Kaffee lockte mich in die Küche, wo eine frische Kanne auf dem Herd stand. Ich schenkte mir eine Tasse ein.

Keine Spur von den anderen. Ich fragte mich, wo sie wohl steckten.

Als ich ans Fenster trat, sah ich draußen Leo und Lana, vertieft in Gartenarbeit.

Unterstützt von Nikos, grub Leo ein ehemaliges Blumenbeet um. Nikos erledigte den Großteil der Arbeit. Er strengte sich an, sein Hemd war schweißgetränkt. Lana kniete in der Nähe und pflückte Kirschtomaten, die sie in einen Weidenkorb legte.

Ich schenkte mir eine weitere Tasse Kaffee ein, dann ging ich hinaus, um mich zu ihnen zu gesellen.

Ich stieg die unebenen Steinstufen zu der tieferen Ebene hinunter. Als ich an dem mit einer Mauer umfriedeten Obstgarten vorbeikam, warf ich einen Blick hinein auf die Reihen mit Apfel-, Birnen-, Pfirsich- und Kirschbäumen. An ihren Zweigen prangten weiße und rosa Blüten, die eine reiche Ernte verhießen, zwischen den Wurzeln blühten gelbe Blümchen.

Der Frühling, der in England noch auf sich warten ließ, war auf Aura bereits in vollem Gange.

»Guten Morgen«, wünschte ich, als ich zu den anderen trat.

»Elliot, mein Lieber. Hier …« Lana richtete sich auf und steckte mir eine Kirschtomate in den Mund. »… etwas Süßes, um in den Tag zu starten.«

»Bin ich denn nicht süß genug?«, fragte ich schmunzelnd mit vollem Mund.

»Doch, fast. Aber nicht ganz.«

»Hmmm …« Die Tomate schmeckte in der Tat süß und köstlich. Ich nahm mir noch eine aus Lanas Korb. »Was habt ihr vor?«

»Wir legen einen neuen Gemüsegarten an. Unser neues Projekt.«

»Und was ist mit dem alten?«

»Der hier ist für Leo. Er braucht seine eigene Parzelle.« Lana lächelte mich leicht belustigt an. »Du weißt doch, er ist jetzt Veganer.«

»Ah«, sagte ich, ihr Lächeln erwidernd. »Ja, das hattest du erwähnt.«

»Wir werden *alles* selbst anbauen«, teilte Leo mir mit und deutete begeistert auf die umgegrabene Erde.

»Fast alles«, korrigierte Lana, immer noch lächelnd.

»Grünkohl und Blumenkohl, Brokkoli, Spinat, Karotten und Radieschen … was noch?«

»Kartoffeln«, sagte Lana. »Damit wir endlich aufhören können, die von Nikos zu klauen. Sie haben gestern Abend übrigens köstlich geschmeckt, vielen Dank.«

Sie richtete ihre Worte direkt an Nikos, der verlegen abwinkte.

»Platz für ein bisschen Marihuana?«, erkundigte ich mich.

»Nein.« Leo schüttelte den Kopf. »Ich glaube nicht.«

Lana zwinkerte mir zu. »Wir werden ja sehen.«

Ich warf einen Blick in Richtung Gästehaus. »Wo ist Madam?«

»Schläft noch.«

»Und Jason?«

Bevor sie etwas erwidern konnte, kam auch schon die Antwort: ein lauter Schuss. Dann ein weiterer, direkt hinter dem Haus.

Ich wäre beinahe aus der Haut gefahren vor Schreck. »Herrgott!«

»Tut mir leid«, entschuldigte sich Lana. »Das ist Jason.«

»Der auf Menschen schießt?«

»Bislang nur auf Tauben.«

»Das ist Mord.« Leo verzog das Gesicht. »Es ist ein Akt der Gewalt, widerwärtig und abstoßend. Es ist *ekelhaft.*«

Lanas Stimme nahm einen geduldigen, aber angespannten Ton an, was mich vermuten ließ, dass sie diese Diskussion schon einmal geführt hatten. »Nun, mein Schatz, das weiß ich, aber er liebt es nun mal – und wir essen alles, was er erlegt, es wandert also nichts in den Abfall.«

»*Ich* esse es bestimmt nicht. Lieber würde ich verhungern.«

Lana war so klug, das Thema zu wechseln. Sie berührte Leos Arm und warf ihm einen flehenden Blick zu.

»Leo, kannst du ein Wunder vollbringen und die Tote zum Leben erwecken? Am besten, du erinnerst Kate daran, dass das Picknick ihre Idee war. Agathi macht sich so viel Mühe damit, sie steht schon seit heute früh in der Küche.«

Leo seufzte. Stach seinen Spaten in die Erde. Kurz gesagt: Er wirkte nicht begeistert.

»Nikos«, sagte er, »wir machen später weiter, okay?«

Nikos nickte.

Während Lana mir zeigte, wo später die Zwiebeln in die Erde gebracht werden sollten, warf ich Nikos über ihre Schulter einen Blick zu. Er hielt kurz inne, atmete tief durch und wischte sich den Schweiß von der Stirn.

Wie alt mochte Nikos sein?, fragte ich mich. Ich tippte auf Ende vierzig. Ja, das konnte passen, denn ich stellte fest, dass sein ehedem rabenschwarzes Haar von weißen Strähnen durchzogen war, sein wettergegerbtes Gesicht von tiefen Falten zerfurcht.

Er war ein seltsamer Mann. Er sprach nur mit Agathi, Lana und gelegentlich mit Leo. Mit mir sprach er nie, obwohl ich schon mehrmals auf der Insel gewesen war. Irgendwie schien er mir gegenüber misstrauisch zu sein, als wäre ich ein ungezähmtes Tier.

Als ich ihn jetzt betrachtete, fiel mir etwas Merkwürdiges auf. Er starrte Lana mit einem ausgesprochen seltsamen Ausdruck an. Intensiv und völlig unbefangen. Die Lippen zu dem Anflug eines Lächelns verzogen.

In seinem Blick lag höchste Bewunderung, Faszination. Er wirkte jünger, beinahe jungenhaft.

Ach du Scheiße, dachte ich. *Er ist in sie verliebt.*

Ich weiß nicht, warum mich das überraschte. Wenn ich darüber nachdachte, ergab das natürlich Sinn. Versetzen Sie sich nur mal in ihn hinein – stellen Sie sich vor, Sie wären auf einer winzigen Insel gestrandet, wo Sie jahrein, jahraus ohne jede Gesellschaft, weder männlich noch weiblich, verharren müssten, und dann wird alle paar Monate eine Göttin an den Inselstrand gespült. Natürlich war er in sie verliebt.

Das waren wir alle. Jeder Einzelne von uns – Otto, Agathi, ich, Jason. Die halbe Welt. Sogar Kate war einst völlig vernarrt in sie gewesen. Und jetzt hatte es auch Nikos erwischt. Gegen Lanas Charme hatte er keine Chance, der arme Teufel. Er war verzaubert, genau wie wir anderen.

Doch wie Sie wissen, hält ein Zauber nicht für immer. Eines Tages bricht der Bann, der Zauber endet, die Illusion ist vorbei.

Und es bleibt nichts als dünne Luft.

14

Kate erwachte, weil jemand an ihre Tür hämmerte. Desorientiert rieb sie sich die Augen. Es dauerte eine Sekunde, bis sie begriff, wo sie war – auf der Insel, im Gästehaus. Ihr Kopf pochte. Sie stöhnte, als es ein weiteres Mal klopfte.

»Aufhören, Herrgott noch mal!«, rief sie. »Wer ist da?«

»Ich bin's, Leo. Wach auf!«

»Hau ab!«

»Es ist schon nach elf. Steh auf – sonst kommst du zu spät zum Picknick!«

»Was für ein Picknick?«

Leo lachte. »Erinnerst du dich nicht? Es war deine Idee. Mum sagt, du sollst dich beeilen.«

Kate hatte keine Ahnung, wovon er redete. Und dann, vage, verschwommen, kehrte die Erinnerung zurück – an überdrehte, betrunkene Pläne, geschmiedet letzte Nacht. Ein Picknick am Strand. Allein bei dem Gedanken an Essen wurde ihr übel.

Leo hämmerte erneut gegen die Tür. Und Kate verlor die Geduld.

»Gib mir eine Minute, verdammt noch mal!«, fluchte sie.

»Wie viele Minuten brauchst du denn noch?«

»Fünfhunderttausend!«

»Du hast fünf. Wenn du dann nicht fertig bist, fangen wir ohne dich an.«

»Zisch ab, sofort. *Bitte!*«

Leo seufzte schwer. Kate hörte, wie er sich entfernte.

Immer noch leise vor sich hin fluchend, setzte sie sich auf

und schwang mühsam die Beine aus dem Bett. Ihr Kopf war schwer, sie fühlte sich benommen. Herrje, sie war ja total benebelt! An den späteren Teil des gestrigen Abends konnte sie sich nur noch dunkel erinnern. *Mist.* Hatte sie etwas gesagt, was sie nicht hätte sagen sollen? Irgendeine Dummheit begangen? Es wäre typisch für sie, sich in betrunkenem Zustand selbst ans Bein zu pinkeln. Das durfte nicht geschehen. Sie musste fokussiert bleiben.

Idiotin, schimpfte sie im Stillen. *Sei vorsichtiger!*

Eilig stand sie auf und ging unter die Dusche, um wach zu werden. Ihr Kopf schmerzte, aber sie hatte kein Paracetamol dabei. Also nahm sie stattdessen eine halbe Xanax. Es gab nichts, womit sie die Tablette hätte runterspülen können, nur einen Rest Champagner von gestern. Sie fühlte sich elend. Vielleicht würde eine Zigarette helfen. Sie steckte sich eine in den Mund, dann nahm sie ihre Sonnenbrille und griff aus einem plötzlichen Impuls heraus nach dem Text von *Agamemnon.*

Damit bewaffnet, verließ Kate das Gästehaus.

Auf dem Weg zum Strand kam sie an Nikos' Hütte vorbei.

Aus Stein und Holz gebaut, fügte sie sich harmonisch in die Umgebung ein. Ein riesiger, grüner Kaktus stand vor der Eingangstür und verdeckte einen Teil der Wand. Auf dem schmalen Weg lagen große, dornige Kaktusblätter. Die andere Wand neben der Tür war mit Efeu bedeckt. Zwischen zwei knorrigen Olivenbäumen hing eine alte Hängematte.

Kate verlangsamte ihren Schritt und betrachtete das kleine Haus. Etwas erregte ihre Aufmerksamkeit. Was war es?

Der Geruch oder das Geräusch. *Was war das für ein Geräusch?*

Ein lautes Summen, wie bei einem Bienenstock – aber es

duftete nicht nach Honig. Der Geruch war ekelerregend, stechend – so widerlich, dass Kate sich eilig die Nase zuhielt. Es stank nach verdorbenem Fleisch, faulig, in der Sonne verwesend.

Und dann sah sie die Quelle von Geräusch und Gestank.

Eine schwarze Wolke von Wespen schwirrte um einen Holzstumpf herum. Und dort, auf dem Stumpf, lag der blutige Kadaver eines kleinen Tiers, vielleicht ein Kaninchen. Beziehungsweise das, was davon übrig war. Ameisen und Wespen machten sich darüber her, kämpften um die Überreste, verschlangen das Fleisch.

Bei dem Anblick drehte sich Kate der Magen um. Sie wollte eilig weitergehen, als sie eine Gestalt am Fenster der Hütte bemerkte, die sie beobachtete.

Nikos stand dort. Mit freiem Oberkörper. Er sah Kate direkt an. Ausdruckslos, die blauen Augen auf sie geheftet.

Kate schauderte. Dann setzte sie sich in Bewegung. Sie blickte nicht zurück.

15

Leo riet uns, nicht länger auf Kate zu warten, also machten wir uns ohne sie auf den Weg zum Strand. Lana ging leichtfüßig voraus, beladen mit Handtüchern. Leo und ich folgten. Wir trugen den schweren Picknickkorb, jeder einen Henkel. Auf Aura gab es mehrere Strände, doch dieser hier gefiel mir am besten. Er war der kleinste; Agathi nannte ihn *το διαμάντι* – der Diamant –, und er war tatsächlich ein Juwel, ein perfekter Ministrand.

Der Sand war weich, grobkörnig und weiß, wie Zucker. Fast der gesamte Weg zum Wasser war von Pinien beschattet, ein feiner Teppich aus grünen Nadeln bedeckte einen großen Teil des Sandes und knirschte leise, wenn man darüberging. Das Meer war im Flachen kristallklar; weiter draußen, wo es tiefer wurde, changierte es grün, aquamarin, türkis, gefolgt von einem dunklen Blau.

Vor Jahren hatte Otto ein Badefloß aus Holz ein Stück vom Strand entfernt vertäuen lassen – eine Plattform, die auf den Wellen hüpfte und über eine Strickleiter zu erreichen war. Ich schwamm oft zu dem Floß hinaus, den Kopf aus dem Wasser gereckt, ein Buch zwischen die Zähne geklemmt, um dort ein wenig in der Sonne zu liegen und zu lesen.

An jenem Morgen stellten wir den Picknickkorb in den Schatten einer Pinie, dann gingen Lana und ich schwimmen. Die Wassertemperatur war ziemlich frisch, aber für die Jahreszeit nicht zu kalt. Lana schwamm zum Floß, und ich folgte ihr.

Leo blieb allein am Strand zurück, hob den Deckel des Picknickkorbs an und inspizierte dessen Inhalt.

Agathi hatte wahrlich ein Festmahl zubereitet – gebackenes Gemüse, gefüllt mit Reis und Hackfleisch, gefüllte Weinblätter, verschiedene Sorten regionalen Käse, Räucherlachsschnittchen, Melonenstücke und Kirschen.

Abgesehen von dem Obst gab es nicht viel Veganes für Leo. Entmutigt durchwühlte er den Korb, bis er ganz unten noch auf etwas stieß. Eingewickelt in Frischhaltefolie, mit einem L beschriftet, lag dort ein kleiner Stapel Vollkornbrote, belegt mit Tomaten und Gurken, ohne Butter.

Nicht besonders appetitlich, dachte er. Scheinbar ein passiv-aggressiver Angriff von Agathi auf seine Essgewohnheiten. Aber besser als nichts. Also nahm er sich eines der belegten Brote.

Leo setzte sich in den Schatten einer Pinie, aß sein Mittagessen und las dabei in dem Buch, das er mitgebracht hatte – *Die Arbeit des Schauspielers.* Zugegebenermaßen fand er es langweilig. Stanislawski war schwerer zu lesen, als er erwartet hatte, doch er war fest entschlossen, sich durchzukämpfen.

Lana wusste noch nichts davon, aber Leo hatte kürzlich seine Bewerbungen für Schauspielschulen in Großbritannien und in den USA abgeschickt. Er hoffte, sie wäre damit einverstanden – allerdings war er sich in Anbetracht des Gesprächs, das sie kürzlich in London miteinander geführt hatten, nicht ganz sicher. Er hatte vor, an diesem Wochenende mit ihr darüber zu reden.

Vorausgesetzt, es ergibt sich eine Gelegenheit dazu, dachte er. *Kate und Elliot beanspruchen sie ja jede Sekunde!*

Ein Schuss in der Ferne riss ihn aus seinen Gedanken. Ein weiterer folgte.

Leo runzelte die Stirn. Die armen Vögel, abgeknallt zur Belustigung dieses Psychopathen. Es ärgerte Leo so sehr, dass er fürchtete, irgendwann etwas Drastisches dagegen zu unternehmen.

Vielleicht sollte er genau das tun.

Vielleicht war es an der Zeit, aufzubegehren – Stellung zu beziehen. Nicht übertrieben, eher subtil, aber effektiv. Doch wie?

Die Antwort kam ihm sofort.

Die Gewehre.

Was, wenn Jason feststellte, dass seine Gewehre verschwunden waren – und niemand wusste, wohin? Ihm würde eine Sicherung durchbrennen. Er würde den Verstand verlieren.

Ja, dachte Leo lächelnd. *Das ist es. Sobald wir wieder beim Haus sind, verstecke ich die Gewehre irgendwo, wo er sie nie und nimmer findet. Das geschieht ihm recht.*

Zufrieden mit seiner Entscheidung, aß Leo sein belegtes Brot auf. Anschließend tappte er durch den Sand, zurück zum Picknickkorb, und nahm sich die Kirschen.

16

Jason war allein bei der Ruine. Er hatte ein Gewehr mitgenommen, um seine Treffsicherheit zu verbessern.

Sein Ziel war eine Blechdose, die er auf eine der umgestürzten Säulen gestellt hatte, doch bislang war die Dose unversehrt geblieben.

Er war erleichtert darüber, allein zu sein. Das sinnlose Geplapper von Lanas Freunden war ihm immer schon auf die Nerven gegangen. Und jetzt, da ihm so viel durch den Kopf schwirrte, war es beinahe unerträglich.

In dem Moment landete ein kleiner Vogel, eine Ringeltaube, auf der Marmorsäule. Anscheinend hatte sie Jason nicht bemerkt. Seine Hände schlossen sich um das Gewehr. *Okay,* sagte er zu sich selbst. *Konzentrier dich.*

Er zielte sorgfältig, und …

»Jason!«

Er feuerte, doch der Schuss ging fehl. Der Vogel flatterte unversehrt davon. Wütend drehte er sich um.

»Ich habe ein Gewehr in der Hand, um Himmels willen! Du solltest dich besser nicht so anschleichen.«

Kate lächelte. »Du würdest mich doch nicht etwa erschießen?«

»Wette lieber nicht darauf.« Jason schaute hinter sie. »Wo sind die anderen?«

»Wir kommen gerade vom Strand zurück. Sie sind im Haus, unter der Dusche. Niemand hat mich gesehen – wenn du das meinst.«

»Und was machst du hier? *Warum* bist du überhaupt auf der Insel?«

»Lana hat mich eingeladen«, antwortete Kate achselzuckend.

»Du hättest ablehnen können.«

»Ich wollte nicht ablehnen. Ich wollte sie sehen.«

»Warum?«

»Weil sie meine Freundin ist.«

»Tatsächlich?«

»Ja.« Kate setzte sich auf eine flache Marmorplatte und zündete sich eine Zigarette an. »Wir müssen reden.«

»Worüber?«

»Lana.«

»Ich möchte nicht über Lana reden.«

»Sie weiß es, Jason.«

»Wie bitte?« Er starrte sie für eine Sekunde an. »Du hast es ihr *gesagt?*«

Kate schüttelte den Kopf. »Nein. Trotzdem weiß sie es. Das spüre ich.«

Jason betrachtete Kates Gesicht. Zu seiner Erleichterung stellte er fest, dass er ihr nicht glaubte. Sie war dramatisch, wie immer.

»Das bildest du dir ein.«

»Nein.«

Sie schwiegen. Jason wandte den Blick ab, spielte mit dem Gewehr in seinen Händen. Als er weitersprach, schwang Misstrauen in seiner Stimme mit.

»Du sagst besser nichts, Kate. Ich meine es ernst.«

»Ist das eine Drohung?« Kate ließ ihre Zigarette fallen und drückte sie mit dem Fuß in die Erde. »Wie romantisch, Liebling.«

Jason sah in ihre dunklen, strahlenden, verletzten Augen – die leicht glänzten, ein Zeichen dafür, dass sie getrunken hatte. Aber sie war nicht betrunken, nicht so wie gestern Abend.

Er konnte sein eigenes Gesicht in ihren Augen erkennen. Sein unglückliches Gesicht. Und für einen Moment überlegte Jason, seine Abwehr aufzugeben. Um ein Haar wäre er auf die Knie gefallen, hätte den Kopf in Kates Schoß vergraben und sich erleichtert, sich die Wahrheit von der Seele geredet wegen des furchtbaren Schlamassels, in dem er steckte. Dass er erfolglos mit dem Geld anderer Leute jongliert hatte, wie ihm alles durch die Finger geronnen war – dass er eine massive Finanzspritze brauchte, Geld, das er nicht besaß, Lana dagegen schon, und dass er ohne ihr Geld aller Wahrscheinlichkeit nach im Gefängnis landen würde.

Allein bei der Vorstellung, hinter Gitter zu müssen, eingesperrt zu sein wie ein Vogel im Käfig, wummerte Jasons Herz gegen seinen Brustkorb. Er würde alles daransetzen, dies zu verhindern. Er hatte schreckliche Angst, wie ein kleiner Junge – am liebsten hätte er sich die Augen ausgeweint. Aber das tat er nicht.

Stattdessen lehnte er das Gewehr gegen eine Säule. Dann beugte er sich zu Kate hinunter, legte einen Arm um ihre Taille und zog sie auf die Füße, um sie auf die Lippen zu küssen.

»Nicht«, flüsterte Kate. »Nicht.«

Sie versuchte, sich ihm zu entziehen, aber Jason ließ sie nicht los. Küsste sie erneut.

Diesmal ließ Kate es geschehen.

Während sie sich küssten, hatte Jason das merkwürdige Gefühl – eine Art sechsten Sinn? –, dass sie beobachtet wurden.

Ist Nikos in der Nähe?, fragte er sich. *Bespitzelt er uns?*

Jason löste sich von Kate und sah sich um, aber niemand war da. Nur die Bäume und die Erde. Und die Sonne natürlich, die grellweiß am Himmel brannte.

Die ihn blendete, wenn er hineinschaute.

17

Nahezu schlagartig änderte sich das Wetter. Die Sonne verschwand hinter einer Wolke und tauchte uns in düsteres Zwielicht. Der Wind, der auffrischte, anfangs ein Wispern, jetzt ein lautes Geheul, peitschte über das Wasser auf uns zu, fegte über den Boden, schüttelte Büsche und Sträucher, rüttelte an den dornigen Kaktusblättern, ließ die Äste und Zweige der Bäume schwingen und knarzen.

Wie immer, wenn wir auf der Insel waren, planten wir, nach Mykonos überzusetzen, um im Yialos zu Abend zu essen. So war es bei uns Tradition. Agathi warnte uns wegen des Windes, aber wir beschlossen, trotzdem zu fahren. Jason behauptete, er habe das Schnellboot schon bei weit schlimmerem Wetter über das Wasser gesteuert. Trotzdem war mir ein wenig unbehaglich zumute, und bevor wir in den dunklen, windigen Abend hinaustraten, überlegte ich, mir einen ordentlichen Drink zu genehmigen – um mir Mut anzutrinken.

Ich ging ins Wohnzimmer und inspizierte den Barschrank. »Schrank« war eine gewaltige Untertreibung. In Wirklichkeit handelte es sich um eine wunderschöne, perfekt bestückte Bar. Es gab alles, was man brauchte – Shaker, Löffel, Quirle, Cocktailbesen und alles mögliche Zubehör, dazu hochpreisige Spirituosen und alkoholfreie Getränke zum Mixen, außerdem Limetten, Zitronen, Oliven, einen Weinkühlschrank und einen kleinen Gefrierschrank für Eis. Wie hätte ich unter diesen perfekten Voraussetzungen widerstehen können, mir einen Martini zu mixen?

Sie müssen wissen, dass ich sehr strikte Vorstellungen bezüglich der Zubereitung eines Martinis habe. Wenngleich umstritten, ziehe ich Wodka vor, nicht Gin. Er muss eiskalt sein und *extrem* trocken. Dazu gehört Wermut. Wermut hat seinen Ursprung in Mailand, und Noël Coward ließ einst die scherzhafte Bemerkung fallen, näher als beim Schwenken des Glases in Richtung Italien dürfe Wermut einem Martini nicht kommen. Dem stimme ich zu, daher füge ich sorgfältig stets nur ein, zwei Tropfen hinzu, für einen *Hauch* von Wermut. Zum Glück fand ich hier einen exzellenten vor – französisch, nicht italienisch –, im Gefrierschrank gekühlt, so wie es sich gehört.

Ich öffnete eine Flasche Wodka, gab etwas Eis in den Cocktail-Shaker und machte mich an die Arbeit. Kurz darauf schenkte ich die dicke, weiße, eisige Flüssigkeit in ein kleines, dreieckiges Glas. Zum Schluss spießte ich eine Olive auf ein silbernes Cocktail-Stäbchen und stellte es vorsichtig in den fertigen Drink, dann hielt ich das Glas ins Licht und bewunderte mein Werk.

Es war in der Tat ein *perfekter Martini.* Ich gratulierte mir selbst. Doch gerade, als ich das Glas an die Lippen heben wollte, erstarrte ich, abgelenkt von einem ausgesprochen seltsamen Anblick.

Hinter mir, in der Spiegeltür des Barschranks, sah ich Leo am Wohnzimmer vorbeischleichen, den Arm voller Schusswaffen. Er huschte zu der großen Holztruhe, die neben der Küchentür auf dem Boden stand. Mit einer Hand öffnete er den Truhendeckel, dann legte er vorsichtig die Waffen hinein und klappte den Deckel wieder zu. Sein Gesicht spiegelte Abscheu.

Einen Moment stand er da und schien zu überlegen, dann drehte er sich zufrieden um und schlenderte, vor sich hin pfeifend, von dannen.

Zögernd verließ ich das Wohnzimmer und ging durch den Flur, um mich in dem Raum umzusehen, den Jason als seine »Waffenkammer« bezeichnete. Es war ein weitestgehend ungenutzter Raum, neben der Hintertür, ehemals eine Stiefelkammer für schmutzige Schuhe und Stiefel und für Regenschirme, die in diesem trockenen Klima nur selten benutzt wurden. Jason hatte die Kammer leer geräumt und Gewehrhalter und Regale angebracht, um hier seine Jagdausrüstung zu verwahren. Er besaß drei oder vier Gewehre, darunter eine Flinte und ein halb automatisches Jagdgewehr, außerdem diverse Handfeuerwaffen.

Sämtliche Waffenhalterungen waren leer.

Ich lachte in mich hinein. Das würde Jason ganz und gar nicht gefallen. Er würde ausflippen, so viel stand fest. Sosehr ich diese Aussicht genoss, wusste ich doch, dass ich nicht einfach darüber hinwegsehen konnte. Ich überlegte, ob ich Lana davon erzählen sollte oder nicht, dann entschied ich, mir die Sache durch den Kopf gehen zu lassen, während ich den Cocktail trank.

Ich kehrte ins Wohnzimmer zurück – zu meinem perfekten Martini, der mittlerweile enttäuschend warm war.

Ein Reinfall, um genau zu sein.

18

Auf der Überfahrt zum Restaurant herrschte eine angespannte Atmosphäre im Boot.

Mit starrem, entschlossenem Gesichtsausdruck lenkte Jason das Schnellboot durch die hohen, schwarzen Wellen. Lana war schweigsam, und sie sah gar nicht glücklich aus. Ich fragte mich, ob die beiden sich gestritten hatten. Kate saß kettenrauchend neben ihr und blickte mürrisch auf das aufgewühlte Wasser.

Ich war als Einziger gut gelaunt. Mittlerweile hatte ich mehrere Martinis intus und freute mich riesig auf das Abendessen. Anstatt bedrückt zu schweigen, sprach ich daher Leo an meiner Seite an. Ich musste schreien, damit er mich über den Wind hinweg verstehen konnte.

»Na, Leo, was ist dran an dem Gerücht, dass du Schauspieler werden möchtest?«

Leo warf mir einen bestürzten Blick zu. »Wer hat dir davon erzählt?«

»Deine Mutter natürlich. Ich kann nicht behaupten, dass mich das überrascht.«

»Nicht?« Leo sah mich misstrauisch an. »Wieso nicht?«

»Na ja, du kennst doch das alte Sprichwort …« Ich zwinkerte ihm zu. »Der Apfel fällt nicht weit vom Stamm.«

Ich lachte, aber Leo legte die Stirn in Falten.

»Soll das ein Witz sein? Wenn ja, kapiere ich ihn nicht.«

Er schaute auf die Insel, die in der Ferne vor uns erstrahlte.

»Wir sind fast da«, sagte ich. »Wunderschön, nicht wahr?«

Wunderschön ist das richtige Wort. Abends auf Mykonos einzutreffen, ist ein bezauberndes, fast halluzinatorisches Erlebnis. Überall funkeln weiße Lichter, die die weißen Gebäude mit den vielen Kuppeln in und auf den Hügeln erhellen. Strand, Meer, »an der Küste gelegen«, lautet die Übersetzung des griechischen Worts *γιαλός*. Passenderweise lag das Restaurant Yialos direkt an der Hafenmauer. Wir stiegen an der privaten Anlegestelle aus. Ich war erleichtert, das schlingernde Boot verlassen zu können und wieder festen Boden unter den Füßen zu haben. Nacheinander stiegen wir die steilen Steinstufen zum Restaurant hinauf.

Es war ein malerisches Örtchen: Die Tische mit den weißen Leinendecken standen direkt am Wasser und wurden erhellt von kleinen Windlichtern, die in den Zweigen von Olivenbäumen baumelten. Man hörte die Brandung, die gegen die Steinmauer prallte.

Sobald Babis uns erblickte, eilte er zu uns herüber und schnippte mit den Fingern, um die Aufmerksamkeit seiner Kellner, alle mit Handschuhen, Fliegen und strahlend weißen Jacketts, zu erregen. Die Leute an den anderen Tischen drehten sich um und starrten uns an. Ich fühlte, wie Leo sich an meiner Seite wand; obwohl er von klein auf daran gewöhnt war, mochte er die Aufmerksamkeit noch immer nicht – wer konnte ihm das zum Vorwurf machen? –, und heute Abend bekamen wir jede Menge Aufmerksamkeit.

Das Yialos war ein überteuertes Edellokal, das eine extrem wohlhabende, mondäne Klientel bediente. Nichtsdestotrotz machte Lanas unerwartetes Erscheinen aus dem Meer – wie die Geburt einer modernen Aphrodite – die anderen Gäste sprachlos. Alle verstummten und starrten.

Lana strahlte an jenem Abend – Diamanten glitzerten in ihren Haaren, in den Ohrläppchen und an ihrem Hals. Sie trug ein weißes Kleid, eine schlichte, aber teure Robe, die ihrer Figur hervorragend schmeichelte, das Licht einfing und sie förmlich leuchten ließ. Ein solches Spektakel musste man einfach bestaunen. Und dann, um dem Ganzen die Krone aufzusetzen, kam ein kleiner Junge, vielleicht sieben oder acht, auf sie zu, streckte ihr schüchtern seine Serviette entgegen und bat sie um ein Autogramm. Vermutlich hatten seine Eltern ihn geschickt.

Lana lächelte und schrieb huldvoll mit Babis' Stift ihren Namen auf seine Serviette. Dann bückte sie sich und küsste den Jungen auf die Wange. Er wurde knallrot. Das ganze Restaurant brach spontan in tosenden Applaus aus.

Kate stand die ganze Zeit über neben mir. Ich konnte ihre zunehmende Gereiztheit spüren. Sie strahlte Zorn aus wie Körperwärme.

Das ist etwas, was Sie über Kate wissen müssen – sie war ziemlich temperamentvoll. Ihre Kollegen beim Theater wussten das nur allzu gut, denn irgendwann hatte jeder einen ihrer Wutanfälle abbekommen. Einmal entfesselt, war ihr Zorn beängstigend, weißglühend, lodernd – bis er von allein ausbrannte. Anschließend wurde sie stets von Reue überwältigt und versuchte verzweifelt, den Schaden wiedergutzumachen, den sie angerichtet hatte – was leider nicht immer möglich war.

Und nun spürte ich, wie Kate von Sekunde zu Sekunde zorniger wurde. Ihr Temperament ging mit ihr durch, das merkte ich. Als sie meinem Blick begegnete, wirkte sie geradezu mordlüstern.

Mit einem hörbaren Flüstern, damit es auch ja alle im Restaurant mitbekamen, sagte sie: »Will denn niemand ein Autogramm von *mir?* Na schön, *ihr könnt mich alle mal.*«

Babis sah sie entsetzt an und beschloss hastig, so zu tun, als würde sie scherzen. Er lachte laut und angestrengt, dann führte er uns zu unserem Tisch, wobei er Lana eifrig umschmeichelte und sich so tief verbeugte, dass er Gefahr lief, vornüberzukippen.

Am Tisch zog Kate mit theatralischer Geste einen Stuhl hervor und setzte sich, bevor ein Kellner ihr behilflich sein konnte.

»Nein, danke, Kumpel«, sagte Kate zu ihm. »Ich brauche keine Hilfe. Für mich bitte keine Sonderbehandlung. Ich bin kein *Filmstar.* Nur ein ganz normaler Mensch.«

Lana lehnte die Hilfe des Kellners ebenfalls ab.

»Ich bin auch ein Mensch, Kate«, sagte sie freundlich.

»Nein, bist du nicht.« Kate zündete sich eine Zigarette an und seufzte übertrieben. »*Herrgott.* Hast du das nicht mal irgendwann satt?«

»Was soll ich satthaben?«

»Na, *das* hier.« Sie deutete auf die anderen Tische. »Ist es denn wirklich nicht möglich, dass du zum Essen gehst, ohne dass dir fünfhundert Leute applaudieren?«

Lana öffnete die Speisekarte und studierte sie. »Wohl kaum fünfhundert. Es sind doch nur ein paar Tische. Es hat mich nicht viel gekostet, die Leute glücklich zu machen.«

»Aber mich.«

»Ach?« Lana schaute auf. Ihr Lächeln wurde unschlüssig. »Hat es dich tatsächlich viel gekostet, Kate?«

Kate ignorierte sie und wandte sich an Babis: »Ich brauche etwas zu trinken. Champagner?«

»Selbstverständlich.« Babis verbeugte sich und sah Lana an. »Und für Madam?«

Sie antwortete nicht, schien ihn nicht zu hören. Stattdessen starrte sie Kate mit einem seltsamen, befremdeten Gesichtsausdruck an.

Leo stieß sie sanft in die Seite. »Mum? Können wir bitte bestellen?«

»Ja«, sagte Jason. »Um Himmels willen, bringen wir diese Farce hinter uns.«

»Augenblick noch«, sagte ich, in die Speisekarte vertieft. »Ich kann mich nicht entscheiden. Ich liebe es, in griechischen Lokalen zu bestellen, ihr nicht? Am liebsten würde ich *alles* nehmen – alle fünfundsiebzig Gerichte.«

Das brachte Lana wieder zum Lächeln. Sie riss sich zusammen und übernahm es, für uns alle zu ordern.

Es muss gesagt werden, dass das Bestellen zu Lanas herausragenden Fähigkeiten gehörte – eine absolut liebenswerte Eigenschaft. Sie orderte stets mehr als großzügig und für gewöhnlich viel zu viel; außerdem bestand sie darauf, die Rechnung zu übernehmen, was sie in meinen Augen zu einer perfekten Gastgeberin machte. Jetzt bestellte sie eine Auswahl an Dips und Salaten, Tintenfisch und Hummer aus der Region, Fleischklößchen und Kartoffelbrei, außerdem die Spezialität des Hauses: eine große Seebrasse, gebacken in einer Salzkruste, die von Babis am Tisch flambiert und anschließend zertrümmert werden würde: ausgesprochen theatralisch und vor allem köstlich.

Babis nahm die Bestellung auf und verschwand, nachdem er sich ein weiteres Mal tief verbeugt hatte. Ich sah, wie er die Kellner anwies, uns die Getränke und Speisen zu bringen. Der Champagner wurde serviert, jeder bekam ein Glas, außer Leo.

»Ich würde gern einen Toast ausbringen«, sagte ich und hob das Glas. »Auf Lana. Danke für deine unglaubliche Großzügigkeit und für …«

Kate verdrehte die Augen und schnaubte. »Ich nehme nicht an dieser Vorführung teil.«

»Entschuldigung?« Ich runzelte die Stirn. »Ich verstehe nicht …«

»Dann denk mal drüber nach.« Kate kippte ihren Champagner. »Gefällt es dir hier? Amüsierst du dich?«

Zu meiner Überraschung stellte ich fest, dass ihre Worte direkt an mich gerichtet waren. In ihrer Stimme lag ein sarkastischer Ton. Als ich ihr in die Augen sah, bemerkte ich den lodernden Zorn darin.

Offensichtlich war ich versehentlich in ihre Schusslinie geraten. Ein rascher Blick zu Lana bestätigte mir, dass sie es ebenfalls bemerkt hatte. Ich lächelte sie beruhigend an, um ihr zu zeigen, dass ich mich gut allein behaupten konnte. Anschließend drehte ich mich wieder zu Kate um.

»Ja«, sagte ich. »Ich amüsiere mich, danke, Kate. Es gefällt mir hier ausgezeichnet.«

»Oh, gut.« Sie zündete sich eine weitere Zigarette an. »Genießt du die Show?«

»Sehr. Nach einem etwas zähen Auftakt bekommt sie jetzt richtig Schwung. Ich kann es kaum erwarten, das Finale zu sehen. Ich wette, du hast dafür etwas ganz Besonderes geplant.«

»Ich werde mein Bestes geben. Du bist so ein fantastisches Publikum.« Kate lächelte gefährlich. »Stets aufmerksam – du kannst gut beobachten, nicht wahr, Elliot? –, stets intrigant. Was geht in deinem kleinen Hirn vor sich? Hm? Was brütest du aus?«

Ich hatte keine Ahnung, warum Kate mich derart attackierte, und ich bezweifelte, dass sie selbst es wusste. Sie hatte keinen Grund, auf mich wütend zu sein, fand ich – sie schlug um sich, weil sie davon ausging, dass ich mich nicht wehren würde. Nun, da täuschte sie sich. Wenn ich eins gelernt hatte, dann, dass ich für mich selbst einstehen musste.

Niemand liebt eine Fußmatte, pflegte Barbara West zu sagen. *Die Leute streifen sich lediglich die Schuhe daran ab.*

Barbara trampelte jahrelang auf mir herum. Ich hatte diese Lektion auf die harte Tour gelernt.

»Du bist ja ziemlich schlecht gelaunt, Kate«, sagte ich und nahm einen Schluck Champagner. »Was ist los? Warum bist du so fest entschlossen, den Abend zu ruinieren?«

»Willst du wirklich, dass ich dir diese Frage beantworte? Kann ich gern machen.«

»Kate«, sagte Lana mit leiser Stimme. »Schluss jetzt. Sofort.«

Die beiden Frauen starrten einander einen Moment lang an. Lanas Augen sagten, dass sie genug hatte. Zu meiner Überraschung hatte ihr Einschreiten Erfolg: Kate gab widerwillig klein bei.

Plötzlich machte sie eine abrupte Bewegung – und für den Bruchteil einer Sekunde glaubte ich, sie würde sich über den Tisch hinweg auf mich oder Lana stürzen, irgendetwas Verrücktes tun, aber das tat sie nicht.

Sie stand ruckartig auf.

»Ich – ich gehe zur Toilette.«

»Um dir die Nase zu pudern?«, fragte ich.

Kate antwortete nicht. Stattdessen entfernte sie sich auf unsicheren Beinen vom Tisch.

Ich sah Lana an. »Was zur Hölle ist los mit ihr?«

»Keine Ahnung«, erwiderte sie achselzuckend. »Sie ist betrunken.«

»Das ist aber nicht alles. Keine Sorge, ich habe das Gefühl, dass sie um einiges besser gelaunt von der Toilette zurückkommt.«

Doch ich täuschte mich. Kate kehrte in einem noch weitaus schlechteren Zustand an unseren Tisch zurück. Sie war high, ganz offensichtlich aufgewühlt und schien auf einen Kampf aus zu sein – nicht nur mit mir, sondern jetzt mit jedem von uns.

Leo und Jason waren so klug, die Köpfe zu senken und sich dem Essen zu widmen. Sie wollten so rasch als möglich wieder aufbrechen. Doch die Gerichte kamen, eins nach dem anderen, in einer endlosen Reihenfolge, also konzentrierte auch ich mich auf das Essen.

Vermutlich war ich der Einzige, der die Mahlzeit genoss. Lana stocherte bloß auf ihrem Teller herum. Kate rührte gar nichts an – sie rauchte und trank und warf böse Blicke in die Runde. Nach langem, unbehaglichem Schweigen versuchte Lana, Kate mit einem Kompliment abzulenken.

»Dein Schal gefällt mir«, sagte Lana. »So ein tiefes Rot.«

»Es ist ein *Tuch.*« Kate warf es über ihre Schulter, dann setzte sie zu einer ausschweifenden, grandiosen Geschichte darüber an, wie der Schal – das Tuch – von einer Waise aus Bangladesch, der sie ermöglichte, die Schule zu besuchen, zum Dank für Kate gefertigt worden war.

»Es entspricht nicht gerade der Mode«, sagte Kate, »und ich weiß, dass du so etwas niemals tragen würdest – aber ich liebe es!«

»Nun, ich finde es ausgesprochen hübsch.« Lana streckte die Hand aus und befühlte den Stoff. »Was für eine wundervolle Arbeit. Sie ist sehr talentiert.«

»Was noch viel wichtiger ist: Sie ist *klug.* Sie wird einmal Ärztin werden.«

»Dank *dir.* Du bist wundervoll, Kate.«

Dieser Versuch, Kate zu beruhigen, war so, als würde man ein mürrisches Kind mit Schmeicheleien besänftigen wollen – und er war ungeschickt. Allerdings war mir bewusst, dass Lana über Kates plötzlichen Stimmungsumschwung erschüttert war. Wie wir alle.

Wenn ich den einen Moment bestimmen müsste, an dem das Wochenende aus dem Ruder lief, dann würde ich mich auf dieses Abendessen im Restaurant festlegen. Eine undefinierbare Grenze wurde überschritten, und irgendwie segelten wir von einem Ort der Normalität in unbekanntes Terrain: in ein finsteres, freudloses Niemandsland, aus dem niemand unbeschadet zurückkehren würde.

Die ganze Zeit über konnte ich den Wind hören, der über dem Meer heulte. Er nahm an Geschwindigkeit auf: Die Tischdecken flatterten, die Kerzen erloschen. Unter uns schlugen hohe schwarze Wellen gegen die Hafenmauer.

Wir sollten lieber bald aufbrechen, dachte ich. *Wenn nicht, bekommen wir ernsthafte Schwierigkeiten, zur Insel zurückzukehren.*

Ich griff mit der rechten Hand nach meiner Serviette und hielt sie über die Kante der Hafenmauer, über das Wasser. Ein paar Sekunden später öffnete ich die Finger und …

Der Wind entriss mir die Serviette und ließ sie für einen Augenblick vor dem Nachthimmel tanzen.

Dann wurde sie von der Dunkelheit verschluckt.

19

Wie Agathi vorausgesagt hatte, war der Wind auf dem Rückweg noch schlimmer. Das Schnellboot hüpfte schlingernd über die Wellen, der Wind besprühte uns mit feiner, salziger Gischt. Die Fahrt schien endlos zu dauern. Als wir endlich das Haus betraten, waren wir alle total durchgerüttelt und nass bis auf die Knochen.

Leo, Gentleman wie eh und je, besorgte uns Handtücher. Während wir uns abtrockneten, unternahm Jason einen schwachen Versuch, den Abend zu beenden. Ein Präventivschlag, sollte man meinen. Ehrlich gesagt – er hätte es besser wissen müssen. Sämtliche Bemühungen, Kate »unter Kontrolle zu bringen«, sie ins Bett zu schicken wie ein ungezogenes Kind, waren zum Scheitern verurteilt. Kate war einfach nicht der Typ Mensch, der sich unter Kontrolle bringen ließ.

»Wie wär's, wenn wir für heute Schluss machen und schlafen gehen?«, schlug er vor. »Ich bin todmüde.«

»Noch nicht.« Kate schüttelte den Kopf. »Erst brauche ich einen Absacker.«

»Hast du nicht schon genug getrunken?«, fragte Jason.

»Nein. Die Bootsfahrt war komplett ernüchternd. Ich brauche noch einen Drink.«

»Gute Idee«, meldete ich mich zu Wort. »Ich auch. Einen doppelten Egal-was, bitte.«

Ich schlenderte durch die hohen Glasflügeltüren hinaus auf die Terrasse. Die Steinmauer, die sie umfriedete, hielt den schlimmsten Wind ab.

Wir waren oft auf der Veranda, auf der mehrere Lounge-

Sofas und -Tische standen, außerdem gab es eine Gasfeuerschale und einen Grill. Ich stellte das Gasfeuer an und entzündete an einer der auflodernden Flammen den Joint, den ich mir in der Hoffnung gedreht hatte, noch einmal die Fröhlichkeit vom Abend zuvor empfinden zu können. Ach, wie weit weg das alles jetzt schien! Wie aus einem anderen Leben.

Leo folgte mir nach draußen. Er nickte in Richtung des Joints. »Kann ich auch mal?«

Ich war leicht überrascht von seiner Frage. Er trank keinen Alkohol, deshalb ging ich davon aus, dass er auch Marihuana nicht mochte. Ich überlegte.

»Hm«, sagte ich dann. »Ich nehme an, du bist alt genug.«

»Ich bin fast achtzehn. *Alle* meine Freunde kiffen. Das ist keine große Sache.«

»Verrat's nicht deiner Mutter.« Ich reichte ihm den Joint und deutete mit dem Kinn auf Kate im Wohnzimmer. »An deiner Stelle würde ich nicht da drinnen bleiben. Es sei denn, du hast Lust auf einen Platz direkt am Ring.«

»Bestimmt nicht.« Leo hielt das Ende des Joints an die Lippen und inhalierte tief. Er behielt den Rauch für einen Moment in der Lunge, dann atme er langsam aus und gab mir den Joint zurück. Es gelang ihm, nicht zu husten, was mich beeindruckte. Anschließend drehte er sich ohne ein weiteres Wort um und ging die Steinstufen hinunter, fort vom Haus.

Sensibler Bursche, dachte ich. Dem Sturm zu trotzen, war weitaus sicherer, als sich Kates momentaner Laune auszuliefern. Trotzdem sollte er achtgeben.

»Sei vorsichtig!«, rief ich ihm nach. »Der Wind wird richtig wild!«

Leo antwortete nicht. Er lief einfach weiter.

20

Leo ging zum Wasser, um zuzuschauen, wie der Wind mit den Wellen die Küste attackierte. Er folgte dem gewundenen Pfad zum Strand hinunter.

Jetzt machte sich der Joint bemerkbar. Er spürte, wie sich seine Sinne verstärkten. Ein köstliches Kribbeln. Obwohl Leo Alkohol ablehnte – er hatte während seiner Kindheit die schlimmen Auswirkungen miterlebt, die Alkohol auf die Freundinnen und Freunde seiner Mutter hatte –, war er neugierig auf Gras. Jeff, der an seiner Schule Schauspiel unterrichtete und den Leo zutiefst bewunderte, hatte gesagt, stoned zu sein wäre gut für einen Schauspieler.

»Gras schließt im Kopf Räume auf«, behauptete Jeff. »Es verschafft einem Zutritt zu Gefilden, die unbedingt erkundet werden sollten.«

Das klang faszinierend – kreativ und inspirierend. Leo hatte es nur noch nicht ausprobiert, weil sich bislang keine Gelegenheit ergeben hatte. Er log, wenn er sagte, dass all seine Freunde rauchten. Leo hatte nicht sonderlich viele Freunde, und die, die er hatte, waren genauso verantwortungsvoll und regelgetreu wie er. Ich war der einzige moralisch verwerfliche Mensch in seinem Leben.

Der böse Onkel Elliot. Sehr gut, ich war gern bereit, dem zu entsprechen.

Leider konnte Leo das, was er gerade erlebte nach einem Zug am Joint, nicht gerade als Offenbarung bezeichnen. Er fühlte sich zwar entspannt und genoss das Gefühl des Windes, der durch seine Finger und durch seine Haare strich. Doch sonst verspürte er nichts – nichts Tiefgründiges oder

Spirituelles. Leo zog die Schuhe aus. Barfuß schlenderte er durch die strudelnde Brandung und ließ sich den Wind um die Ohren pfeifen.

Dabei verlor er jegliches Gespür für die Zeit – die Zeit schien zu verschwinden, als würde sie davongeweht vom Sturm. Er fühlte sich seltsam friedlich, eins mit dem Wind und dem aufgewühlten Wasser.

Und dann schob sich plötzlich eine schwarze Wolke vor den Mond und blieb dort. Um ihn herum war alles in Dunkelheit gehüllt. Als hätte man sämtliche Lichter ausgeschaltet.

Leo spürte etwas hinter ihm, im Rücken. Zwei Augen, die sich in seinen Hinterkopf bohrten – ein Kribbeln im Nacken, das ihn schaudern ließ.

Er wirbelte herum, doch er konnte niemanden sehen. Nichts – außer dem leeren Strand und den schwarzen Bäumen, die sich im Wind bogen. Niemand war da. Er wollte sich gerade wieder umdrehen, als er es sah.

Gleich vor ihm, am Ende des Strands, im Schatten der Bäume. Was war das? Es sah nicht wirklich menschlich aus. Leo kniff die Augen zusammen und spähte angestrengt in die Dunkelheit, versuchte zu verstehen, was er da sah. Ein Tier? Die Beine sahen aus wie die einer Ziege oder etwas Ähnlichem, aber es stand aufrecht. Und auf dem Kopf … waren das Hörner?

Leo musste an den legendären Inselgeist denken. War er es? Oder etwas Bedrohlicheres? Etwas Böses … eine Art *Teufel?*

In diesem Moment verspürte er eine schreckliche Vorahnung – Leo wusste mit absoluter Sicherheit, dass sehr, sehr bald etwas Furchtbares geschehen würde, etwas Grauenvolles, Tödliches, und er wäre machtlos, es zu verhindern.

Hör auf damit. Du bist stoned und paranoid, redete er sich selbst ein. *Das ist alles.* Dann kam ihm gnädigerweise der Wind zu Hilfe, der die Wolke fortwehte. Mondschein erhellte die Szene wie ein Flutlicht und löste Leos Fantasien in Luft auf.

Das Monster entpuppte sich lediglich als eine Ansammlung von Laub und ineinander verschlungenen Zweigen. Leos überaktive Fantasie hatte Zusammenhänge hergestellt, die gar nicht bestanden, und sich einen Teufel eingebildet. Der nicht real, sondern nur eine optische Täuschung war, bedingt durch das spärliche Licht. Trotzdem hatte er ziemliche Angst.

Und dann hielt er sich den Bauch. Und stöhnte.

Denn plötzlich war ihm übel.

21

Während wir im Restaurant gewesen waren, hatte Agathi sich mit den beiden mickrig aussehenden Ringeltauben abgemüht, die Jason am Nachmittag geschossen hatte. Sie hatte am Küchentisch gesessen und begonnen, die Vögel langsam und geduldig zu rupfen. Dies zu tun, hatte ihr ihre Großmutter schon beigebracht, als sie noch ein Kind gewesen war. Anfangs hatte sie sich dagegen gesträubt – es war ihr zuwider gewesen, war ihr grausam erschienen.

Sei nicht albern, Kind, hatte ihre Großmutter gesagt, dann hatte sie Agathis Hände genommen und fest auf den Vogel gelegt. *Fühlt sich das nicht angenehm weich unter den Fingern an?*

Sie hatte recht, das tat es – und diese Federn zu rupfen, das Gefühl zu genießen, die rhythmischen Bewegungen, die tröstliche Erinnerung an ihre *γιαγιά,* versetzten Agathi in eine meditative Trance. Sie lauschte dem Wind. Dem Wind, der klang wie der Zorn Gottes. Wie aus dem Nichts erschien ein Blitz am strahlend blauen Himmel. Ohne jede Vorwarnung. *Der Zorn* – so nannte ihre Großmutter den Wind. Und wieder hatte sie recht.

Agathi dachte daran, wie die alte Frau die Stürme durch das Küchenfenster beobachtet hatte. Sie hatte voller Freude geklatscht, applaudiert, wenn sie Zweige von den Bäumen rissen und durch die Luft wirbelten. Als kleines Mädchen hatte Agathi geglaubt, ihre Großmutter wäre auf irgendeine Art und Weise verantwortlich für diese gewaltigen Stürme. Sie hatte angenommen, ihre *γιαγιά* hätte sie mit einem ihrer

Zauber heraufbeschworen oder mit einem der magischen Gebräue, die auf dem Herd blubberten.

Agathis Augen füllten sich mit Tränen. Sie vermisste ihre Großmutter schrecklich – sie würde alles dafür geben, die alte Hexe zurückzubekommen und sich in ihren knochigen Armen vergraben zu können.

Hör auf, schalt sie sich. *Hör auf, so viel an die Vergangenheit zu denken.*

Was war nur los mit ihr? Sie riss sich zusammen und wischte sich die Tränen aus den Augen, hinterließ dabei Flaum und kleinere Federn auf ihren Wangen. Sie war müde, das war alles. Als sie die Vögel gerupft hatte, machte sie sich eine Tasse Pfefferminztee und ging die Treppe hinauf und ins Bett.

Sie wollte eingeschlafen sein, wenn die Familie aus dem Restaurant zurückkehrte. Jahrelange Erfahrung hatte Agathis Gespür für Scherereien geschärft – sie fühlte es, wenn etwas in der Luft lag. Sollte sich irgendein Drama abspielen, wollte sie nicht daran teilhaben.

Und dann schlief Agathi ein, sobald ihr Kopf auf dem Kissen lag. Die Tasse Pfefferminztee blieb unberührt auf dem Nachttisch stehen.

Sie war sich nicht sicher, was sie geweckt hatte.

Zuerst – während sie noch schlief – nahm sie unten Stimmen wahr, gedämpfte Stimmen, im Streit erhoben. Dann träumte sie, dass Jason nach Lana suchte und ihren Namen rief.

Plötzlich wurde Agathi bewusst, dass dies kein Traum war. Es war real.

»Lana!«, brüllte Jason.

Agathi schlug die Augen auf. Schlagartig war sie hellwach. Sie lauschte. Jetzt schrie niemand mehr. Alles war still.

Sie stieg aus dem Bett. Schlich zur Tür und öffnete sie einen Spaltbreit. Spähte hinaus.

Tatsächlich erblickte sie Jason am Ende des Flurs. Er kam aus Lanas Schlafzimmer.

Dann stieg Kate die Treppe herauf. Sie und Jason sprachen leise, kaum hörbar miteinander. Agathi spitzte die Ohren, um etwas zu verstehen.

»Ich kann Lana nicht finden«, sagte Jason. »Ich mache mir Sorgen um sie.«

»Und was ist mit *mir?*«

»Hattest du heute Abend nicht schon genug Aufmerksamkeit?« Jason warf Kate einen verächtlichen Blick zu. »Geh ins Bett …«

Er versuchte, sich an ihr vorbeizudrängen, und für einen Moment entstand Gerangel. Schließlich schubste er sie mit mehr Kraft zur Seite als beabsichtigt. Kate verlor das Gleichgewicht und klammerte sich Halt suchend ans Geländer.

»Du bist jämmerlich«, sagte Jason.

Geräuschlos schloss Agathi die Tür. Für einen Moment blieb sie stehen, wo sie war. Sie fühlte sich unbehaglich. Instinktiv wollte sie ihren Morgenmantel anziehen und sich auf die Suche nach Lana machen, aber irgendetwas hielt sie davon ab. Wahrscheinlich war es besser, wenn sie sich nicht einmischte. *Geh wieder schlafen,* sagte sie sich.

Im Laufe der Jahre hatte es ähnliche Abende wie diesen gegeben, viele dramatische Szenen, häufig mit Kate, und sie waren allesamt am folgenden Morgen einvernehmlich aufgelöst worden. Zweifelsohne wäre Kate dann wieder nüchtern und würde sich wie immer für das entschuldigen, was sie getan hatte. Und Lana würde ihr wie immer vergeben.

Alles wäre wieder so wie zuvor.

Ja, dachte Agathi gähnend, *geh einfach wieder ins Bett.*

Sie legte sich hin und versuchte einzuschlafen, doch der

Wind schlug die Fensterläden draußen gegen die Wand, wieder und wieder. Das laute Geräusch hielt sie davon ab, in Tiefschlaf zu fallen.

Letztendlich stand sie auf und schloss die Läden. Anschließend schlief sie etwa eine Stunde lang tief und fest – vielleicht länger –, bis sie erneut aus dem Schlaf gerissen wurde.

Die Fensterläden knallten gegen die Wand.

Bamm, bamm, bamm!

Plötzlich wurde Agathi klar, dass es nicht die Läden sein konnten, denn die hatte sie ja geschlossen. Sie riss die Augen auf. Es dauerte eine Sekunde, bis sie realisierte, was sie da soeben gehört hatte.

Das waren Schüsse!

Mit hämmerndem Herzen hastete Agathi aus ihrem Zimmer und die Treppe hinunter, dann stürmte sie zur Hintertür hinaus.

Der Wind war heftig, aber sie bemerkte ihn kaum. Sie hörte Schritte, ganz in ihrer Nähe, doch sie sah sich nicht um. Sie konzentrierte sich aufs Laufen, rannte, so schnell sie konnte, in die Richtung, aus der die Schüsse gekommen waren.

Sie musste dorthin, musste sich selbst beweisen, dass sie sich das alles nur einbildete, dass sie sich täuschte, dass nichts Schreckliches passiert war.

Endlich erreichte sie die Lichtung hinter dem Olivenhain. Endlich erreichte sie die Ruine.

Jemand lag am Boden. Eine Frau – in einer Blutlache. Das Gesicht im Dunkeln. Auf der Vorderseite ihres Kleids waren drei Einschüsse zu erkennen. Sie trug einen tiefroten Schal um die Schultern – Rot, das sich schwarz verfärbte, als es sich mit Blut vollsog.

Leo traf unmittelbar vor Agathi ein. Er starrte auf den

reglosen Körper, als müsste er sich vergewissern, wen er da sah. Dann stieß er einen grauenhaften, erstickten Schrei aus.

In dem Moment erreichte ich die Ruine – zur selben Zeit wie Jason. Ich rannte zu der Gestalt am Boden und kniete mich hin, fasste das Handgelenk und tastete nach dem Puls. Was schwierig war, denn Leo war mir im Weg. Er wiegte die Frau in seinen Armen und ließ sie nicht los. Blutverschmiert vergrub er das Gesicht in ihrem Haar und klammerte sich schluchzend an sie. Ich versuchte vergeblich, ihn von ihr zu lösen.

Jason übernahm die Führung, aber er wirkte überfordert, verängstigt. »Was ist passiert? *Was zur Hölle ist passiert?* Elliot?«

»Sie ist tot.« Ich schüttelte den Kopf. »Sie ist … tot …«

»*Was?*«

Ich ließ ihr Handgelenk los und kämpfte gegen die Tränen. »Lana ist tot.«

AKT II

Vermutlich ist jeder Mörder irgendjemands alter Freund.

Agatha Christie,
Das fehlende Glied in der Kette

1

Ich kann noch immer nicht glauben, dass sie tot ist. Selbst jetzt, nach all der Zeit, kommt es mir nicht real vor. Manchmal denke ich, wenn ich die Augen schließe, könnte ich die Hand ausstrecken und sie berühren – als würde sie direkt neben mir sitzen. Aber Lana ist nicht hier. Sie ist in einer anderen Galaxie, Lichtjahre von mir entfernt, und die Distanz zwischen uns wird von Sekunde zu Sekunde größer.

Irgendwo habe ich gelesen, dass die Hölle stets falsch dargestellt wurde. Die Hölle ist kein loderndes Fegefeuer voller grausamer Qualen. Tatsächlich ist die Hölle *Abwesenheit,* die Verbannung aus Gottes Gegenwart. Seiner beraubt zu werden, ist die Hölle. Und deshalb bin ich in der Hölle – verdammt, für immer an einem leeren Ort zu verweilen, fernab von Lanas Strahlen, fernab von ihrem Licht.

Ich weiß, ich weiß – ich muss aufhören, derart rührselig in Selbstmitleid zu baden. Es bringt keinem etwas, Lana am allerwenigsten. *Ich* bin es, der mir leidtut – ich elender Wicht, der ich mein Leben nun ohne sie verbringen muss.

In gewisser Hinsicht besitze ich sie noch immer. Lana lebt bis in alle Ewigkeit weiter, unsterblich durch ihre Filme, für immer jung, für immer schön, während wir, die Sterblichen, Tag für Tag älter, hässlicher und trauriger werden. Aber das ist der Unterschied zwischen Zwei- und Dreidimensionalität. So wie Lana nun existiert, in Zelluloid konserviert, kann man sie nur noch betrachten. Nicht anfassen. Nicht umarmen, nicht küssen.

Und so scheint Barbara West am Ende recht zu behalten

(wenngleich auf völlig andere Weise, als sie es ursprünglich meinte), denn eines Tages sagte sie voller Gehässigkeit zu mir: »Darling, ich hoffe, du verliebst dich nicht in Lana Farrar. Schauspielerinnen sind einfach nicht fähig zu lieben. Es wäre besser, du hängst dir ein Foto von ihr an die Wand und holst dir einen runter.«

Lustigerweise habe ich ein Foto von Lana auf meinem Schreibtisch stehen, während ich das hier schreibe. Ein Pressefoto – schon älter, an den Rändern wellig, verblichen und vergilbt. Es entstand, ein paar Jahre bevor ich Lana kennenlernte. Bevor ich ihr Leben ruinierte – und mein eigenes.

Aber nein, das ist nicht fair.

Mein Leben war bereits ruiniert.

2

Also gut, ich muss Ihnen etwas gestehen.

Bevor ich fortfahren kann, bevor ich enthüllen kann, wer den Mord begangen hat – und, noch wichtiger, *warum* –, muss ich ein Geständnis ablegen.

Es geht um Lana.

Es gibt so viel, was ich über sie erzählen könnte. Ich könnte Ihnen sagen, wie sehr ich sie liebe. Ich könnte mich an unsere Freundschaft erinnern und Sie mit Geschichten und Anekdoten erfreuen. Ich könnte sie romantisieren, mythologisieren, Ihnen das schmeichelhafte Porträt eines Künstlers präsentieren: Lana, bis zur Unkenntlichkeit idealisiert.

Doch damit würde ich Ihnen keinen Gefallen tun – und Lana ebenfalls nicht. Nötig wäre ein Bild mit allen Fehlern, Nachteilen und Mängeln, wie es Oliver Cromwell bekanntermaßen forderte, doch ich weiß nicht, ob ich den Mut aufbringe, ein solches Bild zu zeichnen. Nötig wäre die Wahrheit.

Und die Wahrheit ist, sosehr ich sie auch liebte, war Lana nicht unbedingt der Mensch, für den ich sie hielt. Scheinbar hatte sie viele Geheimnisse, sogar vor denen, die ihr am nächsten standen. Sogar vor mir.

Doch dafür sollten wir sie nicht zu hart verurteilen. Wir alle haben Geheimnisse vor unseren Freunden, oder etwa nicht? Ich kann mich da nicht ausnehmen.

Was mich zurück zu meinem Geständnis bringt.

Glauben Sie mir, es ist nicht leicht. Ich hasse es, Ihnen den Teppich unter den Füßen wegzuziehen. Ich bitte Sie nur, mich anzuhören.

Hier, in der imaginären Bar in meinem Kopf, wo ich mit Ihnen rede, bestelle ich Ihnen noch einen Drink – und warne Sie, dass Sie sich auf etwas gefasst machen können. Ich selbst bestelle mir ebenfalls noch etwas, keinen perfekten Martini wie in alten Zeiten, nur einen Wodka, das billige Zeug, das in der Kehle brennt.

Genau das brauche ich, um meine Nerven zu beruhigen.

Als ich mit dieser Schilderung begann, habe ich Ihnen versprochen, nichts als die Wahrheit zu sagen, doch wenn ich auf das zurückblicke, was ich geschrieben habe, fällt mir auf, dass ich Sie an ein paar Stellen in die Irre geführt habe.

Ich habe Ihnen keine richtigen Lügen aufgetischt, das nicht – ich habe bloß die Sünde begangen, etwas *auszulassen,* das ist alles.

Ich habe nichts als die Wahrheit gesagt.

Nur nicht die ganze.

Mein Motiv ist ehrenhaft und entspringt dem Wunsch, meine Freundin zu schützen, ihr Vertrauen nicht zu missbrauchen. Doch wenn ich nicht alles erzähle, werden Sie nie verstehen, was auf der Insel passiert ist.

Also muss ich diesen Fehler beheben. Ich muss Ihnen die Dinge mitteilen, die Sie wissen sollten, muss gewisse Lücken schließen. Muss Lanas Geheimnisse preisgeben. Alle.

Genau wie mein eigenes Geheimnis. Das ist das Schwierige an Ehrlichkeit. Ehrlichkeit ist ein zweischneidiges Schwert, deshalb führe ich es nur mit großer Vorsicht.

Na, dann mal los!

Zunächst einmal muss ich die Zeit zurückdrehen.

Erinnern Sie sich noch an Ihre erste Begegnung mit Lana, auf der Straße in London?

Lassen Sie uns für einen Moment dorthin zurückkehren. Lassen Sie uns zu jenem elenden Tag in Soho zurückkehren – und dem Regen, der Lana dazu veranlasste, für einige Tage vor dem englischen Wetter ins sonnige Griechenland zu fliehen.

Ich nehme an, mein erstes und schmerzlichstes Versäumnis gleich zu Beginn dieser Geschichte bestand darin, Sie in dem Glauben zu lassen, dass Lana sofort Kate im Old Vic anrief, nachdem sie die Entscheidung getroffen hatte, sie auf die Insel einzuladen.

Tatsächlich vergingen jedoch noch ganze vierundzwanzig Stunden, bis Lana den Anruf tätigte.

Vierundzwanzig Stunden, in deren Verlauf – wie Sie sehen werden – jede Menge passierte.

3

Passenderweise ging Lana die Greek Street entlang, als ihr die Idee kam, auf die Insel zu reisen. Doch in dem Augenblick, in dem sie ihr Mobiltelefon hervorholte, um Kate anzurufen und einzuladen, sie zu begleiten, fing es an zu schütten. Ein plötzlicher Wolkenbruch.

Rasch steckte Lana das Handy wieder ein und eilte nach Hause.

Es war niemand da, als sie die Tür aufsperrte und eintrat. Sie trocknete sich so gut wie möglich ab und beschloss, ein Bad zu nehmen, sobald sie eine Tasse Tee getrunken hatte.

Erst seit sie nach London gezogen war, hatte Lana sich angewöhnt, Tee zu trinken. Es ergab absolut Sinn, bei diesem feuchtkalten Klima unzählige tröstliche Tassen heißen Tee zu trinken. Sie goss eine Kanne Earl Grey auf, hockte sich auf die Fensterbank und schaute in den prasselnden Regen.

Lanas Gedanken wanderten in dieselbe Richtung wie zuvor. Zurück zu dem, was ihr zu schaffen machte. Sie war entschlossen, herauszufinden, was genau sie so störte. Wenn sie weiter darüber nachgrübelte, würde die Antwort bestimmt von selbst zutage treten.

Wieder einmal kam ihr Leo in den Sinn. Warum? Hatte diese nagende Besorgnis etwas mit ihm zu tun? Mit dem unangenehmen Gespräch, das sie vor ein paar Tagen geführt hatten, hier, in dieser Küche?

»Ich muss dir etwas sagen, Mom …«, hatte Leo begonnen.

Lana hatte sich gewappnet. »Schieß los.«

Sie wusste nicht, was sie erwartete – ein typisches Teenagergeständnis, bei dem es um Sexualität, Sucht oder Religion ging? Nichts davon wäre dramatisch. Sie würden gemeinsam eine Lösung finden, wie immer. Lana hatte ihren Sohn bei allem, was er tat, stets zu hundert Prozent unterstützt.

»Ich möchte Schauspieler werden.«

Lana war sprachlos. Das war ein Schock. Nicht allein wegen der Wörter, die aus Leos Mund gekommen waren – und mit denen sie ganz und gar nicht gerechnet hatte –, sondern auch wegen ihrer unmittelbaren Reaktion: Sie verspürte eine heftige, beinahe feindselige Ablehnung. Verärgerung.

»Wovon zur Hölle sprichst du?«

Leo starrte sie ausdruckslos an. Er wusste nicht, was er erwidern sollte. Er sah aus, als würde er jeden Moment in Tränen ausbrechen. Von da an ging es mit dem Gespräch bergab. Lanas Reaktion hatte ihn überrascht und verletzt, und das teilte er ihr ohne Umschweife mit: Sie sei »toxisch« – und er verstehe nicht, warum.

Lana versuchte, ihm zu erklären, dass es ihre Pflicht als Mutter sei, ihn davon abzuhalten. Die Schauspielerei, so behauptete sie, wäre eine Verschwendung all der Vorteile und Möglichkeiten, die ihm zuteilgeworden waren: eine außergewöhnliche Bildung, eine angeborene Wissbegier und Intelligenz, gepaart mit den Kontakten seiner Mutter – Lana hatte die Nummern einiger der einflussreichsten Menschen weltweit in ihr Handy eingespeichert, sie alle waren nur einen Telefonanruf entfernt.

Wäre es nicht sehr viel besser, wenn Leo eine Universität besuchte, hier in Großbritannien oder, wenn ihm das lieber war, auch gern in Amerika, und etwas Bedeutsameres lernte? Im vergangenen Jahr hatte er Interesse an den internationalen Menschenrechtsgesetzen bekundet – ein Studium in einem solchen Bereich passte doch sicher viel besser zu ihm. Oder Medizin? Oder Psychologie? Philosophie? Alles, nur nicht die Schauspielerei.

Lana klammerte sich an Strohhalme, und sie wusste es.

Genau wie Leo. Er warf ihr einen kalten, verächtlichen Blick zu. »Wovon redest du? Du bist so eine Heuchlerin! Du *bist* Schauspielerin! Und Dad hat ebenfalls in der Branche gearbeitet.«

»Leo, dein Vater war Produzent. Ein Geschäftsmann. Es wäre etwas ganz anderes, wenn du nach L. A. ziehen und in die Produktion gehen wolltest …«

»Ach, tatsächlich? Das würdest du toll finden?«

»Das würde ich nicht toll finden, aber ja, ich wäre glücklicher.«

»Ich kann nicht glauben, dass du das sagst …« Leo verdrehte die Augen und atmete schwer. Lana wusste, dass er sauer wurde. Sie wollte nicht, dass die Situation aus dem Ruder lief. Also senkte sie die Stimme und versuchte, ihn zu besänftigen.

»Ach, Liebling. Was mir passiert ist, war einmalig. Ich hatte unglaubliches Glück. Weißt du, wie viele arbeitslose Schauspieler es in L. A. gibt? Deine Chancen stehen eins zu einer Million. Ach, was rede ich da … Eins zu *zehn* Millionen!«

»Oh, ich verstehe. Ich bin nicht talentiert genug. Ist es das, was du denkst?«

Beinahe hätte Lana die Geduld verloren. »Leo, ich habe absolut keine Ahnung, ob du talentiert bist oder nicht. Bis zu diesem Augenblick hast du nie auch nur das geringste Interesse an der Schauspielerei bekundet. Du warst noch nicht einmal in einem *Theaterstück* …«

»In einem *Theaterstück?*« Leo blinzelte. »Was hat das damit zu tun?«

Lana musste sich beherrschen, um nicht laut loszulachen. »Nun, ziemlich viel, finde ich …«

»Theaterstücke interessieren mich nicht! Wer sagt etwas von Theaterstücken? Ich will ein *Filmstar* werden, so wie du!«

O mein Gott, dachte Lana. *Das ist ein Desaster.*

Sobald sie realisierte, dass die Lage weitaus ernster war, als sie anfangs gedacht hatte, suchte Lana meinen Rat. Kaum war sie wieder allein, rief sie mich an. Ich weiß noch genau, wie angespannt und besorgt sie am Telefon klang.

Im Rückblick hätte ich mich vielleicht einfühlsamer zeigen können. Ich verstand, warum Lana enttäuscht war – um mit Barbara Wests Worten zu sprechen: »Eine Schauspielerin ist etwas mehr als eine Frau. Ein Schauspieler ist etwas weniger als ein Mann.«

Zum Glück war mir klar, dass Lana dies im Augenblick nicht komisch finden würde.

»Nun, Leo hat seine Berufung gefunden«, sagte ich stattdessen. »Das ist gut. Du solltest dich freuen!«

»Hör auf, so sarkastisch zu sein.«

»Ich bin nicht sarkastisch. Ist es nicht genau das, was die Welt braucht – einen weiteren Schauspieler?«

»*Filmstar*«, korrigierte Lana kläglich.

»Entschuldigung – Filmstar.« Ich lachte leise. »Lana, Liebes – wenn Leo Filmstar werden möchte, dann lass ihn doch. Er wird das schon machen.«

»Wie kannst du das sagen?«

»Er ist dein Sohn, oder etwa nicht?«

»Was hat das damit zu tun?«

Ich suchte nach der richtigen Entsprechung. »Nun, da kauft man ja schließlich nicht die Katze im Sack.«

»Was soll das denn heißen? Machst du Witze?« Lana klang jetzt gereizt. »Ich versteh's nicht.«

»Es soll heißen, dass sich sämtliche Agenten in London und L. A. um ihn reißen werden, sobald sie erfahren, wessen Sohn er ist. Außerdem ist er *siebzehn*«, fügte ich beschwichtigend hinzu. »In diesem Alter ändert man ohnehin alle fünfundzwanzig Minuten seine Meinung.«

»Nein, nicht Leo. So ist er nicht.«

»Nun ja, er wird schon nicht verhungern. Nicht mit Ottos Milliardenvermögen.«

Lanas Stimme wurde fester, als sie entgegnete: »Keine Milliarden, Elliot. Es ist dumm, so etwas zu behaupten. Außerdem hat das Geld, das sein Vater für ihn beiseitegelegt hat, nichts damit zu tun.«

Kurz darauf beendete Lana das Telefonat. Während der nächsten Tage begegnete sie mir eher kühl. Anscheinend hatte ich einen Nerv getroffen.

Sie wollte nicht, dass Leo auf sein Erbe angewiesen war. Dagegen war nichts einzuwenden. Arbeit war wichtig, und zwar aus allen möglichen Gründen, davon war Lana überzeugt. Jahrelang hatte sie sich ausschließlich über die Arbeit definiert und große Befriedigung daraus gezogen: ihr Selbstwertgefühl, ihre Zielstrebigkeit – ganz zu schweigen von dem Vermögen, das sie für sich und andere verdient hatte.

Eines Tages würde Leo es erben, genau wie das Geld seines Vaters. Er wäre dann ein extrem wohlhabender Mann. Allerdings erst nach Lanas Tod.

In Gedanken kehrte Lana immer wieder zu dem zurück, was Leo als Letztes zu ihr gesagt hatte – seine letzte spitze Bemerkung beim Verlassen der Küche. Es war, als hätte er ihr ein Messer zwischen die Rippen gestoßen.

Leo war an der Tür stehen geblieben und hatte ihr einen Seitenblick zugeworfen.

»Warum hast du es getan?«

»Warum habe ich was getan, Leo?«

»Warum hast du die Schauspielerei an den Nagel gehängt?«

»Das habe ich dir doch erzählt.« Lana lächelte. »Ich wollte ein richtiges Leben, kein vorgetäuschtes.«

»Das erklärt gar nichts.«

»Aber sicher doch. Ich bin jetzt glücklicher«, widersprach sie.

»Du vermisst die Schauspielerei.« Eine Feststellung, keine Frage.

»Nein, das tue ich nicht.« Lana behielt ihr Lächeln bei. »Ganz und gar nicht.«

»Lügnerin.«

Leo drehte sich um und verließ die Küche. Lana hörte auf zu lächeln.

Lügnerin.

Leo hatte recht. Lana war eine Lügnerin. Sie belog Leo – und sie belog sich selbst.

Nun verstand sie, warum ihr dieses Gespräch so sehr zu schaffen gemacht hatte. Das war die Ursache für das nagende Gefühl der Unzufriedenheit, das sie in Soho verfolgt hatte. Schlussendlich hatte es sie eingeholt.

Ich vermisse die Schauspielerei, dachte sie. *Natürlich vermisse ich sie. Ich vermisse sie jeden Tag.*

Ironischerweise hatte Leo keine Ahnung, dass er der eigentliche Grund für Lanas Rückzug war. Das hatte sie ihm nie gesagt. Lana hatte nur wenigen Menschen mitgeteilt, warum sie aufgehört hatte. Ich war einer davon.

Als Otto starb, war Leo sechs Jahre alt. Und Lanas ganze Welt brach auseinander. Aber sie musste nach vorn schauen, um Leos willen. Also riss sie sich auf die einzige Weise zusammen, die sie kannte: Sie stürzte sich in Arbeit. Auch wenn es mit ihrer Karriere immer steiler bergauf ging – und sie einen ihrer erfolgreichsten Filme drehte, *Die Geliebte,* mit dem sie schließlich sogar einen Oscar gewann –, war Lana nicht glücklich.

Sie hatte das grauenhafte Gefühl, dass sie als Elternteil versagte. Genau wie ihre eigene Mutter versagt hatte.

Lana wusste, dass sie sich in der privilegierten Lage befand, nicht arbeiten zu müssen. Warum also sollte sie sich nicht zurückziehen und sich der Erziehung ihres Sohnes widmen? Warum sollte sie ihn nicht an die erste Stelle stellen – zumal man sie selbst nie an die erste Stelle gestellt hatte?

Und so tat sie genau das, sie verabschiedete sich vom Filmgeschäft.

Klingt das leichtfertig? Als hätte Lana eine Münze geworfen, um eine lebensverändernde Entscheidung zu treffen? Ich versichere Ihnen: Das tat sie ganz gewiss nicht. Ich gehe davon aus, dass sie sich deswegen sehr lange den Kopf zerbrochen hat. Ottos plötzlicher und unerwarteter Tod zwang Lana zum Handeln. Man musste Leo jetzt nur ansehen, um zu wissen, dass sich das Wagnis ausgezahlt hatte. Ja, Leo war gelegentlich ein aufbrausender Teenager, aber er war gutmütig, intelligent, freundlich – und verantwortungsbewusst. Er sorgte sich um andere Menschen und um den Planeten, auf dem er lebte.

Lana war stolz darauf, wie Leo sich entwickelt hatte. Ganz sicher, davon war sie überzeugt, lag das daran, dass sie die richtigen Prioritäten gesetzt hatte. Anders als Kate, die unverheiratet und kinderlos geblieben war und die sich von einer katastrophalen, selbstzerstörerischen Beziehung in die nächste stürzte.

Für einen Moment dachte Lana an Kate, die gerade bei den Proben für *Agamemnon* im Old Vic war. Sie befand sich auf dem Höhepunkt ihrer Karriere, ausgesprochen erfüllt, was ihre Kreativität betraf, immer noch in Hauptrollen besetzt. War Lana neidisch? Vielleicht.

Doch es gab kein Zurück. Was, wenn sie jetzt wieder anfing zu arbeiten? Ins Filmgeschäft zurückkehrte? Sie sah älter aus, fühlte sich älter – was unweigerlich zu wenig vorteilhaften Vergleichen mit ihrem jüngeren Ich führen würde. Jede Art von Comeback würde Kompromisse erfordern und womöglich in Enttäuschung enden. Man stelle sich eine katastrophale oder auch nur mittelmäßige Produktion vor – das wäre verheerend für sie.

Nein, Lana hatte ihre Wahl getroffen und war mit einem glücklichen, wohlgeratenen Sohn belohnt worden; mit einem Ehemann, den sie liebte; mit einer Ehe, die funktionierte. All das hatte ungeheures Gewicht.

Ja. Sie nickte, wie um sich selbst zu bestätigen. *Ende der Geschichte. Und zwar genau an dieser Stelle.*

Irgendwie hatte es etwas Poetisches, dass Lana nach einem so hektischen und turbulenten Leben hier gelandet war, in aller Stille ihren Tee trank und in den Regen hinausblickte. Lana Farrar war eine alte verheiratete Dame – eine Mutter und eines Tages hoffentlich eine Großmutter.

Sie spürte, wie Ruhe in ihrem Innern einkehrte. Das schreckliche Gefühl der Besorgnis verschwand. *So fühlt es sich an, wenn man zufrieden ist,* dachte sie. *Alles ist perfekt, so wie es ist.*

Es war besonders grausam vom Schicksal, ausgerechnet diesen Moment zu wählen – genau den einen Augenblick, als Lana zu dieser Erkenntnis über ihr Leben gelangte –, um Agathi den Raum betreten … und Lanas Welt in Scherben gehen zu lassen.

4

Agathis Tag begann relativ ereignislos.

Dienstags hatte sie immer viel zu tun, dienstags machte sie Besorgungen. Sie genoss es, außer Haus zu sein und mit einer langen Liste durch Mayfair zu schlendern.

Als sie heute Morgen aufbrach, schien es ein wundervoller Tag zu werden. Die Sonne schien, der Himmel war klar. Später wurde Agathi, genau wie Lana, vom Regen überrascht. Doch im Gegensatz zu ihrer Arbeitgeberin war sie so schlau gewesen, einen Schirm mitzunehmen.

Agathi ging zur Apotheke und gab ein Rezept von Lana ab. Anschließend machte sie sich auf den Weg zur Reinigung.

Sie wurde von einem notorisch gereizten Mann über sechzig namens Sid geführt. Anders als zum Rest seiner Klientel war er höflich zu Agathi, was sie Lana zu verdanken hatte, die er verehrte.

Sid strahlte, als Agathi die Reinigung betrat, und winkte sie an die Spitze der Warteschlange. »Entschuldigen Sie«, sagte er zu einer wartenden Kundin. »Ich muss erst diese Dame bedienen. Sie hat es eilig – sie arbeitet nämlich für *Lana Farrar.*«

Agathi zuckte leicht zusammen, dann ging sie an der wartenden Kundschaft vorbei. Keiner wagte es, Einspruch zu erheben. Sid deutete auf die Kleidungsstücke, die an der Stange hingen. Sie waren in Plastik gehüllt, zur Abholung bereit.

»Bitte sehr«, sagte er, »die Kleider Ihrer Majestät. Alles schön verpackt, für den Fall, dass das Wetter umschlägt. Sieht nach Regen aus.«

»Finden Sie? Ich dachte, es würde ein schöner Tag werden.«

Sid runzelte die Stirn. Er mochte es nicht, wenn man ihm widersprach. »Nein. Glauben Sie mir: Spätestens in einer halben Stunde schüttet es wie aus Eimern.«

Agathi nickte. Sie bezahlte und wandte sich zum Gehen, als Sid sie plötzlich aufhielt.

»Eine Sekunde – fast hätte ich es vergessen. Ich habe ein Gedächtnis wie ein Sieb! Warten Sie …«

Er öffnete eine Schublade und nahm vorsichtig ein kleines, glitzerndes Schmuckstück heraus. Einen Ohrring.

Er schob ihn über die Ladentheke.

»Der hatte sich an Mr Farrars Anzug verfangen. Am Revers.«

Es muss Mr Miller heißen, nicht Mr Farrar, dachte Agathi, aber sie korrigierte ihn nicht.

Sie betrachtete den Ohrring. Eine feine Silberarbeit in Form eines Halbmonds, von dem ein Kettchen mit drei Diamanten baumelte.

Agathi bedankte sich bei Sid. Sie nahm das Schmuckstück und verließ die Reinigung.

Auf dem Heimweg fragte sie sich, ob sie Lana davon berichten sollte oder nicht. Was für ein dummes Dilemma, so nichtig, so trivial. Und dennoch …

Was wäre passiert, wenn sie den Ohrring in einen Mülleimer geworfen hätte, gleich hier, auf der Straße? Wenn sie ihn in ihre Nachttischschublade neben den Kristall ihrer Großmutter gelegt und vergessen hätte? Was, wenn sie Lana nie davon erzählt hätte? Wenn sie einfach den Mund gehalten hätte …

Nun, dann würde ich jetzt nicht hier sitzen und mit Ihnen reden, nicht wahr? Alles wäre anders gekommen. Aus dem Grund denke ich, dass die wahre Heldin unserer Geschichte – oder meine ich vielmehr *die wahre Schurkin?* – Agathi ist. Denn es ist ihr Handeln, die Entscheidung, die *sie* traf, die unser aller Geschick lenkte. Sie hatte keine Ahnung, dass sie in jenem Moment Leben und Tod in der Hand hielt.

Und dann fing es an zu regnen.

Agathi öffnete ihren Schirm und eilte nach Hause. Dort angekommen, schüttelte sie die Regentropfen von den in Plastik gehüllten Kleidungsstücken und ging durch den Flur in Richtung Küche. Genervt vor sich hin murmelnd, betrat sie den Raum.

Lana lächelte. »Bist du auch vom Regen überrascht worden? Ich war klatschnass!«

Ohne zu antworten, legte Agathi die gereinigten Sachen über eine Stuhllehne. Sie sah kreuzunglücklich aus.

Lana musterte sie. »Stimmt etwas nicht, Liebes?«

»Hm? Oh – alles okay.«

»Sag schon, was ist los, Agathi?«

»Nichts.« Agathi zuckte mit den Schultern. »Wirklich nicht. Nur … das hier.« Sie nahm den Ohrring aus ihrer Tasche.

»Was ist das?«

Agathi ging zu Lana hinüber, öffnete die Faust und enthüllte den Ohrring.

»Der Mann von der Reinigung hat ihn gefunden. Er hatte sich an Jasons Jackett verhakt, am Revers. Er dachte, er würde dir gehören.«

Agathi sah Lana nicht an, als sie dies sagte. Lana sah Agathi nicht an.

»Gib mal her.« Lana streckte Agathi die Handfläche entgegen.

Agathi ließ den Ohrring darauf fallen. Lana tat so, als würde sie ihn betrachten.

»Keine Ahnung«, sagte sie schließlich und deutete ein Gähnen an, als würde das Gespräch sie langweilen. »Ich sehe später mal nach, ob ich ein Pendant dazu finde.«

»Ich kann für dich nachsehen«, schlug Agathi hastig vor. »Gibst du mir den Ohrring zurück?«

Sie streckte die Hand aus …

Lana, gib ihr den Ohrring! Gib Agathi den Ohrring zurück – damit sie wieder die Finger darum schließen und ihn dir aus den Augen, aus deinem Leben schaffen kann. Vergiss den Ohrring, Lana. Vergiss ihn, lenk dich ab, nimm dein Handy, ruf mich an – lass uns gemeinsam zu Abend essen oder einen Spaziergang machen, einen Film ansehen, damit diese entsetzliche Tragödie abgewendet wird …

Aber Lana gab Agathi den Ohrring nicht zurück. Stattdessen war nun sie diejenige, die die Finger darum schloss.

Damit war ihr Schicksal besiegelt.

Und nicht nur Lanas Schicksal. Ich frage mich, was ich in jenem Augenblick tat. War ich mit einem Freund beim Mittagessen? War ich in einer Kunstgalerie oder las ein Buch? Ich hatte nicht das Gefühl, dass gerade eben mein ganzes Leben aus den Fugen geraten war. Genauso wenig wie Jason, der in seinem Büro schwitzte, genauso wenig wie Leo, der sich in seinem Schauspielkurs verausgabte, genauso wenig wie Kate, die beim Proben ihren Text vergaß.

Keiner von uns ahnte auch nur im Entferntesten, dass etwas Ungeheuerliches geschehen war, was unser aller Schicksal veränderte und eine Reihe von Ereignissen in Gang setzte, die vier Tage später ihr ultimatives Ende fanden – in einem Mord.

In diesem Moment fing es an.

In diesem Moment hatte der Countdown begonnen.

5

Lanas Reaktion fiel extrem aus, das kann ich Ihnen versichern.

Was allerdings nur dann Sinn ergibt, wenn man sie kennt. Und Sie kennen sie jetzt, oder? Zumindest ein bisschen. Also wird das, was nun geschieht, Sie nicht überraschen.

Anfangs blieb Lana ruhig – sie ging in ihr Schlafzimmer und setzte sich an den Schminktisch. Starrte auf den Ohrring in ihrer Hand. Er gehörte ihr nicht, das sah sie auf den ersten Blick. Nichtsdestotrotz meinte sie, ihn schon einmal gesehen zu haben. Aber wo?

Es hat nichts zu bedeuten, dachte sie. *Das ist in der Reinigung passiert. Eine Verwechslung. Vergiss es.*

Aber sie konnte den Ohrring nicht vergessen. Sie wusste, dass es irrational und paranoid war – dennoch konnte sie es einfach nicht dabei belassen. Der Ohrring bedeutete für sie etwas sehr viel Größeres. Ein schlechtes Omen, das sie befürchtet hatte.

Ihr Leben war schon einmal aus den Fugen geraten – als Otto starb. Lana hatte nicht geglaubt, dass sie sich je davon erholen, geschweige denn sich noch einmal verlieben würde. Als sie Jason begegnete, hatte sie daher das Gefühl, eine zweite Chance zu bekommen. Sie konnte es kaum glauben. Sie fühlte sich geborgen und glücklich – und geliebt.

Lana war ein zutiefst romantischer Mensch, und zwar schon seit ihrer Kindheit. Seit ihrer kalten, leeren Kindheit, geschlagen mit einer Mutter, der es völlig gleich war, ob sie lebte oder tot war. Die kleine Lana füllte die Leere mit romantischen Träumen – mit märchenhaften Visionen von

Flucht und Berühmtheit und, das Wichtigste von allem, mit Liebe.

»Alles, was ich mir je gewünscht habe, war Liebe«, hatte sie mir gegenüber einmal achselzuckend zugegeben. »Alles andere war … *Nebensache.*«

Lana hatte Otto geliebt, natürlich – aber sie war nicht in ihn *verliebt.* Als er starb, fühlte es sich an, als würde sie einen Vater verlieren, nicht einen Geliebten. Was sie mit Jason erfuhr, war dagegen ungezähmt körperlich, intensiv und aufregend. Lana wurde wieder zum Mädchen, zur Teenagerin, betört, trunken vor Lust.

Und es ging so schnell. Gerade eben wurde sie Jason noch von Kate vorgestellt – und im nächsten Moment trat sie schon mit ihm vor den Altar.

Wie sehr wünschte ich mir, ich hätte Lana an jenem ersten Abend – dem Abend, an dem sie Jason kennenlernte – bei den Schultern gefasst und kräftig geschüttelt! *Tu es nicht,* hätte ich gern gesagt. *Du musst in der Realität leben. Mache diesen Fremden, den du gar nicht kennst, nicht zu deinem Märchenprinzen. Sieh ihn dir doch nur mal näher an – erkennst du denn nicht, dass er nicht echt ist? Lass dich nicht von den strahlenden Augen, dem übereifrigen Lächeln, dem falschen Lachen blenden. Siehst du nicht, dass das gespielt ist? Kannst du nicht in seine verzweifelte, geldgierige Seele blicken?*

Ich sagte nichts davon zu Lana. Und selbst wenn ich es getan hätte, bezweifle ich, dass sie auch nur ein Wort gehört hätte. Liebe, so scheint es, macht genauso taub wie blind.

Und jetzt saß sie da, an ihrem Schminktisch, und starrte auf den Ohrring, während sie sich seltsam schwindlig fühlte – als stünde sie am Rand einer Klippe und sähe zu, wie der Boden vor ihr anfing zu bröckeln, bis sie fiel, fiel – und auf den Felsen in der aufgewühlten See tief unter ihr aufschlug. Es war ein einziger Sturz, alles, ihr ganzes Leben, stürzte in die tosende Brandung.

Ob Jason mit einer anderen Frau schlief? War das möglich? Begehrte er sie nicht mehr? War ihre Ehe ein Schwindel? Wollte er sie am Ende etwa gar nicht?

Liebte er sie nicht?

Man kann mit Recht behaupten, dass Lana in genau diesem Moment den Verstand verlor. Sie tobte, sie zitterte und bebte – genau wie das Schlafzimmer, als sie es auseinandernahm. Sie durchwühlte wie eine Wahnsinnige Jasons Sachen, die Schubladen, Schränke, Anzüge, Taschen, Unterwäsche, Socken, suchte nach irgendetwas Verborgenem, irgendeinem Hinweis. Als sie im Badezimmer in seinem Kulturbeutel nach Kondomen kramte, hätte sie beinahe der Mut verlassen, aber nein, sie fand nichts. In seinem Arbeitszimmer stieß sie ebenfalls auf nichts, was ihr verdächtig erschienen wäre – keine Kreditkartenabrechnungen in den Schubladen, keine verfänglichen Quittungen. Keinen zweiten Ohrring. Nichts. Sie wusste, dass sie sich selbst verrückt machte. Um ihrer geistigen Gesundheit willen musste sie die Sache aus ihrem Kopf verbannen.

Jason liebt dich, redete sie sich ein, *und du liebst ihn – also vertrau ihm. Beruhige dich.*

Aber es gelang ihr nicht, sich zu beruhigen. Zurück im Schlafzimmer, fing sie an, nervös auf und ab zu schreiten – wieder einmal fühlte sie sich von Ungewissheit verfolgt.

Sie warf einen Blick aus dem Fenster. Es hatte aufgehört zu regnen.

Lana nahm ihren Mantel und verließ das Haus.

6

Sie ging etwa eine Stunde lang, legte entschlossenen Schritts die ganze Strecke bis zur Themse zurück. Konzentrierte sich auf das körperliche Gefühl des Gehens, versuchte, nicht zu denken, versuchte, nicht durchzudrehen.

Als sie den Fluss erreichte, kam sie an einer Bushaltestelle vorbei – und sah ein Plakat auf einer Werbetafel. Sie blieb stehen. Starrte es an. Kates Gesicht starrte zurück, in Schwarz-Weiß, mit roten Blutspritzern und dem Titel des Stücks: AGAMEMNON.

Kate, dachte sie. Kate würde Rat wissen. Kate wüsste, was zu tun war.

Wie aus einem Reflex winkte sie einem vorbeifahrenden Taxi.

Es hielt mit quietschenden Bremsen am Bordstein. Sie sprach durch das offene Fenster mit dem Fahrer.

»Zum Old Vic, bitte.«

Lana spürte, wie sie ruhiger wurde, als der Wagen mit hoher Geschwindigkeit über die Brücke zum Theater in South Bank fuhr, einem Viertel am Südufer der Themse. In Gedanken malte sie sich bereits aus, wie sie gemeinsam über die Sache lachten – Kate würde sagen, sie solle nicht albern sein, sie würde sich da etwas einbilden; ihre Ängste wären absurd, weil Jason ihr treu ergeben sei. Noch während sie sich dieses Gespräch vorstellte, verspürte Lana eine plötzliche Woge der Zuneigung zu Kate – ihrer ältesten, liebsten Freundin. Gott sei Dank gab es Kate.

Oder ist das Unsinn?

Ahnte Lana insgeheim bereits etwas? Warum sonst fuhr

sie derart überstürzt zum Theater? Ich sage Ihnen eins: Nachdem sie jahrzehntelang gestylt und fotografiert worden war und das eine oder andere Stück selbst entworfen hatte, hatte Lana ein fotografisches Gedächtnis für Kleidung und Schmuck entwickelt. Es fällt mir daher schwer zu glauben, dass ihr der Ohrring bekannt vorkam, sie ihn aber nicht zuordnen konnte, nicht wusste, wo sie ihn schon einmal gesehen hatte – oder an wem. Vielleicht täusche ich mich. Aber das werden wir wohl nie mit Sicherheit erfahren.

Als Lana am Old Vic eintraf, hatte sie sich beruhigt und war davon überzeugt, dass alles nur Einbildung und sie paranoid war.

Sie klopfte an das Fenster am Bühneneingang und schenkte dem alten Mann dahinter ihr berühmtes strahlendes Lächeln. Sein Gesicht hellte sich auf, als er sie erkannte.

»Guten Tag. Sie möchten zu Miss Crosby, nicht wahr?«

»Das ist richtig.«

»Sie ist im Augenblick bei der Probe. Ich lasse Sie rein.« Er senkte die Stimme und fügte hinzu: »Auch wenn Sie nicht auf der Liste stehen.«

Lana lächelte erneut. »Danke. Ich warte in ihrer Garderobe, wenn das in Ordnung ist.«

»Selbstverständlich, Miss.« Er drückte auf einen Knopf.

Ein lautes Summen ertönte.

Lana zögerte eine Sekunde, dann drückte sie die Tür auf und trat ein.

7

Lana schlängelte sich durch den engen, muffigen Gang, bis sie die Garderobe der Hauptdarstellerin erreichte.

Sie klopfte an die Tür. Keine Antwort, also öffnete sie vorsichtig. Der Raum war leer. Sie ging hinein und schloss die Tür hinter sich.

Es war kein großer Raum. An einer der Wände stand eine zerschlissene Couch, es gab eine enge Duschkabine und einen großen, gut beleuchteten Schminktisch. Überall lagen halb ausgepackte Taschen und Kleidungsstücke – das pure Chaos, was typisch war für Kate.

Lana holte tief Luft, dann war sie endlich ehrlich zu sich selbst. Was bedeutete, dass sie schnell und methodisch und gleichzeitig distanziert Kates Habseligkeiten durchsuchte. Es war, als würden sich ihre Hände von allein bewegen, ihre Finger von selbst die Taschen und Kisten durchwühlen. Als hätte das nichts mit ihr zu tun.

Wie dem auch sei – die Suche förderte nichts zutage.

Was für eine Erleichterung, dachte Lana. *Gott sei Dank.*

Natürlich hatte sie nichts gefunden, *es gab nämlich nichts zu finden.* Alles war in Ordnung. Sie bildete sich das Ganze nur ein.

Da fiel ihr Blick auf eine große schwarze Kosmetiktasche auf dem Schminktisch. Lana erstarrte. Wieso hatte sie die zuvor nicht bemerkt? Die Tasche war wohl kaum zu übersehen.

Lana streckte die Hand danach aus. Ihre Finger zitterten. Sie öffnete den Reißverschluss, klappte die Tasche auf …

Ein funkelnder Ohrring in Form eines Halbmonds lag darin.

Lana holte das Pendant hervor und verglich die beiden Schmuckstücke miteinander, wenngleich sie sich das hätte sparen können. Die Ohrringe waren ganz offensichtlich identisch.

Plötzlich schwang hinter ihr die Tür auf.

»Lana?«

Sie ließ einen Ohrring zurück in die Kosmetiktasche fallen und schloss die Hand um den anderen.

Eilig drehte sie sich um.

Kate kam herein, lächelnd. »Liebes … oh, *Mist* – waren wir etwa verabredet? Ich kann noch lange nicht weg –, die Proben sind heute eine totale Katastrophe. Am liebsten würde ich Gordon umbringen!«

»Keine Sorge, Kate, wir waren nicht verabredet. Ich bin bloß zufällig am Theater vorbeigekommen und dachte, ich sage mal Hallo.«

»Ist alles okay bei dir?« Kate blickte sie besorgt an. »Lana – du siehst gar nicht gut aus. Möchtest du ein Glas Wasser? Komm, setz dich …«

»Nein, danke. Mir geht es gerade nicht so blendend, ich glaube, ich bin zu viel gelaufen. Ich … ich sollte besser gehen …«

»Bist du dir sicher? Soll ich dir ein Taxi rufen?«

»Ich schaff das schon.«

»Wirklich?«

»Es geht mir gut. Ich rufe dich später an.«

Noch bevor Kate weitere Einwände erheben konnte, eilte Lana aus der Garderobe.

Sie verließ das Theater. Blieb erst stehen, als sie draußen auf der Straße war. Ihr Herz hämmerte in der Brust. Sie hatte das Gefühl, ihr würde der Kopf explodieren. Das Atmen fiel ihr schwer. Panik stieg in ihr auf. Sie musste nach Hause kommen, irgendwie.

Lana winkte einem vorbeifahrenden Taxi und stellte fest, dass sie noch immer den Ohrring in der Faust hielt.

Sie öffnete die Hand und betrachtete ihn. Der Ohrring hatte sich so tief in ihre Handfläche gegraben, dass sie blutete.

8

Lana stand unter Schock, als sie nach Mayfair zurückkehrte.

Der körperliche Schmerz in ihrer Handfläche, dort, wo der Ohrring ins Fleisch geschnitten hatte, war das Einzige, was sie fühlte. Sie konzentrierte sich darauf, spürte, wie die Wunde pochte und pulsierte.

Zu Hause würde sie ihrem Ehemann gegenübertreten müssen. Sie hatte keine Ahnung, was sie sagen sollte und wie. Also würde sie erst einmal gar nichts sagen. Jason würde sicherlich bemerken, wie aufgewühlt sie war, doch sie würde ihr Bestes tun, um es zu verbergen.

Jason bemerkte gar nichts, als er am Abend endlich nach Hause kam. Wie immer war er viel zu beschäftigt mit seinen eigenen Problemen, als er die Küche betrat, das Handy am Ohr, in irgendein geschäftliches Telefonat vertieft. Während Lana zwei Steaks für das Abendessen zubereitete, verschickte er von seinem Telefon aus unablässig E-Mails.

Es war interessant, dachte Lana, wie geschärft ihre Sinne waren. Alles kam ihr ganz besonders intensiv vor: der Duft der bratenden Steaks, das Zischen in der Pfanne, das Gefühl des Messers in ihrer Hand, als sie den Salat schnitt. Als wäre ihr Gehirn auf exakt diese Sekunde fokussiert. Als wäre dieses Jetzt alles, was sie noch bewältigen konnte. Sie wagte es nicht, an die Zukunft zu denken. Wenn sie das tat, würde sie auf dem Küchenfußboden zusammenbrechen.

Lana riss sich zusammen, und der Abend verging wie alle anderen Abende. Ein paar Stunden nach dem Essen begaben sie sich nach oben. Lana machte sich bettfertig und beobachtete Jason, der sich ebenfalls auszog und zu Bett ging. Kurz darauf war er eingeschlafen.

Lana war hellwach. Sie stand auf und betrachtete Jason erneut.

Sie wusste nicht, was sie tun sollte. Sie musste ihn zur Rede stellen. Aber wie? Was konnte sie schon sagen? Dass sie ihm unterstellte, eine Affäre mit ihrer besten Freundin zu haben? Worauf basierte ihr Verdacht? Auf einem *Ohrring?* Jason würde vermutlich in Gelächter ausbrechen – und ihr eine absolut unschuldige Erklärung liefern.

Wenn dies ein Film wäre, dachte sie – eine dieser zuckersüßen romantischen Komödien, die sie gedreht hatte –, würde sich herausstellen, dass Kate Jason heimlich getroffen hatte, um ihm zu helfen, ein Geburtstagsgeschenk oder ein Geschenk zum Hochzeitstag für Lana auszusuchen, wobei irgendwie ihr Ohrring an seinem Jackettrevers hängen geblieben war.

Bitte schön – absolut unschuldig.

Doch Lana glaubte nicht daran. Während sie Jason beim Schlafen zusah, gestand sie sich langsam die Wahrheit ein. Seit einiger Zeit wusste sie nämlich – mehr oder weniger aus einem Bauchgefühl heraus –, dass da etwas zwischen Kate und Jason war. Vielleicht war es immer schon da gewesen, von Anfang an. Seit ihrer ersten Begegnung?

Sie müssen wissen, dass Kate Jason zuerst kannte. Die beiden waren ein paarmal miteinander ausgegangen. An dem Abend, als Lana Jason begegnete, war er Kates Begleiter.

Sie können sich vorstellen, was passierte: In dem Moment, als Jason Lana sah, verliebte er sich Hals über Kopf in sie, hatte nur noch Augen für sie – wie so viele vor ihm. Kate ließ Lana gnädigerweise den Vortritt, und alles wurde in gegenseitigem Einvernehmen gelöst. Kate gab Lana ihren Segen und versicherte ihr, sie hege keine tieferen Gefühle für Jason; zwischen ihnen sei nichts Ernstes gewesen.

Trotzdem hatte Lana sich deswegen schuldig gefühlt. Vielleicht war es diese Schuld, die sie blind machte. Vielleicht ignorierte sie deshalb immer wieder ihren nagenden Verdacht, dass Kates Augen trotz all ihrer gegenteiligen Beteuerungen auf Jason hafteten, wenn er im Zimmer war oder wenn sie ihm seltsame, unerwartete Komplimente machte oder mit ihm flirtete und versuchte, ihn zum Lachen zu bringen, sobald sie ein paar Drinks zu sich genommen hatte. Es war alles da, alles, was Lana wissen musste, und zwar direkt vor ihr.

Sie hatte bloß die Augen davor verschlossen.

Doch nun waren ihre Augen offen.

Lana zog sich schnell an und verließ das Zimmer. Ohne Licht zu machen, tastete sie sich durch den dunklen Flur und stieg die Stufen hinauf zur Dachterrasse, wo sie in einer wetterfesten Blechdose eine Schachtel Zigaretten und ein Feuerzeug versteckt hatte. Inzwischen nahm sie nur noch selten Zuflucht zu Zigaretten, aber jetzt brauchte sie eine.

Lana holte die Dose aus dem Versteck und öffnete sie. Sie griff nach der Schachtel, klopfte eine Zigarette heraus und zündete sie mit zitternden Händen an. Anschließend inhalierte sie tief und versuchte, sich zu beruhigen.

Während Lana rauchte, blickte sie über die Dächer auf die Lichter von London und auf die funkelnden Sterne hoch über ihr.

Dann spähte sie über die Dachkante und blickte auf das Pflaster tief unten. Sie schnippte die Kippe über die Brüstung. Die rot glühende Spitze verschwand in der Dunkelheit.

Plötzlich verspürte Lana den Wunsch, hinterherzuspringen.

Es wäre so einfach, dachte sie – nur ein paar Schritte, über die niedrige Brüstung, und schon würde ihr Körper fallen und auf dem Asphalt aufschlagen. Dann wäre es vorbei.

Was für eine Erleichterung! Sie würde sich nicht dem Grauen stellen müssen, das vor ihr lag, dem Schmerz, dem Betrug, der Demütigung. Sie wollte nichts davon empfinden.

Lana machte einen kleinen Schritt auf die Dachkante zu. Dann noch einen …

Sie stand jetzt unmittelbar am Rand der Dachterrasse. *Ein einziger weiterer Schritt, und es ist vorbei. Ja,* dachte sie, *ja, tu es …* Sie hob den Fuß über die Brüstung …

… und dann vibrierte das Handy in ihrer Tasche.

Eine winzige Ablenkung, doch sie genügte, um sie aus ihrer Trance zu reißen. Lana trat von der Dachkante zurück und holte tief Luft.

Sie holte das Telefon hervor und warf einen Blick aufs Display. Eine Textnachricht war eingegangen. Und raten Sie mal, von wem?

Natürlich von meiner Wenigkeit.

Lust auf einen Drink?

Lana zögerte. Und dann – endlich – tat sie das, was sie als Erstes hätte tun sollen.

Sie kam zu mir.

9

Und hier fängt meine Geschichte an.

Wenn nicht Lana, sondern ich der Held dieser Erzählung wäre, würde ich an diesem Punkt beginnen – mit Lana, die nachts um halb zwölf an meine Tür klopft.

Dies war mein *erregendes Moment,* wie das dramaturgische Mittel in der Dramentheorie bezeichnet wird. Es wird ausgelöst durch das Handeln einer bestimmten Person und bildet den Übergang von der Einleitung zur aufsteigenden Handlung. Es kann so ungewöhnlich oder gewaltig sein wie ein Tornado, es kann einen in eine andere Welt wirbeln oder so banal sein wie ein Freund – eine Freundin –, der oder die eines Nachts unerwartet auftaucht.

Ich wende in meinem eigenen Leben häufig dramatische Strukturen an, da ich dies für extrem hilfreich halte. Sie wären überrascht, wie oft dieselben Regeln greifen.

Wie man eine Geschichte strukturiert, erfuhr ich auf die harte Tour: Jahrelang schrieb ich zwanghaft ein schlechtes Stück nach dem anderen, spuckte wie am Fließband unaufführbare Dramen aus, während ich langsam mein Handwerk erlernte.

Wenn man bedenkt, dass ich mit einer weltberühmten Schriftstellerin zusammenlebte, könnte man meinen, dass Barbara West mich unter ihre Fittiche genommen und mir hilfreiche Hinweise gegeben oder zumindest Mut gemacht hätte – aber nein. Nie. Ihre Grundeinstellung war es, unfreundlich zu sein. Sie äußerte sich nur ein einziges Mal zu meiner Schriftstellerei, ganz nebenbei, nachdem sie ein kurzes Theaterstück von mir gelesen hatte. »Igitt, dein Dialog stinkt«, sagte sie und reichte es mir zurück. »Echte Leute reden nicht so.«

Ich zeigte ihr nie wieder etwas.

Ironischerweise fand ich den besten Lehrer, den ich je hatte, in Barbara Wests Bücherregal. Ein älterer, obskur aussehender Schinken, veröffentlicht Anfang der 1940er-Jahre. *Einführung in die Dramaturgie* von Mr Valentine Levy.

Ich öffnete ihn eines Frühlingsmorgens am Küchentisch, und während ich darin las, ging mir ein Licht auf. Endlich ergab alles einen Sinn. Endlich erklärte mir jemand in verständlichen Worten die Kunst des Geschichtenerzählens.

Sowohl das Theater als auch die Realität ließen sich laut Mr Levy auf drei Worte herunterbrechen: *Motivation, Intention* und *Zielsetzung.*

Jeder Charakter verfolgt ein *Ziel* – mit der *Intention,* es zu erreichen. Die dritte Komponente, die *Motivation,* ist die wichtigste – ohne bleiben die Figuren zweidimensional.

Warum wollen wir etwas? Was ist unser Motiv?

Auf diese Fragen gibt es, so Mr Levy, nur eine Antwort: »Unsere Motivation ist es«, schreibt er, »*Schmerz* zu beseitigen.«

Da haben Sie 's. So simpel und doch so tiefgründig.

Unsere Motivation ist Schmerz.

Das ist offensichtlich. Wir alle versuchen, dem Schmerz zu entrinnen und glücklich zu sein. Und die Maßnahmen, die wir ergreifen, um dies zu erreichen, bilden den Stoff der Geschichte.

Darum geht es beim Erzählen. So funktioniert es.

Wenn wir also an den Moment denken, als Lana vor meiner Wohnungstür auftauchte, wird deutlich, dass meine Motivation Schmerz war. Lana war an jenem Abend so voller Schmerz, dass mir ihr bloßer Anblick Kummer bereitete. Und mein fehlgeleiteter Versuch, ihr Leiden – genau wie mein eigenes – zu lindern, war meine Intention. Und was war mein Ziel? Lana zu helfen, was sonst? Ob ich damit Erfolg hatte? Nun, hier weicht das Theater leider von der Realität ab.

Im wahren Leben entwickeln sich die Dinge meist anders als geplant.

Lana war fix und fertig, als sie zu mir kam, und es brauchte nicht viel – nur ein paar Drinks –, bis sich die Schleusen öffneten und sie komplett zusammenbrach.

Ich hatte so etwas noch nie erlebt. Ich hatte noch nie gesehen, wie Lana die Kontrolle verlor. Ich will nicht sagen, dass es beängstigend war, andererseits … Unkontrollierte Emotionen sind immer belastend, nicht wahr? Vor allem, wenn sie bei jemandem auftreten, den man liebt.

Wir gingen ins Wohnzimmer – ein kleiner Raum, hauptsächlich vollgestopft mit Büchern, der große Bücherschrank nimmt eine ganze Wand ein. Wir setzten uns auf zwei Sessel am Fenster. Anfangs tranken wir Martini, doch schon bald wechselte Lana zu Wodka pur.

Die Geschichte, die sie mir erzählte, klang verwirrend und zusammenhanglos, sie sprudelte in Bruchstücken aus ihr heraus, teils unverständlich und unter Tränen. Als sie fertig war, wollte sie wissen, was ich davon hielt. Ob ich mir vorstellen konnte, dass Kate und Jason womöglich eine Affäre hatten.

Ich zögerte mit meiner Antwort, und mein Zögern sagte mehr als Worte.

»Ich weiß nicht«, brachte ich schließlich hervor, wobei ich es vermied, Lana in die Augen zu sehen.

Ihr verächtlicher Blick entging mir dennoch nicht. »Herrgott, Elliot, du bist so ein schlechter Schauspieler! Du *wusstest* es?« Sie sackte zurück in den Sessel, ausgelaugt von der Erkenntnis, dass sich soeben ihre schlimmsten Befürchtungen bestätigt hatten. »Wie lange weißt du es schon? *Warum hast du es mir nicht gesagt?*«

»Weil ich es nicht mit Bestimmtheit wusste. Es war nur so ein Gefühl … Außerdem steht es mir nicht zu, etwas zu sagen.«

»Wieso nicht? Du bist mein Freund, oder nicht? Mein einziger Freund.« Sie wischte sich Tränen aus den Augen. »Glaubst du, Kate hat den Ohrring mit Absicht verloren? Damit ich ihn finde?«

»Wie bitte? Machst du Witze? Natürlich nicht!«

»Warum nicht? Das würde zu ihr passen!«

»Ehrlich gesagt, glaube ich nicht, dass sie den dafür nötigen Verstand hat. Ich halte keinen von beiden für sonderlich clever. Oder liebenswert.«

Lana zuckte mit den Achseln. »Ich weiß nicht …«

»Ich aber.« Während ich mich für mein Thema erwärmte, öffnete ich eine weitere Flasche Wodka und füllte unsere Gläser nach. »›Lieb' ist nicht Liebe‹«, zitierte ich, »›die Trennung oder Wechsel könnte mindern‹. Liebe besteht nicht aus Affären und Lügen und Bäumchen-wechsel-dich-Spielen.«

Lana erwiderte nichts. Ich versuchte es erneut, denn es war wichtig.

»Liebe basiert auf gegenseitigem Respekt und Treue – und auf *Freundschaft*. Wie bei dir und mir.« Ich nahm ihre Hand und hielt sie in meiner. »Diese beiden Dummköpfe sind zu oberflächlich und selbstsüchtig, um zu wissen, was Liebe bedeutet. Was immer sie haben oder glauben zu haben – *es wird nicht bestehen,* denn es ist keine Liebe. Es wird beim geringsten Druck Risse bekommen und zerbrechen.«

Lana sagte immer noch nichts und starrte traurig ins Leere. Ich spürte, dass ich nicht zu ihr durchdringen konnte. Sie so zu sehen, war unerträglich. Plötzlich wurde ich wütend.

»Wie wäre es, wenn ich mir einen Baseballschläger schnappe und Jason an deiner Stelle windelweich prügele?«

Ich scherzte nur halb. Lana brachte den Anflug eines Lächelns zustande.

»Ja, bitte.«

»Sag mir, was du willst – ganz gleich, was –, und ich werde es für dich tun.«

Lana hob den Blick und schaute mich an. Unter ihren Augen lagen tiefe, dunkle Ränder. »Ich will mein Leben zurückhaben.«

»Okay. Dann musst du die beiden zur Rede stellen. Ich werde dir dabei helfen. Aber du *musst* es tun – um deiner seelischen Gesundheit willen. Von deiner Selbstachtung ganz zu schweigen.«

»Ich muss sie zur Rede stellen? Wie soll das gehen?«

»Lad sie auf die Insel ein.«

»Wie bitte?« Lana sah mich überrascht an. »Nach Griechenland? Wieso?«

»Weil sie auf Aura nicht davonlaufen können. Dort sitzen sie in der Falle. Welcher Ort wäre besser geeignet für ein klärendes Gespräch? Eine Konfrontation?«

Lana ließ sich meine Worte für eine Sekunde durch den Kopf gehen. Dann nickte sie. »Einverstanden. Ich mach's.«

»Du wirst sie zur Rede stellen?«

»Ja.«

»Auf der Insel?«

Lana nickte. »Ja.« Sie warf mir einen angsterfüllten Blick zu. »Aber – was passiert, nachdem ich sie zur Rede gestellt habe, Elliot?«

»Nun«, erwiderte ich mit einem kleinen Lächeln, »das liegt ganz bei dir.«

10

Am folgenden Tag saß ich in Lanas Küche und trank Champagner.

Lana telefonierte mit Kate. Ich beobachtete sie aufmerksam.

»Kommst du auch?«, fragte sie. »Auf die Insel – über Ostern?«

Ich war beeindruckt. Lana lieferte eine tadellose Vorstellung, und zwar ohne groß zu proben. Die Aufgelöstheit von gestern Nacht war ihr nicht anzumerken, sie sah frisch aus, und auch ihre Stimme klang ausgeruht, unbeschwert und sorglos.

»Nur wir: du, ich, Jason und Leo. Und natürlich Agathi … Ich bin mir nicht sicher, ob ich auch Elliot einladen soll – er ist mir in letzter Zeit ein bisschen auf die Nerven gegangen.«

Sie zwinkerte mir zu. Ich streckte ihr die Zunge raus.

Lana lachte, dann konzentrierte sie sich wieder auf Kate. »Nun, was denkst du?«

Wir hielten beide den Atem an.

Lana atmete aus und lächelte. »Großartig. Wirklich großartig. Okay. Bye.« Sie beendete das Telefonat.

»Gut gemacht.« Ich applaudierte.

Lana deutete eine Verbeugung an. »Danke sehr.«

Ich hob mein Glas.

»Der Vorhang geht auf«, sagte ich. »Das Spiel beginnt.«

11

Während der nächsten Tage hatte das Leben für Lana einen theatralischen Beigeschmack.

Im Grunde war es so, als würde sie bei einer ausgedehnten Improvisation mitmachen, von früh bis spät in ihrer Rolle bleiben, so tun, als wäre sie jemand anderes. Abgesehen davon, dass die Person, die sie spielte, *sie selbst* war.

Tief Luft holen, Schultern runter, lächeln – das war das Mantra, das Otto ihr für Castings beigebracht hatte. Jetzt leistete es Lana gute Dienste.

Sie tat so, als wäre sie noch immer dieselbe Person wie zuvor. Tat so, als wäre ihr Herz nicht gebrochen – als wäre sie nicht verzweifelt und voller Schmerz.

Ich denke oft, das Leben ist eine einzige Performance. Nichts ist echt. Alles lediglich ein Vortäuschen von Realität, mehr nicht. Und nur wenn jemand, den wir lieben, stirbt, wachen wir auf und erkennen, wie künstlich das Ganze ist – diese konstruierte Wirklichkeit, in der wir leben.

Plötzlich wird uns bewusst, dass das Leben in keiner Weise von Dauer oder auch nur beständig ist; es gibt keine Zukunft, und nichts, was wir machen, ist von Bedeutung. In unserer Verzweiflung heulen und schreien und fluchen wir, bis wir an irgendeinem Punkt wieder das Unvermeidliche tun: Wir essen, ziehen uns an und putzen unsere Zähne. Wir machen weiter wie Marionetten, ganz gleich, wie sehr wir aus dem Gleichgewicht geraten sind.

Und dann, ganz langsam, gewinnt die Illusion wieder die Oberhand, und wir vergessen, dass wir nur Schauspieler in einem Bühnenstück sind. Bis die nächste Tragödie eintritt – und uns aufweckt.

Und Lana, gerade eben aufgewacht, war sich überaus bewusst, wie performativ all ihre Beziehungen waren, wie kühl und aufgesetzt jedes Lächeln, wie schlecht sie schauspielte. Zum Glück schien dies niemand zu bemerken.

Am meisten schmerzte es sie, als wie leicht es sich entpuppte, Jason zu täuschen. Sie war sich sicher, er würde ihre Pein spüren, zumal ihr so simple Dinge, wie ihn im Vorübergehen zu berühren oder mit ihm zu reden, unglaublich schwerfielen. Ihm in die Augen zu blicken, war qualvoll. Er musste doch ihre Gefühle sehen, die sich darin spiegelten!

Aber er sah sie nicht. *War er schon immer so gewesen?*, fragte sie sich. *So gleichgültig? Er hält mich ganz offensichtlich für dumm, hat anscheinend kein Gewissen …*

Vielleicht jedoch – und diese Möglichkeit durfte Lana nicht ausschließen – lastete nichts auf Jasons Gewissen, weil er *unschuldig* war.

Ich wusste es nicht mit Bestimmtheit, aber ich nahm an, dass Lana, als sie für die Fahrt auf die Insel packte, begann, die Stunden in meiner Wohnung für einen bösen Traum zu halten. Die Hysterie, die Tränen, die Racheschwüre – nichts davon war echt, nur eine Wodka-induzierte Psychose.

Das hier war echt, dieser Moment, in dem sie seine Kleidungsstücke in der Hand hielt, um sie in den Koffer zu legen. Kleidung, die sie ausgesucht und für den Mann gekauft hatte, den sie liebte. Spürte Lana, wie sie ins Schleudern geriet und in die Ignoranz zurückglitt?

Ich würde sagen, sie wollte es einfach nicht wahrhaben.

Lana musste gewusst haben, dass ich so dachte, denn sie mied mich während der nächsten Tage. Ignorierte meine Anrufe, schickte mir einsilbige Textnachrichten. Was ich verstand. Vergessen Sie nicht, wir standen einander sehr nahe, Lana und ich – ich konnte praktisch ihre Gedanken lesen.

Natürlich bereute sie es, dass sie mir von der Affäre erzählt hatte. Mir davon zu erzählen, machte die Affäre erst real. Und jetzt, nachdem Lana ihren Verdacht und ihr ganzes Elend bei mir abgeladen hatte, wollte sie es dort lassen, in meiner Wohnung.

Sie wollte all das vergessen.

Wie gut, dass ich da war, um es ihr in Erinnerung zu rufen.

12

Von dem Moment an, als ich auf Aura eintraf, spürte ich, dass Lana mir aus dem Weg ging.

Natürlich war sie freundlich zu mir, aber in ihrem Verhalten lag eine gewisse Distanziertheit. Eine kühle Zurückhaltung. Für die anderen nicht zu bemerken, aber ich spürte sie.

Ich ging in mein Zimmer und packte aus. Ich mochte das Zimmer sehr gern. Es hatte eine blassgrüne Tapete, Kiefernholzmöbel und ein Himmelbett. In der Luft hing der Geruch nach altem Holz, Stein und frisch gewaschenen Laken. Über die Jahre machte ich mir diesen Raum zu eigen, indem ich absichtlich Kleinigkeiten von mir zurückließ: meine Lieblingsbücher in den Regalen, mein Rasierwasser, meine Sonnencreme, meine Schwimmbrille und Badesachen – all das wartete treu und brav auf meine Wiederkehr.

Während des Auspackens fragte ich mich, wie mein nächster Schritt aussehen sollte. Ich kam zu dem Schluss, dass der beste Weg, mit dieser Situation umzugehen, darin bestand, sich ihr zu stellen. Ich musste Lana finden und sie daran erinnern, warum wir hier waren. Aus diesem Grund hatte ich eine kleine Rede einstudiert, die sie aus der Phase des Nicht-wahrhaben-Wollens heraus- und in die Realität zurückholen sollte.

Beim Abendessen ließ ich Lana nicht aus den Augen. Ich betrachtete sie aufmerksam, versuchte, ihre Gedanken zu lesen.

Es erstaunte mich, dass dies dieselbe Frau war, die vor

gerade mal drei Tagen hysterisch auf meiner Couch gesessen hatte. Jetzt führte sie gekonnt ein Messer, nicht um es ihrem Taugenichts von Ehemann ins Herz zu stoßen, sondern um ihm noch ein Stück Steak zu servieren. Und zwar mit einem so überzeugenden Lächeln im Gesicht, einem so entspannten und glücklichen Ausdruck, dass selbst ich darauf hereinfiel – beinahe.

Lanas Fähigkeit, Unangenehmes zu verdrängen, war schlichtweg atemberaubend. Wenn ich nicht einschritt, würde sie aller Wahrscheinlichkeit nach während des gesamten Wochenendes so tun, als wäre nichts geschehen.

Kate dagegen schien alles in ihrer Macht Stehende zu unternehmen, um zu provozieren. Sie war sogar noch indiskreter als sonst.

Nehmen wir nur die Sache mit dem Kristall.

Nach dem Essen saßen wir draußen vor der Feuerschale, als Kate plötzlich aufsprang. »Agathis Kristall«, sagte sie. »Wo ist er?«

Lana zögerte. »Ich bin mir sicher, Agathi schläft schon. Kann das nicht warten?«

»Nein. Es ist absolut dringend. Ich schleiche mich in ihr Zimmer und hole ihn. Ich werde sie schon nicht wecken.«

»Liebes, du findest ihn garantiert nicht. Wahrscheinlich liegt er irgendwo hinten in irgendeiner Schublade.«

Das war gelogen. Lana wusste genau, dass Agathi den Kristall stets ganz in ihrer Nähe aufbewahrte; wenn sie schlief, lag er für gewöhnlich neben ihr auf dem Nachttisch.

»Agathi ist noch wach«, sagte Leo und nickte mit dem Kinn in Richtung Haus. »In ihrem Zimmer brennt Licht.«

Kate hüpfte ins Haus, ein wenig unsicher auf den Füßen, aber offensichtlich fest entschlossen. Ein paar Minuten später kehrte sie zurück – den Kristall triumphierend in die Höhe haltend.

»Ich hab ihn!«

Sie setzte sich ans Feuer, die Flammen erhellten ihr Gesicht. Sie ließ den Kristall an der feinen Silberkette über ihrer linken Handfläche baumeln. Er funkelte im Schein der Flammen. Ihre Lippen bewegten sich, als sie eine stumme Frage stellte.

Ich ahnte, wie die Frage lautete. Zweifelsfrei handelte es sich um eine Variante von: *Wird er sie für mich verlassen?* Vielleicht auch: *Soll ich mit ihm Schluss machen?*

Unglaublich, nicht wahr? Wie abgebrüht, ihre Affäre mit Jason so unverblümt vor Lana zur Schau zu stellen. Wie dumm von ihr, sich so sicher zu fühlen, so erhaben über jeglichen Verdacht.

Oder bin ich unfair? War Kate schlicht und einfach zu betrunken, um ihre Gedanken zu reflektieren? War sie sich nicht bewusst, was sie da sagte, was sie tat, wie dicht sie davorstand, ihr Geheimnis zu enthüllen?

Oder galt diese Darbietung Jason? War sie womöglich als versteckte Drohung gedacht? Als Warnung, dass sie die Nase voll hatte? Ihre Worte waren in den Wind gesprochen, falls dem tatsächlich so war – Jason interessierte sich nämlich nicht im Geringsten dafür. Er schien sehr viel besorgter zu sein, dass Leo ihn beim Backgammon schlagen könnte.

Kate beobachtete den in der Luft baumelnden Kristall. Er schwang hin und her, hin und her, hin und her … wie ein Metronom, in einer exakten geraden Linie.

Die Antwort auf ihre Frage lautete eindeutig Nein.

Kates Gesicht umwölkte sich. Sie wirkte gequält. Ihre Hand schoss nach vorn und stoppte das Pendel. Sie warf den Kristall Leo zu. »Hier, versuch du mal.«

Leo sah von dem Backgammon-Spiel auf und schüttelte den Kopf.

»Nö. Keine Lust. Ich weiß, wie das funktioniert.«

»Tatsächlich? Wie denn?«

»Es liegt an dir. *Du* bist diejenige, die den Kristall zum Schwingen bringt, auch wenn du dir dessen gar nicht bewusst bist. Deine Hand führt die Bewegung aus, die du möchtest.«

»Nein, mein Lieber«, widersprach Kate mit einem Seufzen. »Da irrst du dich. Sonst hätte ich sicher eine andere Antwort bekommen.«

Welche Frage hatte Kate dem Kristall gestellt?

Darüber habe ich mir im Laufe der Jahre häufig den Kopf zerbrochen. Ich habe mir den Kopf zerbrochen, welche Auswirkung diese Frage auf die nächsten vierundzwanzig Stunden hatte. Und auf die schlimmen Dinge, die Kate tat.

Geschah alles, was passierte, auf Geheiß des Kristalls? Hatte sich Kate einfach seiner Entscheidung ergeben – wohin auch immer sie führte?

Selbst wenn dies tatsächlich der Fall war, glaube ich nicht, dass Kate eine Ahnung hatte, wo – oder vielmehr womit – das Ganze enden würde. Wie sollte sie auch?

Denn es ging sehr viel weiter, als wir es uns je hätten vorstellen können.

13

Erst am folgenden Morgen bekam ich die Gelegenheit, allein mit Lana zu sprechen.

Wir waren gerade mit dem Picknickkorb an dem kleinen Strand eingetroffen und legten Decken und Handtücher auf den Boden. Ich wartete, bis Leo sich ein Stück weit entfernt hatte, dann ging ich es an.

»Lana«, sagte ich leise. »Können wir kurz reden?«

»Später«, wimmelte sie mich ab. »Ich würde jetzt gern schwimmen.«

Ich sah ihr nach, wie sie zum Ufer lief, und runzelte die Stirn. Mir blieb keine andere Wahl, als ihr zu folgen.

Das Wasser war spiegelglatt. Lana schwamm die ganze Strecke bis zum Floß. Ich folgte ihr.

Als wir das Floß erreichten, kletterte ich die Leiter hinauf auf die Plattform – wo ich mich nach Luft schnappend auf den Rücken warf.

Lana war fitter als ich, sie war kaum außer Atem. Die Arme um die angezogenen Knie geschlungen, saß sie da und blickte zum Horizont.

»Du gehst mir aus dem Weg«, sagte ich, als sich meine Atmung endlich wieder beruhigt hatte.

»Tue ich das?«

»Ja. Warum?«

Es dauerte mehrere Sekunden, dann zuckte sie mit den Achseln. »Kannst du dir das nicht denken?«

»Nein. Du musst es mir schon sagen. Ich bin kein Hellseher.«

Ich hatte beschlossen, dass es das Beste war, mich dumm

zu stellen, also warf ich Lana einen unschuldigen Blick zu und wartete.

Endlich fing sie wieder an zu sprechen. »Neulich in deiner Wohnung …«

»Ja?«

»… da haben wir eine ganze Menge geredet.«

»Ich weiß.« Ich zuckte ebenfalls mit den Schultern. »Und jetzt meidest du mich. Was soll ich davon halten?«

»Ich muss etwas wissen.« Lana musterte mich. »Warum tust du das?«

»Was? Warum ich versuche, dir zu helfen?« Ich begegnete direkt ihrem Blick. »Ich bin dein Freund, Lana. Ich liebe dich.«

Lana sah aus, als würde sie mir nicht glauben.

Für einen kurzen Moment verspürte ich einen Anflug von Verärgerung. Ist das nicht verrückt? In all den Jahren gab es nie auch nur ein einziges böses Wort, keine einzige Meinungsverschiedenheit zwischen Lana und mir – eine wechselseitige Freundschaft voller Bewunderung, frei von allen Konflikten –, bis ich mich in ihre Eheprobleme einmischte.

Keine gute Tat bleibt ungestraft, dachte ich. Wer hatte das noch gleich gesagt? Egal, er hatte recht.

Ich befand mich in einer kniffligen Lage, dessen war ich mir bewusst. Ich durfte nicht zu viel Druck auf sie ausüben, sonst riskierte ich, sie zu verlieren, aber ich vermochte mich auch nicht zu bremsen.

»Es tut mir leid«, sagte ich. »Ich kann nicht einfach nur dastehen und zusehen, wie man dich benutzt. Es ist nicht in Ordnung, dass die zwei dich so behandeln.«

Keine Antwort.

»Lana.« Ich furchte die Stirn. »Um Himmels willen, antworte mir!«

Aber Lana antwortete mir nicht. Stattdessen stand sie auf, sprang vom Floß und verschwand im Wasser.

Nach dem Picknick kehrten wir zum Haus zurück. Aber Lana ging nicht hinein.

Sie blieb auf der Terrasse, wobei sie so tat, als hätte das Treppensteigen sie müde gemacht und sie müsse erst wieder zu Atem kommen. Ich wusste es besser. Sie beobachtete Kate weiter unten.

Kate entfernte sich gemächlichen Schritts vom Gästehaus in Richtung Olivenhain – auf die Ruine zu.

Ich wusste, was in Lanas Kopf vor sich ging, also tat ich so, als würde ich gähnen.

»Ich gehe dann mal duschen«, sagte ich. »Bis nachher.«

Lana erwiderte nichts. Ich schlenderte ins Wohnzimmer – wo ich dicht an der Tür stehen blieb und mich einen Moment dort herumdrückte, bevor ich auf die Terrasse zurückkehrte.

Lana war weg. Genau wie ich es erwartet hatte, eilte sie die Stufen hinunter zu der tiefer gelegenen Ebene.

Ich folgte ihr, auf Abstand bedacht, damit sie mich nicht sah. Sorgen musste ich mir allerdings keine machen: Lana schaute sich nicht ein einziges Mal um. Genauso wenig wie Kate, die sich zwischen den Bäumen hindurchschlängelte, nicht ahnend, dass ihr nicht nur eine, sondern gleich zwei Personen folgten.

Auf der Lichtung blieb Lana stehen und trat hinter einen Baum. Ich versteckte mich in sicherer Entfernung, anschließend betrachteten wir beide die Szene, die sich in der Ruine entfaltete.

Jason und Kate sprachen eine Zeit lang miteinander. Dann legte Jason sein Gewehr nieder und näherte sich Kate. Sie fingen an, sich zu küssen. Wie seltsam es für Lana gewesen sein muss, dies zu beobachten. Ich stellte mir vor, wie all ihre Schutzmauern in diesem Moment in sich zusammenstürzten. Ihr Nicht-wahrhaben-Wollen, ihre Selbsttäuschung, die Projektion ihres Unmuts auf mich – all das zerfiel zu Staub. Wie kann man etwas leugnen, was man direkt vor sich sieht?

Plötzlich gaben Lanas Beine nach. Sie sackte zu Boden. Fiel auf ihre Hände und Knie. Man konnte fast meinen, sie würde im Gebet niederknien, aber sie weinte. Es war ein mitleiderregender Anblick. Im Herzen war ich bei ihr. Doch es wäre nicht ehrlich zu verschweigen, dass ein Teil von mir erleichtert war. Falls Lana einen deutlicheren Beweis als nur einen Ohrring gebraucht hatte, hatte das Schicksal ihn ihr soeben geliefert.

Jason spürte, dass Lanas Augen auf ihn geheftet waren, denn er schaute auf. Aber er wurde vom Sonnenlicht geblendet und sah sie nicht.

Lana erhob sich schließlich, drehte sich um und entfernte sich mit hängendem Kopf von der Ruine, kehrte durch den Olivenhain zum Haus zurück. Sie schlug einen schnellen Schritt an. Ich folgte ihr.

Mir war nicht wohl bei der Vorstellung, was sie als Nächstes tun würde.

14

Lana machte einen Bogen ums Haus und ging durch die Hintertür hinein.

Sie eilte durch den Flur – und betrat Jasons Waffenkammer. Er hatte einige Gewehre mitgenommen, aber es waren immer noch genügend vorhanden.

Lana griff nach einem Revolver.

Anschließend machte sie sich auf den Weg ins Wohnzimmer, wo sie durch die hohen Fenstertüren auf die Terrasse hinaustrat. Vor der niedrigen Mauer blieb sie stehen und blickte auf die untere Ebene.

Jason kehrte zum Haus zurück, mehrere Ringeltauben in der Hand. Lana hob langsam die Waffe – und richtete sie direkt auf ihn.

Hatte sie vor, Jason umzubringen? Oder wollte sie ihm lediglich Angst machen?

Ich weiß nicht, wie bewusst sich Lana dessen war, was sie da tat. Zu diesem Zeitpunkt war sie mental sehr angeschlagen. Vielleicht hatte irgendein altertümlicher Überlebensinstinkt von ihr Besitz ergriffen, das Bedürfnis, eine Waffe in den Händen zu halten. Wäre eine Axt in der Nähe gewesen wie bei Klytaimnestra, hätte sie vermutlich danach gegriffen, so aber hielt sie nun einen Revolver in der Hand.

Na los, dachte ich. *Tu es! Drück ab. Schieß!*

Doch in diesem Augenblick erschien Leo auf der unteren Ebene und schlenderte zum Pool. Und Lana ließ die Waffe sinken und versteckte sie hinter ihrem Rücken.

Leo sah auf und erblickte seine Mutter. Er winkte. Lana zwang sich zu einem Lächeln und winkte zurück.

Herausgerissen aus ihrer Trance, drehte sie sich um und eilte ins Haus zurück. Sie ging durch den Flur, doch sie brachte den Revolver nicht zurück. Stattdessen lief sie an der Waffenkammer vorbei und nahm ihn mit nach oben.

Im Schlafzimmer setzte sich Lana an den Schminktisch. Sie betrachtete sich im Spiegel – die Waffe in der Hand. Was sie sah, erschreckte sie.

Als sie hörte, dass die Tür aufging, legte sie den Revolver rasch in die Schublade. Im Spiegel sah sie, wie Agathi hereinkam, lächelnd.

»Hi«, sagte Agathi, »brauchst du etwas?«

»Nein.« Lana schüttelte den Kopf.

»Irgendwelche Wünsche für das Abendessen?«

»Nein. Vielleicht gehen wir aus. Ich kann mir im Augenblick keine Gedanken darüber machen … Ich werde wohl erst einmal ein Bad nehmen.«

»Ich lasse dir eins ein.«

»Danke, aber ich mache das schon.«

Agathi nickte. Sie beobachtete Lana für einen Moment. Es war untypisch für sie, unaufgefordert ihre Meinung zu äußern, aber nun stand sie im Begriff, eine Ausnahme zu machen.

»Lana«, sagte Agathi. »Geht es dir … gut? Es geht dir nicht gut, oder?«

Lana antwortete nicht.

»Wenn du möchtest, können wir abreisen – sofort«, fügte Agathi hinzu und lächelte Lana aufmunternd an. »Lass mich dich nach Hause bringen.«

»Nach Hause?« Lana sah sie verwirrt an. »Wo ist das?«

»Natürlich in London.«

Lana schüttelte den Kopf. »In London bin ich nicht zu Hause.«

»Wo dann?«

»Ich weiß es nicht. Ich weiß nicht, wohin ich gehen soll. Ich weiß nicht, was ich tun soll.«

Sie stand auf. Trat ins Badezimmer. Drehte die Wasserhähne auf und ließ sich ein Bad ein. Als sie ein paar Minuten später ins Schlafzimmer zurückkehrte, war Agathi nicht mehr da. Aber sie hatte etwas zurückgelassen.

Auf dem Schminktisch lag der Kristall und funkelte im Sonnenlicht.

Lana nahm ihn und betrachtete ihn. Sie glaubte nicht an Magie, allerdings wusste sie nicht, woran sie überhaupt noch glauben sollte. Sie ließ den Kristall über ihrer Handfläche baumeln.

Betrachtete ihn, bewegte die Lippen, murmelte eine leise Frage.

Beinahe sofort begann der Kristall zu zucken, zu schwingen, durch die Luft zu tanzen.

Eine winzige Kreisbewegung – die immer ausgeprägter wurde, immer weiter, immer höher.

Draußen vor dem Haus raschelte ein einzelnes Blatt auf dem Boden.

Es wurde von einer unsichtbaren Kraft in die Luft gehoben und wirbelte im Kreis herum. Die Kreise wurden immer weiter, immer höher … Der Wind frischte auf.

Der Zorn entfaltete sich, und der *ὀργή* begann.

15

Der Zorn«, so fand ich, war eine passende Bezeichnung in Anbetracht von Kates Laune.

Sie war während des gesamten Abendessens im Yialos nur auf Streit aus gewesen. Inzwischen waren wir wieder zu Hause, aber sie ließ noch immer nicht locker.

Ich hielt es für das Beste, ihr aus dem Weg zu gehen, also blieb ich draußen vor den Terrassentüren und rauchte meinen Joint. Von dieser sicheren Warte aus beobachtete ich das Drama, das sich im Wohnzimmer entfaltete.

Kate schenkte sich einen weiteren großen Whisky ein. Jason ging zu ihr, blieb unbeholfen neben ihr stehen und fing an zu flüstern.

»Du hast genug getrunken.«

»Der ist ja auch für dich.« Kate schob ihm den vollen Tumbler zu. »Hier, nimm.«

Er schüttelte den Kopf. »Nein. Ich möchte nicht.«

»Warum nicht? Los, trink!«

»Nein.«

»Ich denke«, sagte Lana mit fester Stimme, »wir sollten jetzt alle ins Bett gehen.«

Ich sah, wie sie Kate einen Moment lang anstarrte – ein warnender Blick, das kann ich Ihnen versichern. Für eine Sekunde sah es tatsächlich so aus, als würde Kate den Rückzug antreten.

Aber nein. Kate nahm die Herausforderung an. Sie zog ihren roten Schal von den Schultern, wirbelte ihn durch die Luft wie das rote Tuch bei einem Stierkampf – dann warf sie ihn über die Rückenlehne der Couch.

Anschließend hob sie das Glas mit dem Whisky an die Lippen und leerte es in einem Zug.

Lana beobachtete sie mit unbewegter Miene, aber ich spürte, dass sie wütend war.

»Jason«, sagte sie, »wollen wir nach oben gehen? Ich bin müde.«

Kate streckte die Hand aus und hielt Jason am Arm fest. »Nein, Jason. Bleib hier …«

»Kate …«

»Ich meine es ernst«, sagte sie. »Geh nicht. Wenn du gehst, wirst du es bereuen.«

»Das Risiko nehme ich auf mich«, entgegnete er.

Er schob Kates Hand von seinem Arm – was ich für einen ganz schlechten Schachzug hielt. Mir war klar, dass sie das nur noch zorniger machen würde, und ich hatte recht.

»Fick dich«, fauchte sie.

Jason wirkte bestürzt. Mit einem solchen Ausmaß an Zorn hatte er nicht gerechnet. Beinahe hätte ich Mitleid mit ihm bekommen.

Jetzt verstand ich: Kates Zorn hatte sie verraten. Bei dieser ganzen Farce ging es um *Jason,* nicht um Lana oder mich. Es war Jason, auf den Kate wirklich wütend war.

Auch Lana hatte dies begriffen. Sie verfügte über den Instinkt einer herausragenden Schauspielerin, und sie wusste, dass das ihr Stichwort war. Wie immer zeigte sie sich eher zurückhaltend bei ihrer Darbietung, was diese umso eindrucksvoller machte.

»Jason«, sagte sie. »Triff bitte eine Entscheidung.«

»Wie meinst du das?«

»Du musst eine Wahl treffen.« Ohne den Blick von Jason abzuwenden, nickte sie in Kates Richtung. »Sie oder ich.«

»Wovon redest du?«

»Du weißt verdammt genau, wovon ich rede.«

Es entstand eine kurze Pause. Jasons Gesicht bot einen unvergesslichen Anblick – als beobachte er in Zeitlupe einen Autounfall. Hin- und hergerissen zwischen diesen beiden Frauen, würde das Ganze nicht gut für ihn ausgehen. Es sei denn, er konnte den unmittelbaren Zusammenstoß irgendwie vermeiden.

Was Jason als Nächstes tun würde, wäre höchst aufschlussreich. Barbara West hatte mir einst einen alten Schreibtrick verraten – man hob die Bedeutung einer bestimmten Person oder eines bestimmten Objekts hervor, indem man sie – es – in die Wahl zwischen zwei Alternativen einband. Was man für jemanden oder etwas aufzugeben bereit ist, verrät einem viel darüber, wie sehr man es wertschätzt.

Jason musste eine ganz konkrete Wahl treffen, zwischen Kate und Lana. Und wir würden erfahren – wenn wir überhaupt irgendeinen Zweifel hegten –, welche der beiden Frauen ihm mehr bedeutete.

Barbara hätte das sehr gefallen, dachte ich. Genau so eine Situation hätte sie sich zu eigen gemacht und für eines ihrer Bücher adaptiert.

Der Gedanke an Barbara brachte mich zum Lächeln – was bedauerlich war, denn ich stellte fest, dass Jason mich anstarrte, einen zornigen Ausdruck im Gesicht.

»Wieso zur Hölle grinst du?«, zischte er. »Findest du das etwa *komisch,* du boshaftes Arschloch?«

»Ich?« Ich lachte auf. »Ich denke, ich bin dein geringstes Problem, Kumpel.«

Bei dieser Bemerkung verlor Jason die Beherrschung. Er stürzte sich auf mich, packte mich bei der Kehle und drückte mich gegen die Wand, dann hob er die Faust, als wollte er mich ins Gesicht schlagen.

»Schluss! Hör auf damit, Jason!« Kate drosch auf seinen Rücken ein. »Lass ihn los! Jason!«

Endlich lockerte Jason den Griff. Ich schnappte nach Luft und richtete meinen Kragen, mit all der Würde, die ich aufbringen konnte.

»Geht es dir jetzt besser?«

Jason antwortete nicht. Er funkelte mich bloß an. Dann drehte er sich um, als hätte er sich gerade an seine Prioritäten erinnert, und wandte sich an Lana.

»Lana«, sagte er flehentlich. »Hör mich an …«

Aber Lana stand nicht dort. Lana war gegangen.

16

Nikos war in seiner Hütte. Er saß auf einem Stuhl am offenen Kamin, trank Ouzo und lauschte auf den Wind, der draußen toste.

Er mochte es, dem Wind in all seinen verschiedenen Launen zu lauschen. Heute Abend war er zornig. An anderen Abenden stöhnte er wie ein schmerzgepeinigter alter Mann oder wimmerte wie ein kleines Kind, das sich im Sturm verirrt hatte. Manchmal gelang es Nikos, sich einzureden, dort draußen wäre ein Mädchen, verloren in der Wucht der Böen, weinend. Dann trat er hinaus und blickte in die Dunkelheit – um sicherzugehen. Doch es war immer nur der Wind, der ihm einen Streich spielte.

Nikos schenkte sich einen weiteren Ouzo ein. Er war schon ein bisschen betrunken, sein Verstand trüb, genau wie der Ouzo in seinem Glas. Er lehnte sich in seinem Sessel zurück und dachte an Lana. Stellte sich vor, wie es wäre, wenn sie hier lebte, auf Aura, mit ihm.

Er war überzeugt davon, dass Lana hier glücklich wäre. Auf der Insel erwachte sie stets zum Leben – es war, als würde sie innerlich strahlen, sobald sie das Boot verließ. Wäre sie hier, könnte sie ihn aus seiner Einsamkeit retten. Sie wäre wie der Regen, der auf die ausgedörrte Erde fiel; ein Glas kühles Wasser, um seine trockenen, salzigen Lippen zu befeuchten.

Nikos schloss die Augen und gab sich einer erotischen Träumerei hin. Er stellte sich vor, wie er im Morgengrauen erwachte, im Bett mit Lana – sie hatte ihm das Gesicht zugewandt, ihre goldenen Haare lagen ausgebreitet auf dem

Kissen … wie weich es war, wie süß sie duftete, wie Orangenblüten. Er zog ihren nachgiebigen Körper in seine Arme, liebkoste ihren Nacken, küsste ihre Haut. Er drückte seine Lippen auf ihren Mund …

Nikos war halb erregt, halb betrunken, halb eingeschlafen, und er dachte, er würde träumen, als er die Augen öffnete … und sie dort stehen sah.

Lana.

Nikos blinzelte. Er setzte sich auf, schlagartig hellwach.

Lana stand in der offenen Tür zu seiner Hütte. Sie stand vor ihm, leibhaftig, nicht in seiner Fantasie. Sie sah wunderschön aus, ganz in Weiß gekleidet. Sie sah aus wie eine Göttin. Eine traurige Göttin. Eine verängstigte Göttin.

»Nikos«, flüsterte sie. »Ich brauche deine Hilfe.«

17

Jason, Kate und ich waren allein im Wohnzimmer. Ich wartete ab, um zu sehen, wer zuerst etwas sagen würde. Es war Kate, und sie wirkte gedämpft.

»Jason«, sagte sie. »Können wir reden?«

Ihre Stimme klang hohl. Ihr Zorn war verschwunden, ausgebrannt – geblieben war nichts als Asche. »Jason?«, wiederholte sie.

Jason schaute Kate an – und direkt durch sie hindurch. Ein unheimlicher Blick, dachte ich. Als wäre sie gar nicht da. Einen kurzen Moment später drehte er sich um und verließ den Raum.

Kate sah plötzlich aus wie ein kleines Mädchen, das jeden Augenblick in Tränen ausbrechen würde. Wider Willen tat sie mir leid.

»Möchtest du einen Drink?«, fragte ich sie.

Kate schüttelte kurz den Kopf. »Nein.«

»Ich mache dir trotzdem einen.«

Ich ging zum Barschrank und mixte uns zwei Drinks. Dabei plauderte ich über das Wetter, um Kate Gelegenheit zu geben, sich zu sammeln. Sie hörte mir ohnehin nicht zu.

Anschließend streckte ich ihr gut zwanzig Sekunden lang das Glas entgegen, bevor sie es überhaupt bemerkte.

»Danke.« Kate nahm es mir ab und stellte es abwesend auf den Tisch vor ihr. Sie griff nach ihren Zigaretten.

Ich rieb meinen Nacken. Mein Hals schmerzte an der Stelle, wo Jason die Finger darum geschlossen hatte. »Weißt du, Kate«, sagte ich mit gerunzelter Stirn, »du hättest dich an mich wenden sollen. Ich hätte dir reinen Wein einschenken, dich warnen können.«

»Mich warnen? Wovor?«

»Er wird Lana nicht deinetwegen verlassen«, sagte ich. »Mach dir nichts vor.«

»Ich mache mir nichts vor.« Kate zog eine Zigarette aus der Schachtel und klopfte damit unwirsch gegen die Tischplatte, dann steckte sie sie zwischen die Lippen und zündete sie an.

»Ich denke doch.«

»Du hast verdammt noch mal gar keine Ahnung.«

Kate rauchte eine Weile stumm – mir fiel auf, dass ihre Hand zitterte. Plötzlich drückte sie die Zigarette im Aschenbecher aus. »Die Frage ist zudem«, sagte sie und wandte sich mir direkt zu, »was geht *dich* das an?« Der alte Zorn flammte wieder auf. »Warum interessierst du dich so für Lanas Ehe? Selbst wenn sich die beiden scheiden lassen, wird sie wohl kaum *dich* heiraten.«

Kate scherzte, doch dann sah sie den Schmerz in meinen Augen aufflackern und schnappte nach Luft. »O Gott. Das denkst du tatsächlich? Du glaubst wirklich, Lana und *du* …?«

Sie brachte den Satz nicht zu Ende, stattdessen brach sie in Gelächter aus. In grausames, höhnisches Gelächter.

Ich wartete, bis sie aufhörte zu lachen. Dann sagte ich kühl: »Ich versuche lediglich zu helfen.«

»Nein. Tust du nicht.« Kate schüttelte den Kopf. »Du kannst mich nicht zum Narren halten, Prinz Machiavelli. Aber du wirst deine Quittung schon noch bekommen, wart's nur ab.«

Ich ignorierte ihre Worte. War fest entschlossen, sie dazu zu bringen, mir zuzuhören. Es war nämlich wichtig.

»Ich meine es ernst, Kate. Bring Jason nicht in eine Situation, in der er zwischen euch beiden wählen muss. Du wirst es bereuen.«

»Fick dich.«

Doch ihr Ausbruch war nur halbherzig – ihre Gedanken kreisten ganz offensichtlich um Jason. Sie blickte zur Tür.

Und dann traf sie plötzlich eine Entscheidung. Sie stand auf und eilte hinaus.

Allein im Wohnzimmer, versuchte ich mir auszumalen, was als Nächstes geschehen würde.

Allem Anschein nach war Kate losgezogen, um Jason zu suchen. Aber Jason interessierte sich nicht für Kate – das hatte er gerade unmissverständlich klargemacht.

Lana war Jasons Nummer eins. Er würde versuchen, sie zurückzugewinnen. Er würde sie trösten, ihr versichern, dass nichts lief zwischen ihm und Kate. Er würde lügen, würde auf seiner Unschuld beharren, schwören, dass er ihr niemals untreu gewesen war.

Und Lana? Was würde sie tun? Das war die alles entscheidende Frage. Von deren Antwort alles abhing.

Ich versuchte, mir die Szene bildlich vorzustellen. Wo waren sie? Vielleicht am Strand? *Nein, bei der Ruine* – eine weitaus romantischere Kulisse –, ein mitternächtliches Stelldichein vor den mondbeschienenen Säulen.

Ich hatte eine Ahnung, wie Lana die Szene spielen würde. Wenn ich recht darüber nachdachte, war ich mir sicher, dass ich sie in einem ihrer Filme einmal in einer ähnlichen Rolle gesehen hatte. Sie würde sich stoisch geben, selbstaufopfernd – wie könnte sie besser an die »höheren« Instinkte des Protagonisten appellieren? An sein Ehr- und Pflichtgefühl?

Sie würde Jason zunächst einen frostigen Empfang bereiten, bevor ihre Zurückhaltung im nächsten Schritt langsam nachließe. Sie würde ihn nicht zur Rede stellen – nein, sie würde sich selbst die Schuld geben, während des Sprechens mit den Tränen kämpfen, das konnte sie gut.

Schließlich würde sie Jason mit diesem ganz speziellen Blick bedenken, den, den sie sich für Nahaufnahmen aufsparte: weit aufgerissene, hypnotische Augen, verletzlich, voller Schmerz und doch ungemein tapfer – das Gesicht direkt der Kamera zugewandt, was extrem effektiv war.

Noch ehe er es ahnte, wäre Jason verzaubert, hingerissen von Lanas Darbietung. Er würde auf die Knie fallen, sie um Verzeihung anflehen, ihr versprechen, ein besserer Mann zu werden – und er würde es ernst meinen. Kate würde in seinem Hinterstübchen verschwinden. ENDE.

Für einen verzweifelten Moment erwog ich, loszurennen und Lana und Jason persönlich aufzuspüren. Noch könnte ich versuchen, einzuschreiten … Aber nein. Ich musste Vertrauen in Lana haben.

Es war durchaus möglich, dass sie mich überraschte.

18

Und?«, fragte Lana. »Machst du's?«

Nikos starrte sie verblüfft an. Er traute seinen Ohren nicht. Konnte die Worte nicht glauben, die soeben aus Lanas Mund gekommen waren – worum sie ihn gebeten hatte.

Er fühlte sich unfähig, ihr zu antworten, also schwieg er.

»Was möchtest du dafür?«, fragte sie.

Wieder keine Antwort.

Lana griff in ihren Nacken und löste das Diamantcollier, das sie auf ihre Handfläche gleiten ließ. Sie hielt ihm die funkelnden Steine entgegen.

»Nimm es. Verkauf es. Kauf dir davon, was immer du willst.« Und dann, als hätte sie auf die für sie typische Art und Weise seine Gedanken gelesen, fügte sie hinzu: »Ein Boot. Das ist es, was du möchtest, richtig? Du kannst dir davon ein Boot kaufen.«

Nikos erwiderte noch immer nichts.

Lana runzelte die Stirn. »Bist du beleidigt? Das musst du nicht sein. Es ist ein fairer Tausch. Sag mir, was du willst, damit du tust, worum ich dich bitte.«

Er hörte ihr nicht zu. Alles, woran Nikos denken konnte, war, wie schön Lana war. Bevor er wusste, was er sagte, kamen die Worte schon aus seinem Mund.

»Küss mich.«

Lana sah ihn an, als hätte sie nicht richtig gehört. »Wie bitte?«

Nikos antwortete nicht. Verwirrt suchte Lana seinen Blick.

»Ich verstehe nicht … *Das* ist es, was du möchtest? Das ist dein Preis?«

Er schwieg. Stand einfach nur da.

Eine Pause entstand.

Nach einer Weile machte Lana einen kleinen Schritt nach vorn. Ihre Gesichter waren nur Zentimeter voneinander getrennt.

Sie sahen einander in die Augen. Lana hatte noch nie zuvor auf Nikos' Augen geachtet. Sie waren von einem klaren, hellen Blau und hatten eine gewisse Schönheit, stellte sie fest. Ein verrückter Gedanke schoss ihr durch den Kopf: *Ich hätte Nikos heiraten sollen. Dann hätte ich hier leben können und wäre glücklich gewesen.* Sie beugte sich vor und drückte ihre Lippen auf seinen Mund.

Während sie sich küssten, fing Nikos, der innerlich völlig ausgedörrt war, Feuer – und stand kurz darauf lichterloh in Flammen. So hatte er noch nie empfunden. Er wusste, dass er nach diesem Kuss nicht mehr derselbe wäre.

»Ich mach's«, flüsterte er, »ich tue, was du willst.«

Lana verließ Nikos' kleines Haus und schlenderte über den Pfad durch den Olivenhain und auf die Lichtung, zur Ruine.

Die dicht stehenden Olivenbäume schützten sie vor dem heftigsten Wind. Für einen Moment setzte sich Lana auf eine der umgestürzten Säulen. Sie schloss die Augen und saß einfach nur da, in Gedanken versunken.

Dann knackte hinter ihr im Unterholz ein Zweig, als wäre jemand darauf getreten.

Lana öffnete die Augen und wandte den Kopf, um zu sehen, wer.

Drei Schüsse peitschten durch die Luft.

Und einige Sekunden später lag Lana am Boden, in einer Blutlache.

19

Leo traf als Erster bei der Ruine ein, gefolgt von Agathi. Dann erschienen Jason und ich.

Als wir uns um Lanas reglosen Körper scharten, schien die Zeit für einen Moment stillzustehen. Dasselbe galt für uns – während alles um uns herum seinen Lauf nahm. Der Wind fegte und heulte, die Bäume schwankten, doch wir verharrten, erstarrt, gefangen in einem zeitlosen Zustand, unfähig zu denken oder zu fühlen.

Es dauerte nur ein paar Sekunden, doch es erschien mir wie eine Ewigkeit, bis Kate eintraf und den Bann brach. Sie wirkte durcheinander und orientierungslos. Ihr Gesichtsausdruck wechselte von Verwirrtheit zu Ungläubigkeit, dann zu Entsetzen.

»Was ist passiert?«, fragte sie immer wieder. »*O mein Gott …*«

Irgendwie spornte uns Kates Ankunft zum Handeln an. Ich kniete mich neben Leo. »Leo«, sagte ich, »wir müssen sie wieder hinlegen. Leo? Du musst sie loslassen …«

Leo wiegte sich weinend, seine Mutter in Armen, vor und zurück. Ich versuchte erneut, ihn dazu zu bringen, sie loszulassen. »Bitte, Leo …«

»Leg sie wieder auf den Boden, Leo«, sagte Jason. Er schien die Geduld zu verlieren, denn er machte plötzlich einen Schritt auf ihn zu.

Leo reagierte, als wäre er von einer Schlange gebissen worden. Sein blutverschmiertes Gesicht bot einen grauenvollen Anblick, als er Jason anschrie: »*Hau ab! Geh weg von ihr!*«

Jason zuckte zurück. »Lass sie einfach los und leg sie auf die Erde, um Himmels willen.«

Ich warf Jason einen gereizten Blick zu. »Ich kümmere mich um ihn. Ruf du den Rettungsdienst!«

Jason nickte und tastete in seinen Taschen nach dem Handy. Er fand es, entsperrte es – und drückte es Agathi in die Hand.

»Ruf die Polizei in Mykonos an«, sagte er. »Sag, dass wir sie brauchen – und einen Notarzt. Sie sollen kommen, und zwar *sofort!*«

Agathi nickte benommen. »Ja, ja …«

»Ich hole eine Waffe. Wartet hier. Rührt euch nicht vom Fleck.«

Damit drehte er sich um und rannte zurück zum Haus. Kate zögerte, dann lief sie ihm nach.

Agathi und mir gelang es, Leo dazu zu bewegen, Lana loszulassen. Vorsichtig legten wir sie zu Boden.

Leo schaute hoch, die Augen weit aufgerissen, und sagte mit erstickter Stimme: »Die *Waffen.*«

»Was ist damit?«

Aber Leo war schon aufgesprungen und jagte den anderen nach.

20

Kate eilte ins Haus. Sie sah sich um, aber sie konnte ihn nirgendwo entdecken.

»Jason?«, wisperte sie. »Jason …«

Plötzlich stand er vor ihr – er kam aus der Waffenkammer. Mit einem seltsam verstörten Gesichtsausdruck sah er sie an.

»Sie sind weg!«

Kate wusste nicht, was er meinte. »Was ist weg?«

»Die Waffen. Sie sind nicht mehr da!«

»Was soll das heißen? Wo sind sie denn?«

»Keine Ahnung, verflucht noch mal. Jemand hat sie weggenommen!«

Sie hörten Schritte am Ende des Flurs und schauten auf.

Leo stand dort und starrte sie an. Er bot einen beängstigenden Anblick – blutverschmiert, vollkommen aufgelöst, sterbenselend. Er sah aus, als hätte er den Verstand verloren.

»Die Waffen«, stieß Leo hervor. »Ich habe …«

»Was?«, fragte Jason angespannt.

»Ich habe sie versteckt. Es sollte ein Scherz sein, ich …«

Noch bevor er zu Ende sprechen konnte, stürzte Jason sich auf ihn und packte ihn am Kragen. »Wo sind sie? *Sag es mir!*«

»Lass ihn los, Jason!«, schrie Kate.

»Wo sind die Waffen?«

»Lass ihn los!«

Jason gab ihn frei, und Leo sackte zu Boden, wo er sich Halt suchend gegen die Mauer lehnte und weinend die Knie umschlang.

»Sie ist tot«, klagte Leo. »Aber das ist dir anscheinend scheißegal!«

Er schlug die Hände vors Gesicht. Kate ging zu ihm und zog ihn in die Arme. »Scht, mein Schatz, scht ... Bitte verrate uns, wo die Waffen sind.«

Leo hob eine Hand und deutete auf die Holztruhe. »Da drin.«

Jason eilte zur Truhe und hob den Deckel an.

Sein Gesicht verfinsterte sich. »Soll das ein Witz sein?«

»Wieso?« Leo stand auf und ging zur Truhe. Er schaute hinein.

Die Truhe war leer.

»Aber ... ich habe sie doch da reingelegt ...«, stammelte er entgeistert.

»Wann?«

»Vor dem Abendessen. Jemand hat sie rausgenommen.«

»Wer? Warum sollte jemand so etwas tun?«

Kates Gesicht verfinsterte sich – offenbar war ihr ein Gedanke gekommen. »Wo ist Nikos?«

»Ich bin hier«, sagte eine Stimme hinter ihnen.

Sie wirbelten herum. Nikos stand im Flur, ein Gewehr in der Hand.

Eine kurze Pause entstand, dann sagte Jason vorsichtig: »Lana wurde erschossen.«

Nikos nickte. »Ja, ich weiß.«

Jason blickte auf das Gewehr in Nikos' Hand. »Woher hast du das?«

»Das ist mein Gewehr.«

»Bist du dir sicher? Meine sind nämlich verschwunden.«

Nikos zuckte mit den Achseln. »Das hier gehört mir.«

Jason streckte die Hand aus. »Nun, es ist besser, du gibst es mir.«

Nikos schüttelte den Kopf – ein entschiedenes Nein.

Jason beschloss, ihn nicht weiter unter Druck zu setzen. Stattdessen sagte er langsam und mit Nachdruck: »Wir müssen die Insel absuchen, versteht ihr? Ein Eindringling treibt sich herum; er ist bewaffnet und gefährlich. Wir müssen ihn finden.«

In diesem Moment trat ich zu der kleinen Gruppe – der Überbringer schlechter Nachrichten. Ich wusste nicht, wie ich es schonend formulieren sollte, also platzte ich direkt damit heraus.

»Agathi hat mit der Polizei in Mykonos gesprochen.«

Jason schaute auf. »Und? Wann können sie kommen?«

»Sie kommen nicht.«

»Was?«

»Sie kommen nicht! Es liegt am Wind. Sie können nicht übersetzen.«

Kate starrte mich an. Ihr Gesicht wurde verkniffen. »Aber sie müssen doch … sie müssen …«

»Die Polizei sagt, der Wind soll bis zum frühen Morgen abflauen. Sie wollen es dann versuchen.«

»Aber … bis dahin sind es noch *fünf Stunden!*«

»Ich weiß.« Ich nickte. »Bis dann sind wir auf uns gestellt.«

21

Es wurde beschlossen, dass Jason, Nikos und ich die Insel nach dem potenziellen Eindringling absuchen sollten. Ich versuchte, ihnen klarzumachen, dass dies reine Zeitverschwendung war.

»Das ist Irrsinn! Ihr glaubt doch nicht ernsthaft, dass jemand hier mit einem Boot angelegt hat – bei dem Wetter? Ich halte das für unmöglich!«

»Was für eine andere Möglichkeit gibt es denn?«, fragte Jason mit blitzenden Augen. »Jemand ist hier, auf der Insel, und wir werden ihn finden. Und jetzt setz dich in Bewegung!«

Und so wagten wir uns, mit Taschenlampen bewaffnet, hinaus in die Nacht.

Wir patrouillierten über den Pfad durch den Olivenhain und leuchteten mit unseren Taschenlampen in die Dunkelheit, doch die Lichtkegel erfassten lediglich Spinnweben und Vogelnester in den dicht stehenden Bäumen.

Jason blickte immer wieder auf das Gewehr in Nikos' Hand. Offensichtlich traute er ihm nicht. Um ehrlich zu sein, hätte ich keinem von beiden eine Waffe anvertraut – deshalb beäugte ich sie genauso aufmerksam wie sie einander.

Wir gingen zur Küste und fingen an, die Strände abzusuchen. Dies war eine mühsame Aufgabe, zumal uns der Wind gnadenlos attackierte. Der Zorn war unerbittlich, schnitt in unsere Gesichter, schleuderte Sand auf uns, heulte in unseren Ohren und brachte uns bei jeder sich bietenden Gelegenheit aus dem Gleichgewicht. Doch wir hielten ihm stand, auch wenn wir über eine Stunde brauchten, den unbefestigten Weg abzuschreiten, der sich rund um die Insel schlängelte.

Wir erreichten die Nordseite von Aura – eine schroffe Felswand, die zum Wasser hin steil abfiel. Hier konnte man unmöglich ein Boot festmachen, außerdem boten die nackten Klippen keinerlei Verstecke.

Zumindest begriffen die anderen jetzt, was ich zuvor gemeint hatte. Es gab kein Boot, keinen Eindringling. Niemand sonst war auf dieser Insel.

Niemand, nur wir sechs.

22

Vielleicht ist dies eine gute Stelle, um innezuhalten – und Bilanz zu ziehen, bevor wir fortfahren.

Ich bin mir der Konventionen dieses Genres bewusst. Ich weiß, was als Nächstes zu geschehen hat. Ich weiß, was Sie erwarten. Eine Mordermittlung, ein Dénouement, eine Wendung.

So sollte es laufen. Doch wie ich anfangs bereits warnte: So wird es nicht laufen.

Lassen Sie uns daher überlegen, wie sich die Erzählung alternativ entwickeln könnte, bevor sich unsere Geschichte völlig von dieser vertrauten Abfolge der Ereignisse löst, bevor wir uns einer ganzen Reihe düsterer Wendungen gegenübersehen.

Stellen wir uns für einen Augenblick vor, ein Detektiv würde auf der Insel erscheinen, einige Stunden später, wenn sich der Wind gelegt hat – vielleicht eine griechische Version von Agatha Christies Belgier? Oder ein Inspektor?

Ein älterer Mann, der vorsichtig aus dem Polizeiboot steigt, wobei ihm ein junger Polizist behilflich ist. Der Mann ist groß und schlank, hat graues Haar und einen sorgfältig gestutzten, bleistiftdünnen Schnurrbart. Seine Augen sind dunkel und stechend.

»Ich bin Inspektor Mavropoulos von der Polizei in Mykonos«, sagt er mit einem starken griechischen Akzent.

Sein Name, teilt Agathi uns mit, bedeutet »schwarzer Vogel« – Todesbote.

Der Inspektor, der am Kopfende des Küchentisches Platz

nimmt, erinnert an einen Raubvogel. Während er und seine Polizisten aus kleinen Tassen griechischen Kaffee trinken und die leckeren Kekse verschlingen, die Agathi ihnen anbietet, beginnt er mit seinen Ermittlungen.

Er wischt sich einige Krümel vom Schnurrbart und fängt an, uns alle – einen nach dem anderen – zu befragen.

Während dieser Befragungen erfährt Mavropoulos schnell die Fakten.

Bis zur Ruine, wo Lanas Leichnam entdeckt wurde, sind es vom Haus aus ungefähr zwölf Minuten zu Fuß, wenn man dem Pfad durch den Olivenhain folgt. Der Mord fand um Mitternacht statt – als die Schüsse zu hören waren. Kurz darauf wurde die Leiche gefunden.

Weil Leo als Erster bei der Ruine eintraf, wird er auch als Erster von Mavropoulos befragt.

»Mein Junge«, sagt der Inspektor mit sanfter Stimme, »mein herzliches Beileid. Leider muss ich dich bitten, deine Trauer für einen Moment beiseitezuschieben und meine Fragen so klar wie möglich zu beantworten. Wo warst du, als du die Schüsse gehört hast?«

Leo erklärt, dass er sich übergeben musste – in den frisch umgegrabenen Gemüsegarten, an dem Nikos und er arbeiteten. Der Inspektor vermutet, dass Leo vom Alkohol schlecht war, und Leo widerspricht nicht, da er vermutet, dass Marihuana in Griechenland nach wie vor illegal ist.

Der Inspektor hat Mitleid mit Leo, der sich definitiv in einem emotionalen Ausnahmezustand befindet, daher bedrängt er ihn nicht weiter und entlässt ihn nach ein paar Fragen.

Als Nächster wird Jason befragt. Seine Antworten kommen Mavropoulos ausweichend, wenn nicht gar seltsam vor. Jason beharrt darauf, dass er um Mitternacht auf der anderen Seite der Insel bei den Klippen war.

Als sich der Inspektor nach dem Grund dafür erkundigt, behauptet er, er wäre auf der Suche nach Lana gewesen, die er im Haus nicht finden konnte. Die Klippen sind ein seltsamer Ort für eine solche Suche, aber der Inspektor sagt nichts dazu – noch nicht.

Er stellt lediglich fest, dass Jason kein Alibi hat.

Genauso wenig wie Kate, die angeblich allein im Gästehaus war. Genauso wenig wie Agathi, die schlafend im Bett lag. Genauso wenig wie Nikos, der in seiner Hütte döste.

Wo ich war, wollen Sie wissen? Ich war im Wohnzimmer und habe mich betrunken – aber auch das kann niemand bezeugen. Tatsächlich kann keiner von uns ein Alibi vorweisen.

Was bedeutet, dass jeder von uns es getan haben könnte – jeder von uns sechs.

Aber warum sollten wir?

Warum hätte einer von uns Lana töten sollen? Wir alle haben Lana geliebt.

Zumindest ich. Ich bin mir nicht sicher, ob Inspektor Mavropoulos versteht, was *Seelenverwandtschaft* bedeutet, aber ich gebe mein Bestes, ihm zu erklären, dass ich kein Motiv hatte, Lana umzubringen.

Was nicht ganz stimmt.

Zum Beispiel teile ich ihm nicht mit, dass mir Lana in ihrem Testament ein Vermögen hinterlassen hat.

Woher ich das weiß? Sie hat es mir erzählt, als ich den Verkauf des Hauses arrangierte, das Barbara West mir in Holland Park vererbt hatte. Lana erkundigte sich, warum ich es verkaufen würde, und ich antwortete, dass ich – abgesehen davon, dass ich diesen Ort mit all seinen Erinnerungen abgrundtief hasste – dringend liquide Mittel brauchte. Ich brauchte etwas, wovon ich leben konnte, ansonsten würde ich bettelarm auf der Straße landen. Ich sagte das scherzend, aber Lana machte ein ernstes Gesicht. Sie erwiderte, dass sie das nicht zulassen würde, sie würde sich immer um mich kümmern, solange sie lebte. Und sie sagte, dass sie mich in ihrem Testament mit sieben Millionen Pfund bedacht hatte.

Ich war verblüfft über ihre Großzügigkeit – und zutiefst gerührt. Vielleicht bereute Lana ihre Indiskretion, denn sie bat mich, zu vergessen, was sie gesagt hatte. Insbesondere legte sie mir ans Herz, dies niemals Jason gegenüber zu erwähnen. Was nahelegte, dass Jason deswegen stinksauer wäre. Selbstverständlich wäre er das – Jason war ein gieriger, niederträchtiger, knauseriger Mensch. Das genaue Gegenteil von Lana und mir.

Um dieses künftige Erbe zu wissen, änderte an meinen Gefühlen übrigens nicht das Geringste. Ich plante ganz gewiss nicht, Lana zu ermorden, falls es das ist, was Sie denken.

Sie können denken, was Sie wollen – denn genau das macht ja den Spaß an einer Kriminalgeschichte aus, nicht wahr? Sie können auf das Pferd Ihrer Wahl wetten.

Ich an Ihrer Stelle würde mein Geld auf Jason setzen.

Wir alle wissen, wie verzweifelt er war, wie dringend er Geld brauchte – auch wenn er das Mavropoulos gegenüber nicht zugibt. Jason verströmt Schuldgefühle, die an ihm haften wie Zigarettenrauch. Jeder Inspektor, der seinen Beruf auch nur einigermaßen versteht, müsste das bemerken und misstrauisch werden.

Und Kate? Nun, ihr Motiv wäre nicht finanzieller Art – in Kates Fall würde es sich um ein *crime passionnel* – ein Verbrechen aus Leidenschaft – handeln. Dennoch bleibt die Frage, ob Kate tatsächlich Lana töten würde, um ihr den Ehemann auszuspannen. Wirklich überzeugt davon bin ich nicht.

Genauso wenig bin ich überzeugt davon, dass Agathi tatsächlich zum Kreis der Verdächtigen gehört. Sie wurde ebenfalls im Testament bedacht, genau wie ich – und wie ich war sie ausgesprochen loyal. Es gibt keinen Grund zu der Annahme, dass sie Lana Schaden zufügen wollte. Sie liebte Lana – vielleicht sogar ein bisschen zu sehr.

Wer bleibt übrig?

Leo ziehe ich nicht ernsthaft in Betracht. Sie etwa? Würde ein Sohn wirklich die eigene Mutter umbringen, die er vergötterte, nur weil sie ihn nicht die Schauspielschule besuchen lassen wollte? Allerdings muss man fairerweise hinzufügen, dass Menschen schon aus weniger triftigen Gründen zu Mördern wurden. Sollte sich herausstellen, dass Leo die Tat begangen hat, wäre es eine angemessen schockierende Überraschung – ein dramatisches Ende für unsere Erzählung.

Ein versierterer Ermittler jedoch würde sich wahrscheinlich für Nikos entscheiden, den zwielichtigen, exzentrischen Außenseiter, der zunehmend von Lana besessen war.

Oder ist Nikos ein zu offensichtlicher Verdächtiger? Eine inselgriechische Version von »Der Gärtner war es«?

Aber wer bleibt dann noch übrig?

Es gibt nur noch eine weitere mögliche Auflösung – einen Trick, den Christie mitunter angewandt hat: ein Außenstehender, jemand, dessen Name nicht auf der Liste der sechs Verdächtigen steht. Jemand, der trotz des schlechten Wetters illegal auf die Insel gelangt ist, bewaffnet mit einem Gewehr und der Entschlossenheit, zu töten. Jemand aus Lanas Vergangenheit?

War das möglich? Ja. Wahrscheinlich? Nein.

Lassen Sie uns diese Idee dennoch nicht gänzlich verwerfen – nicht bevor Inspektor Mavropoulos zu einem Schluss gekommen ist; nicht bevor er uns bittet, uns zur Aufklärung des Mordfalls zusammenzufinden.

Der Inspektor versammelt uns im Wohnzimmer des Haupthauses – oder in der Ruine, wenn er dem Ganzen einen besonders theatralischen Anstrich verleihen möchte. Sechs Stühle, in einer Reihe nebeneinander, vor den Säulen.

Wir sitzen da, die Augen auf Mavropoulos geheftet, der auf und ab schreitet und uns durch seine Ermittlungen führt, mitsamt allen Drehungen und Wendungen, die seine Gedanken dabei nahmen. Schließlich gelangte er zur großen Überraschung aller zu dem Schluss, dass es sich bei dem Mörder um …

Nun – weiter kann ich nicht gehen. Um wen es sich tatsächlich handelt, werde ich an dieser Stelle noch nicht preisgeben.

All das hätte passieren können, wäre diese Geschichte aus einer gefestigteren Hand als meiner eigenen geflossen, zum Beispiel aus Agatha Christies unbeirrbaren, durch nichts zu beeinflussenden Feder.

Doch meine Hand ist nicht gefestigt – sie ist schwach und äußerst unberechenbar, genau wie ich. Desorganisiert und sentimental. Man kann sich keine schlechteren Eigenschaften für einen Autor von Kriminalromanen vorstellen. Glücklicherweise bin ich lediglich ein Amateur, ich würde damit niemals meinen Lebensunterhalt verdienen.

Die Wahrheit ist, nichts hat sich so abgespielt, wie ich es gerade geschildert habe.

Es gab keinen Inspektor Mavropoulos, keine Ermittlungen, es gab nichts Geordnetes, Methodisches, Gesichertes. Als die Polizei endlich eintraf, war es längst Tag geworden, und die Identität des Mörders war bekannt. Als die Polizei endlich eintraf, herrschte Chaos.

War die Hölle los.

Aber was war passiert? Erlauben Sie, dass ich Ihnen nachschenke, dann erzähle ich es Ihnen.

Die Wahrheit ist, wie man so schön sagt, oftmals abenteuerlicher als die Fiktion.

AKT III

Es ist nicht unnatürlich, dass die besten Schriftsteller Lügner sind. Ein großer Teil ihrer Arbeit besteht darin, zu lügen oder zu erfinden, und sie lügen, wenn sie betrunken sind – sie belügen sich selbst, oder sie belügen Fremde.

Ernest Hemingway

1

An diesem Punkt, so nehme ich an, werden Sie sich fragen, worauf Sie sich da eigentlich einlassen, wenn Sie sich bereit erklären, meiner Geschichte zu lauschen – genau wie der arme Bastard, der die Geschichte des alten Seemanns über sich ergehen lassen muss.

Und ich fürchte, sie wird nur noch seltsamer.

Ich wünschte, ich wüsste, was Sie gerade über mich denken. Sind Sie in den Bann geschlagen, vielleicht sogar ein bisschen von mir verzaubert, so wie Lana früher? Oder halten Sie mich, so wie Kate es tut, für nervtötend, dramatisch, zügellos?

Das kommt der Wahrheit vermutlich am nächsten. Aber es gefällt uns, moralische Fragen möglichst einfach zu beantworten, nicht wahr? Gut/schlecht, unschuldig/schuldig. In der Fiktion funktioniert das prima, im echten Leben ist es nicht so eindeutig. Menschen sind komplexe Wesen, und in uns allen finden sich die verschiedenen Schattierungen von hell und dunkel.

Sollte dies so klingen, als versuchte ich, mich zu rechtfertigen, so versichere ich Ihnen, dass dies nicht der Fall ist. Ich bin mir durchaus darüber im Klaren, dass Sie meine Handlungen möglicherweise nicht gutheißen werden, wenn Sie den Rest der Geschichte erfahren. Das ist in Ordnung. Ich suche nicht Ihre Zustimmung.

Was ich suche – nein, was ich fordere –, ist Ihr *Verständnis.* Ansonsten wird meine Geschichte Ihr Herz nicht berühren. Sie wird ein Groschenroman bleiben, den Sie im Vorbeigehen am Flughafen kaufen, um ihn am Strand zu verschlingen, und den Sie wegwerfen und vergessen, sobald Sie wieder nach Hause kommen. Ich werde nicht zulassen, dass mein Leben derart trivialisiert wird. Auf gar keinen Fall.

Wenn Sie das Folgende verstehen sollen – wenn die unglaublichen Ereignisse, die ich Ihnen schildern werde, irgendeinen Sinn für Sie ergeben sollen –, dann muss ich Ihnen einige Dinge, meine eigene Person betreffend, erklären. Manches von dem, was ich empfand, konnte ich Ihnen nicht bei unserer ersten Begegnung darlegen. Warum nicht? Ich nehme an, weil ich wollte, dass Sie mich erst ein bisschen besser kennen. Weil ich hoffte, dass Sie dann einige meiner weniger ansprechenden Eigenschaften verzeihen würden.

Doch nun ist es übermächtig geworden – dieses Verlangen, mein Herz auszuschütten. Ich könnte nicht mehr aufhören, selbst wenn ich es wollte. Wie der alte Seemann muss ich mir die Last von der Seele reden.

Ich muss Sie warnen, denn das, was nun folgt, ist mitunter schwer zu ertragen. Und es ist ganz gewiss schwer, darüber zu schreiben. Wenn Sie dachten, der Mord an Lana wäre der Höhepunkt dieser schmutzigen Geschichte, haben Sie sich leider getäuscht.

Das eigentlich Schreckliche steht uns noch bevor.

Wieder einmal muss ich die Zeit zurückdrehen. Diesmal nicht bis zur Soho Street in London, sondern noch sehr viel weiter.

Ich werde Ihnen von mir und Lana erzählen – von unserer Freundschaft, so seltsam und außergewöhnlich sie war. Doch das ist bloß die Spitze des Eisbergs, um ehrlich zu sein. Meine Beziehung zu Lana Farrar begann, schon lange bevor wir uns begegneten.

Sie begann, als ich ein anderer war.

2

Es ist seltsam – wann immer der Schriftsteller Christopher Isherwood über sein jüngeres Selbst schrieb, tat er dies in der dritten Person.

Er schrieb stets über »ihn«, einen Jungen namens »Christopher«.

Warum? Ich denke, weil es ihm ermöglichte, Empathie für sich selbst zu entwickeln. Es ist sehr viel einfacher, Empathie für andere Menschen aufzubringen als für sich selbst. Wenn man ein verängstigtes Kind auf der Straße sieht – von den lieblosen Eltern schikaniert, beschämt, respektlos behandelt –, verspürt man auf der Stelle Mitleid mit ihm.

Wenn wir dagegen an uns selbst als Kind zurückdenken, fällt uns dies oftmals schwer. Wir können nicht klar sehen – unsere Wahrnehmung ist getrübt von dem Bedürfnis zu gehorchen, zu rechtfertigen und zu verzeihen. Mitunter bedarf es eines unparteiischen Außenstehenden, eines erfahrenen Therapeuten, der uns hilft, die Wahrheit zu erkennen: dass wir uns als Kinder allein und voller Furcht an einem beängstigenden Ort befanden, wo niemand Notiz von unserem Schmerz nahm.

Damals war es nicht möglich, uns dies einzugestehen. Es war zu erschreckend, und daher fegten wir es unter einen riesigen Teppich, in der Hoffnung, es würde irgendwann von allein verschwinden. Doch das tat es nicht. Es blieb dort, beständig – wie atomarer Müll.

Finden Sie nicht, dass es höchste Zeit wird, den Teppich anzuheben und einen Blick darunter zu werfen? Allerdings werde ich der Sicherheit halber Christopher Isherwoods Technik übernehmen.

Was folgt, ist die Geschichte des Kindes – nicht meine.

Die frühen Jahre des Kindes waren keine glücklichen.

Ein Kind zu haben, war für seine Eltern zweifellos eine Unannehmlichkeit. Ein fehlgeschlagenes Experiment, das sie besser nicht wiederholten. Sie versorgten das Kind mit Nahrung und Unterkunft, gaben ihm sonst jedoch kaum etwas – abgesehen von gelegentlichen Unterweisungen in Sachen Trunkenheit und Brutalität.

Zu Hause war es übel. In der Schule war es noch schlimmer. Das Kind war nicht beliebt. Es war weder sportlich noch cool, noch clever. Es war schüchtern und verschlossen und einsam. Die einzigen Klassenkameraden, die halbwegs regelmäßig mit ihm sprachen, waren die Raufbolde, eine Bande von vier miesen Jungs aus seiner Klasse, die es insgeheim »die Neandertaler« nannte.

Die Neandertaler warteten jeden Morgen vor dem Schultor auf das Kind und leerten seine Taschen, nahmen ihm das Geld fürs Mittagessen ab, schubsten es, stellten ihm ein Bein und spielten ihm andere böse Streiche. Sie liebten es, Fußbälle gegen seinen Kopf zu schießen – in der Hoffnung, ihn zu Fall zu bringen –, während sie ihm Beleidigungen wie *Spinner* oder *Freak* oder Schlimmeres entgegenschleuderten.

Und wenn das Kind mit dem Gesicht nach unten im Dreck lag, hörte es in seinem Rücken immer einen Chor von Gelächter. Hohes, schrilles Kindergelächter. Höhnisch, bösartig.

Ich habe mal irgendwo gelesen, dass Lachen ursprünglich böse ist, denn es erfordert ein Objekt der Lächerlichkeit, eine Zielscheibe, einen Narren. Ein Rüpel ist niemals die Zielscheibe seines eigenen Gespötts, nicht wahr?

Der Anführer der Neandertaler, ein Junge namens Paul, war ein echter Witzbold. Er war beliebt auf diese ganz spezielle Art und Weise, auf die gehässige Kinder beliebt sind. Er war der Klassenkasper, der immer ganz hinten saß und sich über Lehrkräfte und Mitschüler gleichermaßen lustig machte.

Ein frühreifes Verständnis psychologischer Kriegsführung unter Beweis stellend, beschloss Paul, dass es keinem seiner Klassenkameraden erlaubt war, auch nur ein Wort mit dem Kind zu wechseln. Es galt als Aussätziger – zu widerwärtig, zu abstoßend, zu übel riechend und viel zu seltsam, als dass man mit ihm reden, geschweige denn es berühren sollte. Es war wichtig, dass man ihm um jeden Preis aus dem Weg ging.

Von da an stürmten die Mädchen begeistert von dannen, aufgeregt kichernd und kreischend, wenn das Kind sich ihnen auf dem Spielplatz näherte. Die Jungs schnitten Grimassen und machten Würgegeräusche, wenn sie auf der Treppe an ihm vorbeikamen. Grausame Nachrichten, in denen man ihm Schlechtes wünschte, wurden ihm auf sein Pult gelegt. Und immer hörte es hinter seinem Rücken dieses hohe, schrille, spöttische Gelächter.

Gelegentlich wurde es von seinem Elend erlöst.

Als das Kind zwölf Jahre alt war, trat es zum ersten Mal in einem Theaterstück auf. Eine Schulaufführung des glorreichen amerikanischen Dauerbrenners *Our Town* von Thornton Wilder. Vermutlich eine merkwürdige Wahl für eine Gesamtschule außerhalb Londons, doch die Schauspiellehrerin des Kindes, Cassandra, kam ursprünglich aus den USA. Wahrscheinlich hatte sie Heimweh, als sie beschloss, diese Liebeserklärung an die amerikanische Kleinstadt in Basildon, Essex, auf die Bühne zu bringen.

Das Kind mochte Cassandra. Sie hatte ein freundliches

Pferdegesicht und trug eine Bernsteinkette mit vom Harz eingeschlossenen prähistorischen Fliegen um den Hals. Und sie bescherte ihm einige Momente, die dem, was es sich unter Glück vorstellte, am nächsten kamen.

Sie besetzte es (vermutlich ohne Ironie) als Simon Stimson, einen zynischen, alkoholsüchtigen Chorleiter, der sich am Ende erhängt. Es war eine Rolle, die es in vollen Zügen genoss. Existenzangst, Sarkasmus, Verzweiflung – es hatte keine Ahnung, was sein Text in literarischer Hinsicht bedeutete, doch glauben Sie mir, das Wesentliche verstand es.

Bei der Premiere des Stücks erhielt das Kind zum ersten Mal in seinem Leben Applaus. So etwas hatte es bis dahin nicht gekannt. Es fühlte sich an wie eine Woge der Zuneigung, der Liebe, die die Bühne flutete und sich auch über das Kind ergoss. Es schloss die Augen und saugte das Gefühl in sich auf.

Doch dann öffnete es die Augen – und sah Paul und die anderen Neandertaler, die in der letzten Reihe saßen, lachten, Grimassen schnitten und obszöne Gesten machten. Ihre rachedurstigen Gesichter sagten ihm, dass es einen Preis für diesen kurzen Augenblick des Glücks bezahlen würde.

Es musste nicht lange warten. Gleich am folgenden Morgen, zur Pause, wurde es in die Jungentoilette geschleift. Man sagte dem Kind, dass es bestraft werden würde – wegen Angeberei. Weil es sich für etwas Besonderes hielt.

Einer der Neandertaler stand neben der Tür Wache und sorgte dafür, dass sie nicht gestört wurden. Die anderen zwei schubsten das Kind zu Boden, auf die Knie, und hielten es dort fest, vor dem stinkenden Urinal.

Paul zauberte einen großen Milchkarton hervor, den er offenbar in seinem Spind aufbewahrt hatte.

»Der ist schon seit Wochen da drin und wartet nur auf eine passende Gelegenheit«, sagte er. »Die Milch ist bestimmt so richtig schön sauer.«

Er öffnete den Karton an einer Ecke und schnupperte vorsichtig daran – dann zog er ein angewidertes Gesicht, als müsste er sich übergeben. Die anderen Jungs kicherten erwartungsvoll.

»Mach dich bereit«, sagte Paul.

Er riss den Karton ganz auf und wollte ihn gerade eben ausschütten, über den Kopf des Kindes, als ihm plötzlich eine bessere Idee kam.

Er streckte den Karton dem Kind entgegen. »Mach du es.«

Das Kind schüttelte den Kopf und gab sich alle Mühe, nicht zu weinen.

»Nein. Bitte … bitte nicht …«

»Das ist deine Strafe. Tu es!«

»Nein …«

»*Tu es!*«

Ich wünschte, ich könnte sagen, das Kind hätte sich gewehrt, doch das tat es nicht. Es nahm den Karton, der ihm in die Hände gedrückt wurde.

Und dann, langsam, beinahe feierlich, schüttete sich das Kind den Inhalt unter Pauls Aufsicht über den Kopf. Saure Milch, weiß-grüner, matschiger, faulig riechender Schleim lief ihm über das Gesicht, bedeckte seine Augen, füllte seinen Mund. Es würgte.

Es konnte die Jungs lachen und kreischen hören. Ihr zwerchfellerschütterndes Gelächter war beinahe so grausam wie die Strafe an sich.

Nichts kann schlimmer sein als das, dachte es. Die Schande, die Demütigung, der brodelnde Zorn in ihm – nichts konnte so schrecklich sein.

Natürlich täuschte es sich. Es würde noch sehr viel tiefer fallen.

Während ich dies schreibe, verspüre ich einen gewaltigen Zorn. Ich bin außer mir – seinetwegen. Und obwohl es zu spät ist, und obwohl nur ich es bin, bin ich froh, dass wenigstens einer Mitleid mit dem Kind hat. Sonst hatte es nämlich keiner. Am allerwenigsten das Kind selbst.

Sehen Sie: Heraklit hatte recht – *Charakter ist Schicksal.* Andere Kinder, die auf eine gelungenere Kindheit zurückblicken konnten und dazu erzogen wurden, Respekt zu bekunden und für sich selbst einzustehen, hätten sich vermutlich gewehrt oder zumindest die Obrigkeiten informiert. Das Kind dagegen hatte, wenn es Prügel einstecken musste, leider jedes Mal das Gefühl, es verdient zu haben.

Nach diesem Vorfall begann es, die Schule zu schwänzen. Es hing allein in der Stadt herum, im Einkaufszentrum; manchmal schlich es sich auch ins Kino.

Und dort, im Dunkeln, begegnete es zum ersten Mal Lana Farrar.

Lana war nur ein paar Jahre älter, beinahe selbst noch ein Kind. Es war einer von Lanas ersten Filmen, die das Kind sah, *Starstruck,* ein Flop, eine alles andere als komische romantische Komödie über ein Filmsternchen, das sich in einen Paparazzo verliebt, gespielt von einem Darsteller, der alt genug war, um ihr Vater sein zu können.

Das Kind war sich der vielen sexistischen Witze und der an den Haaren herbeigezogenen »komischen« Situationen nicht bewusst. *Sie* war alles, was es sah. Ihre Augen, ihr Gesicht, projiziert auf eine zehn Meter hohe Leinwand – das schönste Gesicht, das er jemals gesehen hatte. Jeder Kameramann, der mit ihr zusammenarbeitete, stellte fest, dass es bei Lana keine schlechten Blickwinkel gab. Ihr Gesicht war perfekt, das Gesicht einer griechischen Göttin.

Vom ersten Moment an verzauberte sie das Kind – ein Zauber, von dem es sich nie erholte.

Es ging immer wieder ins Kino. Nur um sie zu betrachten, sie anzustarren. Es sah sich jeden ihrer Filme an, und sie drehte in ihren Anfangszeiten wahrlich einen nach dem anderen. Die unterschiedliche Qualität interessierte es nicht. Das Kind schaute sie alle, wieder und wieder.

Das Kind war ganz unten, kurz vor dem Verzweifeln, als es Lana auf der Leinwand traf. Und sie schenkte ihm Schönheit. Sie schenkte ihm Freude. Das war vielleicht nicht viel, doch es genügte, um dem Kind Kraft zu geben, es am Leben zu erhalten.

Es saß dort, in der Mitte des Kinos, in der fünfzehnten Reihe, und betrachtete Lana in der Dunkelheit.

Niemand konnte es sehen, doch auf seinem Gesicht lag ein Lächeln.

3

Nichts ist für die Ewigkeit. Nicht einmal eine unglückliche Kindheit.

Die Jahre vergingen, und das Kind wurde älter.

Eine Flut von Hormonen sorgte dafür, dass man dies an allen möglichen Stellen deutlich bemerkte. Die Notwendigkeit, sich zu rasieren, quälte es monatelang. Verzweifelt betrachtete es seinen immer länger werdenden Bart im Spiegel und war sich vage bewusst, dass es sich um eine Art uralten Intitiationsritus handelte, die Kunst des Rasierens zu erlernen – ein verbindender Moment zwischen Vater und Sohn, die Einführung des Jungen in die Männlichkeit. Die Vorstellung, diesen Ritus mit seinem Vater zu vollziehen, rief in ihm körperliche Übelkeit hervor.

Das Kind beschloss, der Peinlichkeit zu entgehen, indem es in den Laden an der Ecke schlich und Rasierklingen und Rasierschaum kaufte, die es in seiner Nachttischschublade versteckte, als wären es Pornohefte.

Eine Frage allerdings gestattete es sich, eine Frage, die es für unverfänglich genug hielt.

»Wie schaffst du es, dich nicht zu schneiden?«, fragte es seinen Vater beiläufig. »Wenn du dich rasierst, meine ich – woher weißt du, dass die Klinge nicht zu scharf ist?«

Sein Vater warf ihm einen verächtlichen Blick zu. »Man schneidet sich nur mit einer stumpfen Klinge, du Idiot, nicht mit einer scharfen.«

Damit war das Gespräch beendet. Und so schmuggelte das Kind den Schaum und die Klingen ins Badezimmer und brachte sich durch Ausprobieren und blutige Fehler bei, ein Mann zu sein.

Kurz darauf zog es von zu Hause aus. Es lief fort, nur wenige Tage nach seinem siebzehnten Geburtstag.

Es ging nach London, wie Dick Whittington, auf der Suche nach Glück und Ruhm.

Das Kind wollte Schauspieler werden. Es war fest davon überzeugt, dass es nur bei einem der offenen Castings vorsprechen musste, die auf den Rückseiten der Wochenschrift *The Stage* angekündigt wurden, und schon würde es entdeckt und in die Welt der Stars katapultiert werden. So funktionierte es natürlich nicht.

In Rückblick ist leicht zu erkennen, warum. Selbst wenn man die Tatsache außer Acht ließ, dass es kein besonders guter Schauspieler war - zu gehemmt und zu unnatürlich -, sah das Kind auch nicht gut genug aus, um aus der Menge herauszustechen. Es war schmuddelig, und mit jedem Tag, der verstrich, wirkte es ungepflegter.

Nicht, dass ihm das zu jener Zeit bewusst gewesen wäre. Denn wäre es ihm bewusst gewesen, hätte es seinen Stolz hinuntergeschluckt und wäre mit eingezogenem Schwanz nach Hause zurückgekehrt, wodurch es sich jede Menge Kummer erspart hätte. So jedoch redete sich das Kind ein, der Erfolg wäre zum Greifen nahe. Es müsste nur noch eine Weile durchhalten, mehr nicht.

Leider ging ihm bald das wenige Geld aus, das es hatte. Es war jetzt mittellos, und es flog aus der Jugendherberge in King's Cross, wo es sich eingemietet hatte.

Und dann wurde es übel, und zwar sehr schnell.

Man sollte es nicht meinen, jetzt, da die Gegend gesäubert und gentrifiziert ist – alles glänzender Stahl und unverputzter Backstein. Damals jedoch war King's Cross ein raues Pflaster. Ein finsterer Ort, voller Gefahren, eine Dickens'sche

Unterwelt, bevölkert von Drogendealern, Prostituierten und obdachlosen Kindern.

Wenn ich mir das Kind jetzt dort vorstelle – allein –, läuft mir ein Schauder über den Rücken, so unfassbar schlecht war es fürs Überleben gerüstet. Es war bettelarm und schlief auf Parkbänken, bis sich sein Schicksal während eines heftigen Gewitterregens wendete.

Das Kind kletterte über die Friedhofsmauer, die den Euston Cemetery umgab, um dort Zuflucht zu suchen. An einer Seite der Kirche entdeckte es einen unterirdischen Bunker, einen in die Erde gegrabenen Raum, ausgekleidet mit Beton, groß genug, dass zwei oder drei Leute bequem darin liegen konnten. Nun, so bequem man sich in einer leeren Krypta einrichten konnte, denn genau darum handelte es sich. Doch der Raum bot ihm ein gewisses Maß an Schutz.

Was für das Kind einem kleinen Wunder gleichkam.

Zu dem Zeitpunkt war es ziemlich aus der Bahn geworfen, es war hungrig, verängstigt, paranoid – und zunehmend von der Welt abgeschnitten. Es fühlte sich schmutzig, ahnte, dass es stank – was es mit Sicherheit tat –, und es kam anderen Menschen lieber nicht zu nahe.

Doch es war verzweifelt, und daher tat es Dinge für Geld, die es …

Nein, ich bringe es nicht über mich, diese Dinge niederzuschreiben.

Es tut mir leid, ich möchte nicht feige sein. Ich bin mir sicher, auch bei Ihnen gibt es manches, was Sie mir lieber nicht erzählen möchten. Wir alle haben ein, zwei Leichen im Keller. Dies soll meine Leiche sein.

Als das Kind es zum ersten Mal tat, fühlte es sich völlig von sich selbst entfremdet, blendete es aus, als würde das jemand anderem widerfahren.

Beim zweiten Mal war es sehr viel schlimmer, also schloss

das Kind die Augen und dachte an die Verrückte, die auf den Kirchenstufen lebte und den Passanten zurief, sie sollten sich in Jesu Arme werfen. Es stellte sich vor, wie es sich in die Arme von Jesus warf und erlöst wurde. Aber irgendwie schien die Erlösung in weiter Ferne zu liegen.

Anschließend saß das Kind die ganze Nacht bis zum Anbruch der Morgendämmerung am Bahnhof Euston, überfordert, voller Angst, einen Becher Kaffee in der Hand. Es versuchte, nicht zu denken, nicht zu fühlen.

Bis zur morgendlichen Rushhour blieb es sitzen – ein deprimiertes Waisenkind, ignoriert vom Meer der Pendler. Es zählte die Minuten, bis die Pubs öffneten und es sich einen Drink besorgen konnte.

Endlich sperrte die schmutzige Kaschemme auf der anderen Straßenseite die Tür auf und bot den Verlorenen und Entmutigten Zuflucht.

Das Kind ging hinein und setzte sich an die Bar. Es bezahlte den Wodka in bar – es war das erste Mal, dass es Wodka probierte. Es kippte den Schnaps in einem Zug hinunter und zuckte zusammen, als er in der Kehle brannte.

In dem Moment hörte es eine heisere Stimme am Ende der Bar fragen: »Was macht ein hübsches Ding wie du in einem Dreckloch wie diesem?«

Im Rückblick war dies das erste und letzte Kompliment, das sie ihm je machte.

Das Kind blickte auf, und dort saß Barbara West. Eine faltige ältere Frau mit rot gefärbtem Haar und zu dick aufgetragener Wimperntusche. Sie hatte die dunkelsten, durchdringendsten Augen, die es jemals gesehen hatte: stechend, brillant, Furcht einflößend.

Barbara lachte, ein unverwechselbares, kehliges Gackern. Sie lachte schnell und – so fand es bald heraus – meistens über ihre eigenen Witze. Das Kind würde ihr Lachen bald hassen. Doch an jenem Tag war es ihm gleichgültig. Es zuckte mit den Achseln und tippte gegen sein leeres Glas, um ihre Frage zu beantworten.

»Wonach sieht's denn aus?«

Barbara verstand den Wink und nickte dem Barmann zu. »Gib ihm noch einen, Mike. Mir übrigens auch, wenn du schon dabei bist. Doppelte.«

Barbara war an jenem Morgen ins Pub gegangen, gleich nachdem sie bei Waterstone, dem Buchladen nebenan, Bücher signiert hatte, weil sie Alkoholikerin war. Charakter ist Schicksal, und hätte Barbara nicht morgens um elf einen Gin Tonic gebraucht, wären sie und das Kind einander niemals begegnet. Die beiden stammten aus völlig verschiedenen Welten, doch am Ende waren sie füreinander bestimmt – nur um sich gegenseitig Schaden zuzufügen.

Sie bestellten weitere Drinks. Barbara ließ das Kind die ganze Zeit über nicht aus den Augen, musterte es von Kopf bis Fuß. Ihr gefiel, was sie sah. Nach einem weiteren Drink für die Fahrt rief sie ein Taxi. Das Kind nahm sie mit.

Erst war es nur für eine Nacht gedacht, doch eine Nacht führte zur nächsten, dann zu einer weiteren – bis das Kind nicht mehr ging.

Ja, Barbara West benutzte es, nutzte dieses verzweifelte Kind in der Stunde der Not aus. Sie war ein Raubtier, auch wenn das, anders als ihr Alkoholismus, nicht auf den ersten Blick zu erkennen war. Sie war eines der düstersten menschlichen Wesen, denen ich je begegnet war. Ich möchte mir gar nicht ausmalen, was sie mit ihrem Leben angestellt hätte, hätte sie nicht ein Händchen für das Schreiben von Romanen gehabt.

Doch wir dürfen das Kind nicht unterschätzen. Es verstand voll und ganz, worauf es sich da einließ. Es wusste, was sie wollte, und das Kind war glücklich, es ihr geben zu können. Wenn überhaupt, hatte es das bessere Geschäft gemacht. Als Gegenleistung für seine Dienste erhielt es nicht nur ein Dach über dem Kopf, sondern auch Bildung, die es genauso dringend benötigte.

In Barbara Wests Haus in Holland Park hatte es Zugang zu einer Privatbibliothek. Einer Welt voller Bücher. »Darf ich eins davon lesen?«, fragte es und betrachtete ehrfürchtig die Regale.

Barbara schien überrascht von seiner Frage zu sein. Vielleicht bezweifelte sie, dass es lesen konnte. »Such dir eins aus«, entgegnete sie achselzuckend.

Das Kind zog wahllos ein Buch aus einem der Regale. *Harte Zeiten* von Charles Dickens.

»Ach, igitt, Dickens«, sagte Barbara und schnitt eine Grimasse. »Viel zu gefühlsduselig. Aber irgendwomit musst du ja anfangen.«

Das Kind fand Dickens alles andere als gefühlsduselig. Das Kind fand ihn wunderbar unterhaltsam. Und lustig und tiefgründig. Und so las es als Nächstes *David Copperfield,* und sein Vergnügen wurde noch größer, genau wie sein Appetit. Nicht nur auf Dickens, sondern auf alles, was es in Barbara Wests Bibliothek finden konnte – das Kind verschlang sämtliche großartigen Autoren, die ihm in die Hände fielen.

Jeder Tag, den es in dem Haus in Holland Park verbrachte, trug zu seiner Bildung bei, die es nicht nur aus ihren Büchern, sondern von Barbara selbst bezog und von dem Kreis, in dem sie sich bewegte, von dem literarischen Salon, den sie in ihrem Wohnzimmer abhielt.

Die Zeit verging, das Kind lernte immer mehr von ihrem Leben kennen, und es sperrte Augen und Ohren auf. Versuchte, so viel wie möglich von den Gesprächen ihrer Gäste aufzuschnappen, sich zu merken, was all diese kultivierten

Leute sagten und wie sie es sagten. Es prägte sich Sätze und Meinungen und Gesten ein, die es vor dem Spiegel übte, wenn es allein war. Es versuchte, sie anzuprobieren, hineinzupassen – wie in unbequeme Kleidung, in die man sich unbedingt quetschen wollte.

Vergessen Sie nicht, dass das Kind ein hochstrebender Schauspieler war. Ehrlicherweise war dies seine einzige Rolle, die es über die Jahre hinweg unermüdlich und akribisch probte, bis es sie perfekt beherrschte.

Und dann blickte es eines Tages in den Spiegel – doch von dem Kind war keine Spur mehr zu sehen.

Eine andere Person starrte ihm entgegen.

Aber wer war dieser neue Mensch? Als Erstes musste es ihm einen Namen geben. Es stahl einen aus einem der Dramen in Barbaras Regal: *Die Hochzeitsreise* von Noël Coward.

Barbara fand das natürlich urkomisch. Doch anstatt es zu verspotten, machte sie mit. Sie ziehe diesen neuen Namen vor, sagte sie, da er weniger scheußlich wäre als sein richtiger. Unter uns: Ich denke, die Idee sprach einfach ihren Sinn fürs Perverse an.

An jenem Abend wurde der neue Mensch bei einer Flasche Champagner »Elliot Chase« getauft.

Ich war geboren.

Und dann – was für ein perfektes Timing! – erschien Lana.

4

In meinem trunkenen Leben habe ich viele Dinge vergessen. Unzählige Namen und Gesichter, Orte, an denen ich gewesen bin, ganze Städte wurden von der Leere in meinem Kopf verschluckt, doch etwas werde ich bis an mein Lebensende nicht vergessen, etwas, was sich für immer in mein Gehirn eingebrannt und tief in mein Herz gegraben hat – den Moment, in dem ich Lana Farrar zum ersten Mal begegnete.

Barbara West und ich waren ins Theater gegangen, um Kate zu sehen. *Hedda Gabler* in einer Neuinszenierung im National Theatre. Es war der Abend der Premiere, und obwohl die Inszenierung meiner bescheidenen Meinung nach ein riesengroßer Mist war, wurde sie mit großem Beifall aufgenommen und als Triumph gefeiert.

Anschließend fand eine Premierenfeier statt. Widerwillig stimmte Barbara zu, daran teilzunehmen. Sie können mir glauben, jeglicher Widerwille war lediglich vorgetäuscht, denn wenn es kostenlos Alkohol und kostenlos Essen gab, war Barbara stets die Erste in der Reihe. Vor allem bei einer Party mit lauter Theaterfatzken, die Schlange standen, um ihr zu versichern, wie viel ihnen ihre Schreiberei bedeutete, und ihr generell in den Arsch zu kriechen. Wie Sie sich sicher vorstellen können, liebte sie das.

Wie auch immer – ich stand neben ihr, zu Tode gelangweilt, ein Gähnen unterdrückend, und ließ den Blick über den zusammengewürfelten Haufen von Schauspielern und Möchtegern-Schauspielern, Produzenten, Journalisten und anderen schweifen.

Und dann bemerkte ich auf der gegenüberliegenden Seite des Raums eine große Gruppe von Leuten – Bewunderer, Mitläufer –, die jemanden umringten. Eine Frau. Ich verrenkte mir den Hals, um erkennen zu können, wer sie war, doch sie wurde von den um sie herumwuselnden Leibern verdeckt. Endlich trat jemand zur Seite, sodass eine Lücke entstand – und ich einen flüchtigen Blick auf ihr Gesicht werfen konnte.

Ich traute meinen Augen nicht. War sie es wirklich? Das konnte doch nicht sein …

Ich kniff die Augen zusammen, um besser sehen zu können, aber das war nicht nötig. Sie war es. Definitiv.

Aufgeregt drehte ich mich um und stieß Barbara an. Sie war damit beschäftigt, einem unglücklich dreinblickenden Bühnenautor einen Vortrag darüber zu halten, warum er kommerziell nicht erfolgreicher war.

»Barbara?«

Barbara, die nicht unterbrochen werden wollte, winkte ab. »Ich rede, Elliot.«

»Da drüben. Sieh doch mal – Lana Farrar.«

Sie gab einen Grunzlaut von sich. »Und?«

»Du kennst sie, oder?«

»Wir sind uns ein-, zweimal begegnet.«

»Stell mich ihr vor!«

»Ganz bestimmt nicht.«

»Nun mach schon. Bitte!« Ich sah sie hoffnungsvoll an.

Barbara lächelte. Nichts befriedigte sie mehr, als eine von Herzen kommende Bitte abzuschlagen. »Lieber nicht, Entchen.«

»Warum nicht?«

»Ich muss dir keinen Grund nennen. Geh und besorg mir noch was zu trinken.«

»Hol dir deinen verschissenen Drink selbst.«

In einem seltenen Akt der Rebellion ließ ich sie stehen. Ich wusste, dass sie wütend sein und mich später dafür büßen lassen würde, aber das war mir egal.

Ich durchquerte den Raum, hielt direkt auf Lana zu.

Die Zeit schien langsamer zu werden, als ich mich ihr näherte. Ich hatte das Gefühl, die Realität zu verlassen und in einen höheren Zustand einzutreten. Vermutlich bahnte ich mir mit den Ellbogen einen Weg durch die Menge – ich weiß es nicht mehr. Ich nahm niemand anderen mehr wahr, nur sie.

Und dann fand ich mich dort wieder, im inneren Kreis, direkt an ihrer Seite. Ich starrte sie an, fasziniert, während sie höflich einem Mann zuhörte, der ihr irgendetwas erzählte. Dennoch entging ihr nicht, dass ich dort stand, denn sie schaute mich an.

»Ich liebe dich«, stieß ich hervor.

Das waren die ersten Worte, die ich zu Lana Farrar sagte.

Die Leute um sie herum waren fassungslos. Dann brachen sie in Gelächter aus.

Zum Glück lachte Lana ebenfalls.

»Ich liebe dich auch«, sagte sie.

Und so fing es an. Wir redeten den ganzen Abend über – was hieß, dass ich sämtliche Unterbrechungen von Möchtegern-Konkurrenten erfolgreich abwehrte. Ich brachte sie zum Lachen, machte mich über die Inszenierung lustig, die wir gerade über uns hatten ergehen lassen müssen, und ich ließ die Bemerkung fallen, dass Kate eine gemeinsame Freundin war, eine Enthüllung, nach der sich Lana in meiner Gesellschaft sichtlich entspannte.

Trotzdem musste ich mich anstrengen. Musste Lana überzeugen, dass ich kein Spinner, besessener Fan oder potenzieller Stalker war. Musste ihr beweisen, dass ich mit ihr auf Augenhöhe war – wenn schon nicht Ruhm oder Vermögen betreffend, so doch zumindest auf intellektueller Ebene. Ich wollte sie unbedingt beeindrucken. Ich wollte unbedingt, dass sie mich mochte.

Warum? Um ehrlich zu sein, kannte ich mich wohl selbst nicht. Unbewusst – unterbewusst – wollte ich sie offenbar festhalten. Selbst damals, so scheint es, konnte ich es nicht ertragen, sie loszulassen.

Lana war zunächst vorsichtig, aber aufgeschlossen für die Konversation mit mir. Nun, selbst im besten Falle bin ich nicht sonderlich schlagfertig, ich kann etwas Witziges erwidern, aber nur, wenn man mir drei Tage Zeit gibt, etwas auszuarbeiten. In jener Nacht jedoch standen die Sterne wie durch ein Wunder zu meinen Gunsten. Ausnahmsweise einmal wurde ich nicht von meiner eigenen Schüchternheit überwältigt.

Im Gegenteil – ich war selbstbewusst, brillant, angeheitert von genau der richtigen Menge Wein, und ich ertappte mich dabei, dass ich intelligent, unterhaltsam und sogar witzig über eine Vielzahl von Themen plauderte.

Ich dozierte über das Theater, über Stücke, die momentan gespielt wurden, und über das anstehende Programm, außerdem empfahl ich Lana einige weniger bekannte Inszenierungen, die ich für sehenswert hielt. Anschließend schwärmte ich von Ausstellungen und Galerien, von denen sie noch nie etwas gehört hatte. Mit anderen Worten: Ich lieferte die absolut überzeugende Darbietung der Person, die ich stets hatte sein wollen – ein selbstbewusster, kultivierter, scharfsinniger Stadtmensch. Das war der Mann, den ich in Lanas Augen gespiegelt sah. In ihren Augen glänzte ich in jener Nacht.

Irgendwann gab Barbara West klein bei und gesellte sich zu uns. Sie begrüßte Lana, lächelnd, als wäre sie eine alte Freundin. Lana behandelte Barbara ausgesprochen höflich, doch ich spürte, dass sie sie nicht mochte, was für Lana sprach.

Als Barbara uns allein ließ, um die Toilette aufzusuchen, ergriff Lana die Gelegenheit, sich nach unserer Beziehung zu erkundigen.

»Seid ihr ein Paar?«, fragte sie.

Ich muss gestehen, dass ich leicht ausweichend reagierte. Ich antwortete, ich sei Barbaras »Partner«, und beließ es dabei.

Mir war klar, warum Lana fragte. Als wir uns kennenlernten, war sie Single – Jason würde die Bühne erst noch betreten. Ich nahm an, sie wollte sich Gewissheit verschaffen, dass sie bei mir »sicher« war; wollte herausfinden, ob ich zu jemand anderem gehörte, wodurch es unwahrscheinlich wurde, dass ich mich auf sie stürzte oder sonst etwas Unerwartetes tat. Ich nehme an, dass sie so etwas häufig erlebte.

Am Ende des Abends kamen wir überein, uns am Sonntag erneut zu treffen, zu einem langen Spaziergang am Fluss. Als Barbara nicht hinsah, fragte ich Lana nach ihrer Telefonnummer.

Die sie mir zu meiner unermesslichen Freude tatsächlich gab.

Nachdem Barbara und ich die Party verlassen hatten, konnte ich nicht aufhören zu grinsen. Ich hatte das Gefühl, auf Wolken zu schweben.

Barbara dagegen war übel gelaunt. »Was für eine miserable Inszenierung«, sagte sie. »Ich geb dem Ganzen drei Wochen, dann ist Schluss mit dem Elend.«

»Ach, ich weiß nicht.« Ich betrachtete ein Plakat, das Kate als Hedda Gabler zeigte, eine Pistole in der Hand, und lächelte. »Ich habe mich recht gut amüsiert.«

Barbara warf mir einen giftigen Blick zu. »Ja, ich weiß. Ich habe es *gesehen.*«

Weiter äußerte sie sich nicht – fürs Erste. Barbara wartete lange, bis sie mich für mein aufsässiges Benehmen an jenem Abend büßen ließ. Doch sie ließ mich büßen, Sie werden schon sehen.

Sie ließ mich teuer bezahlen.

5

Es fällt mir schwer, über meine Freundschaft mit Lana zu schreiben.

Es gibt einfach zu viel zu erzählen. Wie kann ich in einer Reihe wohlgewählter Begebenheiten den langsamen, komplizierten Prozess beschreiben, der das Band von Vertrauen und Zuneigung zwischen uns stärkte?

Vielleicht sollte ich einen einzelnen Moment aus unseren gemeinsamen Jahren herauspicken, so wie man eine einzelne Karte bei einem Zaubertrick zieht, um das bloße Gefühl dessen heraufzubeschwören. Warum nicht?

Ich wähle unseren ersten gemeinsamen Spaziergang, an einem Sonntagnachmittag Ende Mai. Er erklärt alles – was später passierte, meine ich. Und er erklärt, wie zwei Menschen, die sich in jeder Hinsicht so nahestanden, einander so vollkommen missverstehen konnten.

Wir trafen uns in South Bank zu einem Spaziergang an der Themse. Ich tauchte mit einer roten Rose auf, die ich an einem Stand vor dem U-Bahnhof gekauft hatte.

Ich überreichte Lana die Rose, doch an ihrem Gesichtsausdruck erkannte ich sofort, dass dies ein Fehler war.

»Ich hoffe, das bedeutet nicht, dass wir uns auf dem falschen Fuß begegnen«, sagte sie.

»Auf welchem denn?«, fragte ich und stellte mich absichtlich dumm. »Auf dem rechten oder dem linken?«

Lana lächelte und beließ es dabei. Doch damit war das Thema nicht beendet.

Wir schlenderten eine Weile am Wasser entlang, dann

setzten wir uns vor einem Pub auf eine Bank mit Blick auf den Fluss und bestellten jeder ein Glas Wein.

Eine Weile schwiegen wir. Lana spielte mit der Rose in ihren Fingern, dann fing sie endlich ein Gespräch an.

»Weiß Barbara, dass du hier bist?«, erkundigte sie sich.

»Barbara?« Ich schüttelte den Kopf. »Ich versichere dir, sie interessiert sich kaum für mein Kommen und Gehen. Warum?«

Lana zuckte die Achseln. »Ich bin bloß neugierig.«

»Hast du befürchtet, sie würde mitkommen?« Ich lachte. »Denkst du etwa, Barbara versteckt sich hinter den Büschen dort drüben und spioniert uns nach? Mit Fernglas und Pistole? Ich würde es ihr zutrauen.«

Lana lachte. Ihr Lachen, das mir aus ihren Filmen so vertraut war, brachte mich zum Grinsen.

»Keine Sorge«, sagte ich. »Du hast mich ganz für dich allein.«

Das war plump. Wenn ich daran denke, zucke ich vor lauter Verlegenheit immer noch zusammen.

Lana lächelte, doch sie erwiderte nichts. Sie spielte weiter mit der Rose, dann hielt sie sie in die Höhe und legte den Kopf schief, um die Rose und mich gleichzeitig zu betrachten.

»Und die hier? Was hat die Rose zu bedeuten?«

»Nichts. Es ist nur eine Blume.«

»Weiß Barbara, dass du mir eine Rose gekauft hast?«

Ich lachte. »Natürlich nicht. Sie bedeutet nichts. Wie ich schon sagte: Es ist nur eine Blume. Es tut mir leid, dass dir das unangenehm ist.«

Sie wandte den Blick ab. »Das ist es nicht. Ist auch egal. Sollen wir gehen?«

Wir tranken unseren Wein aus und verließen das Pub.

Nachdem wir ein Stück weiter an der Themse entlanggeschlendert waren, schaute Lana mich an und sagte sehr leise: »Ich kann dir nicht geben, was du möchtest. Ich kann dir nicht geben, wonach du suchst.«

Ich lächelte, obwohl ich nervös war. »Wonach suche ich denn? Nach Freundschaft, meinst du? Ich suche nach gar nichts.«

Lana lächelte ebenfalls, wenngleich nur halb. »Doch, du suchst, Elliot. Du suchst nach Liebe. Das sieht jeder.«

Ich spürte, wie sich meine Wangen röteten. Verlegen blickte ich zur Seite.

Lana führte das Gespräch taktvoll weiter. Wir näherten uns dem Ende unseres Spaziergangs.

Und das war's – Lana hatte mir auf die einfühlsamste Art und Weise bestimmt und höflich zu verstehen gegeben, dass ich nicht als potenzieller Geliebter infrage kam. Sie hatte mich in die Freundschaftszone verwiesen.

Zumindest dachte ich das. Im Rückblick bin ich mir da nicht ganz so sicher. Meine Interpretation jenes Moments war stark von meiner Vergangenheit gefärbt und der verzerrten Sicht, mit der ich die Welt betrachtete. Damals war ich absolut überzeugt von meiner Nichtbegehrenswürdigkeit – wenn es das Wort überhaupt gibt. Aber genauso fühlte ich mich, seit ich ein Kind war: nicht begehrenswürdig, hässlich, unattraktiv. Unerwünscht.

Doch was, wenn ich nur für eine einzige Sekunde mein emotionales, ichbesessenes Gepäck abgestellt hätte, das ich unbedingt mit mir herumtragen wollte?

Was, wenn ich Lana wirklich zugehört hätte? Nun, dann wäre mir vielleicht aufgegangen, dass ihre Worte nur sehr wenig mit mir, aber sehr viel mit ihr zu tun hatten.

Im Rückblick verstehe ich, was Lana sagte: Sie sagte, dass sie traurig war, sich verloren fühlte, einsam – sonst hätte sie wohl kaum mit mir, einem Menschen, der ihr relativ fremd war, an einem Sonntagnachmittag auf einer Bank gesessen.

Als sie mir vorwarf, Liebe zu suchen, meinte sie in Wirklichkeit, dass ich gerettet werden wollte. *Ich kann dich nicht retten, Elliot,* sagte Lana. *Nicht, solange ich mich selbst retten muss.*

Wäre mir das damals bewusst geworden – wäre ich nicht so blind, so furchtsam gewesen, hätte ich mehr Mut gehabt, nun, dann hätte ich in jenem Moment ganz anders gehandelt.

Und dann hätte diese Geschichte womöglich ein glücklicheres Ende genommen.

6

Von da an begleitete ich Lana auf ihren Spaziergängen. Wir streiften stundenlang durch London und verbrachten viele glückliche Nachmittage damit, Brücken zu überqueren, an Kanälen entlangzuschlendern oder Parks zu erkunden. Wir entdeckten alte, kurios anmutende Pubs – an versteckten Orten in der City und manchmal sogar darunter.

Ich denke oft an diese Spaziergänge, an all die Dinge, über die wir geredet haben – und an die Dinge, die unerwähnt blieben. An all die Dinge, die wir übergingen, ignorierten, abtaten. Die Dinge, die ich nicht bemerkte.

Wie ich zuvor schon sagte: Lana sah stets das Beste in einem, was dazu führte, dass man die Herausforderung annahm und versuchte, diesem Bild zu entsprechen und die bestmögliche Version von sich selbst zu verkörpern. Nun, auf sie traf dies zumindest zu. Lana versuchte, der Mensch zu sein, den ich mir wünschte – das kann ich jetzt erkennen. Wir machten einander gegenseitig etwas vor. Es stimmt mich so traurig, dies zu schreiben. Manchmal blicke ich zurück und frage mich, ob zwischen uns jemals mehr war als das: ein Schauspiel.

Aber nein, das ist nicht fair. Auf ihre eigene Weise war Lana genauso ein Flüchtling wie ich – oder, weniger poetisch, genauso abgefuckt. Wir liefen beide vor unserer Vergangenheit davon. Doch hat uns nicht gerade das zusammengeführt? Uns verbunden? Die Tatsache, dass wir uns beide verloren fühlten?

Damals erkannte ich nichts davon. Meine Allwissenheit ist komplett retrospektiv. Jetzt sitze ich hier, weiß, was ich weiß, und blicke zurück in die Vergangenheit in dem Versuch, herauszufinden, wann das Ende seinen Anfang nahm, versuche all die versteckten Hinweise und Zeichen zusammenzusetzen, die mir damals entgingen – als ich jung und verliebt und geblendet war von der Welt der Stars.

Die Wahrheit ist: Ich wollte die traurige, verletzte Frau an meiner Seite nicht sehen. Den versehrten, verängstigten Menschen. Vielmehr war ich an ihrer Darbietung interessiert, an der Maske, die sie trug. Ich verengte die Augen, wenn ich Lana betrachtete, damit ich die Risse nicht sah.

Manchmal fragte ich Lana bei unseren Spaziergängen nach ihren alten Filmen. Sie tat sie ab, all diese Filme, die ich liebte und so oft gesehen hatte. Ihre Reaktion erfolgte stets so unmittelbar, dass sie meine Gefühle verletzte.

»Du hast damit viele Menschen glücklich gemacht«, sagte ich daher. »Mich eingeschlossen. Du solltest stolz darauf sein.«

Lana zuckte mit den Schultern. »Ich weiß nicht …«

»Aber ich. Ich war ein Fan.«

Weiter ging ich nicht. Ich wollte nicht, dass sie sich unwohl fühlte. Ich wollte nicht das Maß meiner – meiner was? – enthüllen. Drücken wir ein Auge zu und nennen wir es nicht »Besessenheit«. Nennen wir es »Liebe« – denn genau das war es.

Und so freundeten wir uns an. Aber waren wir wirklich jemals Freunde?

Ich bin mir da nicht so sicher. Selbst ein Mann wie ich, und an dieser Stelle ringe ich um harmlose Adjektive – harmlos, unmännlich, schüchtern –, ist nicht immun gegen Schönheit. Gegen Begierde. War da nicht damals schon eine uneingestandene Spannung zwischen uns? Ein subtiles, hauchzartes Kribbeln, ein sexuelles Säuseln, leise nur, doch es war da, hing wie ein Spinnennetz zwischen uns in der Luft.

Je näher Lana und ich einander kamen, desto weniger Zeit verbrachten wir draußen. Den Großteil unserer gemeinsamen Zeit blieben wir bei ihr zu Hause, in dem großen, sechsgeschossigen herrschaftlichen Haus in Mayfair.

Gott, wie sehr ich das Haus vermisse! Allein der Geruch – der Duft, der einem entgegenschlug, wenn man über die Schwelle trat. Ich blieb stets in dem riesigen Entree stehen, schloss die Augen – atmete den Duft ein, saugte ihn ein. Gerüche haben eine ausgesprochen evokative Wirkung, nicht wahr? Ganz ähnlich ist es beim Geschmack: Geruchs- und Geschmackssinn sind Zeitmaschinen, die einen an irgendeine Stelle in der Vergangenheit katapultieren – ein Vorgang, der außerhalb Ihrer Kontrolle liegt und sogar gegen Ihren Willen stattfindet.

Wenn ich heutzutage den Geruch von poliertem Holz oder kaltem Stein einatme, bin ich sofort wieder dort, in jenem Haus in Mayfair mit seinem Duft nach kühlem venezianischem Marmor, dunkler, glänzender Eiche, Lilien, Flieder und Sandelholz, und verspüre eine Woge tiefer Zufriedenheit, ein warmes Glühen im Herzen. Wenn ich diesen Duft in Flaschen abfüllen und verkaufen könnte, würde ich ein verdammtes Vermögen machen.

Ich wurde dort zu einer festen Größe, gehörte sozusagen zum Inventar. Ich fühlte mich als Teil der Familie. Es war ein ungewohntes, aber wundervolles Gefühl. Die Klänge, die Leo seiner Akustikgitarre entlockte, wenn er in seinem Zimmer übte; die verlockenden Düfte, die aus der Küche wehten, wo Agathi köstliche Mahlzeiten zauberte; und – im Wohnzimmer – Lana und ich, redend, Karten oder Backgammon spielend.

Wie banal, höre ich Sie sagen. *Wie trivial.* Vielleicht, ich bestreite es nicht. Häuslichkeit ist ein typisch britisches

Merkmal. Das Zuhause eines Engländers ist seine Burg – äußern Sie bloß nie das Gegenteil.

Alles, was ich wollte, war die Sicherheit in diesen vier Wänden, mit Lana – und einer hochgezogenen Zugbrücke.

Ich hatte mich nach Liebe gesehnt, was immer das bedeutete, mein ganzes Leben lang. Ich sehnte mich nach einem anderen Menschen, der mich wahrnahm, mich akzeptierte, sich um mich sorgte. Als junger Mann war ich allerdings derart von dieser *Kunstfigur,* die ich sein wollte, diesem falschen Selbst, in Anspruch genommen, dass ich nicht in der Lage war, eine Beziehung mit einem anderen Menschen einzugehen. Dafür ließ ich einfach niemanden nahe genug an mich heran. Ich spielte immer, und jede Art von Zuneigung, die man mir entgegenbrachte, fühlte sich merkwürdig unbefriedigend an. Sie galt meiner Darbietung, nicht mir.

Das sind die Hürden, die versehrte Menschen überwinden, in der verzweifelten Hoffnung, auf der anderen Seite Liebe zu finden – doch wenn man sie uns gibt, können wir sie nicht empfinden. Das liegt daran, dass wir keine Liebe brauchen, die einer künstlichen Schöpfung gilt, einer *Maske.* Was wir dagegen brauchen, wonach wir uns verzweifelt sehnen, ist die Liebe zu dem Einzigen, was wir niemals jemandem zeigen würden: dem hässlichen, verängstigten Kind in unserem Innern.

Doch mit Lana war das anders. Ich zeigte ihr das Kind.

Zumindest ließ ich sie einen flüchtigen Blick darauf werfen.

7

Meine Therapeutin pflegte mitunter den berühmten Satz aus *Der Zauberer von Oz* zu zitieren.

Sie kennen die Stelle. Es ist die, wo die Vogelscheuche, in dem finsteren, angsteinflößend verwunschenen Wald sagt: *»Natürlich weiß ich es nicht mit Bestimmtheit – aber ich denke, es wird dunkler, bevor es heller wird.«*

Selbstverständlich meinte Mariana dies metaphorisch in Bezug auf den Therapieverlauf an sich. Und sie hatte recht: Die Dinge werden in der Tat zunächst düsterer, bevor sie heller werden: vor der therapeutischen Morgendämmerung.

Lustigerweise – nur als Randbemerkung – vertrete ich liebend gern die Theorie, dass im echten Leben jeder Mensch einer der Figuren aus *Der Zauberer von Oz* entspricht. Da ist Dorothy Gale, ein verloren gegangenes Mädchen, das nach einem Ort sucht, an den es gehört; da ist die unsichere, neurotische Vogelscheuche, auf der Suche nach intellektueller Bestätigung; und da ist der tyrannische Löwe, der in Wirklichkeit ein Feigling ist und mehr Angst hat als alle anderen. Und natürlich der Blechmann ohne Herz.

Jahrelang dachte ich, ich wäre der Blechmann. Ich war überzeugt, dass mir etwas Wichtiges in meinem Innern fehlte: ein Herz oder die Fähigkeit zu lieben. Die Liebe war irgendwo da draußen, unerreichbar für mich, in der Dunkelheit. Ich verbrachte mein ganzes Leben damit, danach zu suchen – bis ich Lana begegnete. Sie zeigte mir, dass ich bereits ein Herz besaß. Ich wusste nur nicht, wie ich es benutzen sollte.

Andererseits, wenn ich nicht der Blechmann war … wer war ich dann?

Zu meiner Bestürzung wurde mir klar, dass ich der Zauberer von Oz höchstpersönlich sein musste. Ich war eine *Illusion,* ein Zaubertrick, ausgeführt von einem verängstigten Mann, verborgen hinter einem Vorhang.

Wer bist du?, frage ich mich. Stellen Sie sich selbst ehrlich diese Frage – die Antwort könnte Sie überraschen. Doch werden Sie ehrlich sein?

Ich denke, das ist die eigentliche Frage.

Ein verängstigtes Kind versteckt sich in Ihrer Seele, noch immer ungeschützt, noch immer ungehört und ungeliebt.

Der Abend, an dem ich Mariana diese Worte aussprechen hörte, veränderte mein Leben für immer.

Jahrelang hatte ich so getan, als hätte es meine Kindheit nie gegeben. Ich hatte sie aus meiner Erinnerung verbannt – zumindest hatte ich das angenommen – und das Kind aus dem Blick verloren. Bis zu jenem nebeligen Januarabend in London, als Mariana es für mich wiederfand.

Nach der Therapiesitzung machte ich einen langen Spaziergang. Es war bitterkalt. Der Himmel war weiß, die Wolken schwer. Es sah aus, als würde es bald schneien. Ich legte den ganzen Weg von Primrose Hill zu Lanas Haus in Mayfair zu Fuß zurück. Ich musste nervöse Energie verbrennen. Ich musste nachdenken – über mich und das Kind, das in meinem Kopf gefangen war.

Ich stellte es mir vor, klein und voller Furcht, zitternd; schwach, unterentwickelt, unterernährt, angekettet im Kerker meiner Seele. Im Gehen kehrten alle möglichen Erinnerungen zu mir zurück. All die Ungerechtigkeiten, die Grausamkeiten, die ich vorsätzlich vergessen hatte, all die Dinge, die das Kind ertragen hatte.

Noch an Ort und Stelle gab ich dem Kind ein Versprechen. Einen Schwur, ein Gelöbnis – nennen Sie es, wie Sie wollen. Von jetzt an würde ich ihm zuhören, würde mich um sein Wohlergehen kümmern. Es war nicht hässlich oder dumm oder wertlos. Auch nicht ungeliebt. Es wurde *geliebt,* Herrgott noch mal – und zwar von mir. Ich liebte es.

Von jetzt an würde ich ihm der Elternteil sein, den es brauchte – zu spät, ich weiß, aber besser spät als nie. Und diesmal würde ich es mit Sorgfalt großziehen.

Während ich weiter dahinschritt, schaute ich nach unten, und da war er: Der kleine Junge ging neben mir her. Er kämpfte darum, mit mir mitzuhalten, also verlangsamte ich meine Schritte.

Ich streckte den Arm aus und nahm seine Hand.

»Es ist okay«, flüsterte ich. »Alles ist jetzt gut. Ich bin hier. Du bist in Sicherheit, das verspreche ich dir.«

Bibbernd vor Kälte traf ich bei Lana ein, gerade als es anfing zu schneien. Außer ihr war niemand zu Hause. Wir setzten uns an den Kamin, tranken Whisky und beobachteten die Schneeflocken vor den Fenstern. Ich erzählte ihr von meiner – ich weiß nicht, wie das richtige Wort dafür lautet – *Erleuchtung.* Sollen wir es so nennen?

Es dauerte eine Weile, ihr alles zu erklären. Während wir sprachen, kämpfte ich mit der Furcht, ich könnte mich ihr nicht verständlich machen. Doch ich hätte mir keine Sorgen machen müssen. Draußen fiel der Schnee, und Lana hörte zu, und es war das erste Mal, dass ich sie weinen sah.

Wir weinten beide an jenem Abend. Ich erzählte ihr all meine Geheimnisse – fast alle –, und Lana erzählte mir ihre. All die dunklen Geheimnisse, für die wir uns so sehr schämten, all die grauenvollen Dinge, von denen wir glaubten, sie müssten verborgen bleiben, kamen an jenem Abend zur Sprache, ohne Scham, ohne dass wir uns ein Urteil darüber bildeten, ohne Verlegenheit. Alles, was zählte, waren Offenheit und die Wahrheit.

Es fühlte sich an, als wäre dies das erste *echte* Gespräch, das ich je mit einem anderen Menschen geführt hatte. Ich weiß nicht, wie ich es beschreiben soll, aber zum ersten Mal fühlte ich mich lebendig. Ich schauspielerte nicht, verstehen Sie? Ich täuschte nichts vor, tat nicht so, als ob, ich lebte nicht nur *beinahe* – ich *lebte* einfach.

Dies war gleichzeitig das erste Mal, dass ich die andere Lana zu Gesicht bekam, wenn auch nur flüchtig. Die geheime Person, die sie vor der Welt versteckte und die ich nicht hatte finden wollen. Jetzt entdeckte ich sie, in all ihrer Verletzlichkeit, als ich die Wahrheit über ihre Kindheit erfuhr: über das traurige, einsame Mädchen und die furchtbaren Dinge, die ihm zugestoßen waren. Ich erfuhr die Wahrheit über Otto und die schreckenerregenden Jahre ihrer Ehe. Anscheinend war er nur einer in einer langen Reihe von Männern gewesen, die sie schlecht behandelt hatten.

Ich schwor mir, dass ich anders sein würde. Ich wäre eine Ausnahme. Ich würde Lana beschützen, sie ehren, sie lieben. Ich würde sie niemals betrügen. Ich würde sie niemals im Stich lassen.

Ich streckte den Arm aus, über die Couch, und drückte ihre Hand.

»Ich liebe dich«, sagte ich.

»Ich liebe dich auch.«

Unsere Worte hingen in der Luft wie Rauch.

Ich beugte mich vor, noch immer ihre Hand haltend, blickte ihr in die Augen und näherte mich ihr langsam, so langsam, Zentimeter für Zentimeter … bis unsere Gesichter beieinander waren.

Meine Lippen lagen auf ihren.

Und ich küsste sie, sanft.

Es war der süßeste Kuss meines Lebens. So unschuldig, so zärtlich – so voller Liebe.

Während der nächsten Tage verbrachte ich viel Zeit damit, über diesen Kuss nachzudenken und darüber, was er wohl bedeutete. Er schien eine letzte Bestätigung der seit Langem bestehenden Spannung zwischen uns zu sein – die Erfüllung eines uralten, unausgesprochenen Versprechens.

Der Kuss war, wie Mr Valentine Levy es ausgedrückt hätte, das Erreichen eines von mir lang gehegten Ziels. Und worin bestand dieses Ziel?

Geliebt zu werden – was sonst? Und endlich fühlte ich mich geliebt.

Lana und ich waren füreinander bestimmt. Das war mir jetzt klar. Es war tiefer als alles, was ich mir je vorgestellt hatte.

Es war mein Schicksal.

8

Ich werde Ihnen etwas erzählen, was ich noch nie jemandem erzählt habe.

Ich hatte vor, Lara zu fragen, ob sie mich heiraten will.

Ich verstand jetzt, dass wir im Grunde die ganze Zeit auf diesen Punkt zutrieben und langsam, aber sicher auf romantisches Terrain gerieten. Vielleicht loderten zwischen uns keine großen Flammen der Leidenschaft, die übrigens genauso schnell erlöschen, wie sie aufflackern. Stattdessen schwelte dort eine stetige Glut wahrer, tiefer Zuneigung und gegenseitigen Respekts. Das ist es, was Bestand hat. Das ist Liebe.

Lana und ich verbrachten mittlerweile fast jede Sekunde des Tages zusammen. Der nächste Schritt, so schien es mir – die folgerichtige nächste Stufe –, war, aus Barbara Wests Haus auszuziehen und bei Lana einzuziehen. Damit wir heiraten und glücklich bis ans Ende unserer Tage sein konnten.

Was ist falsch daran? Wenn Sie ein Elternteil sind, wünschen Sie sich doch sicher das Gleiche für Ihr Kind – dass es in einer Welt voller Schönheit, Wohlstand und Sicherheit lebt. Dass es glücklich ist, sich sicher fühlt und geliebt. Warum ist es falsch, dass dies genau das ist, was ich mir für mich selbst wünsche? Ich wäre ein guter Ehemann gewesen.

Apropos Ehemann – ich habe jede Menge Fotos von Otto gesehen. Glauben Sie mir, er war auch nicht gerade ein Hingucker.

Ja, ich stehe zu meinem Anspruch. Trotz der Diskrepanz,

unser Aussehen und unsere Konten betreffend, gaben Lana und ich ein tolles Paar ab. Vielleicht nicht so sexy und glamourös wie Jason und sie. Weniger selbstbewusst, doch dafür zufriedener.

Wie zwei Kinder, glücklich und froh.

Ich beschloss, ihr einen formvollendeten Antrag zu machen, wie in einem altmodischen Film. Ich hatte das Gefühl, es wäre eine romantische Erklärung angebracht: ein Geständnis meiner Gefühle, die Geschichte einer Freundschaft, die sich in Liebe verwandelte – etwas in der Art. Ich studierte eine kleine Rede ein, die in einen Heiratsantrag mündete.

Ich hatte sogar einen Ring gekauft, zugegebenermaßen ein billiges Ding, einen schlichten Silberreif. Es war das Beste, was ich mir leisten konnte. Ich hatte vor, ihn eines Tages, wenn meine Zeit gekommen war, durch etwas Wertvolleres zu ersetzen. Doch auch wenn es nur ein Requisit war, ein Symbol meiner Zuneigung, war dieser Ring doch genauso aussagekräftig und bedeutungsvoll wie jede Insel, die Otto ihr hätte kaufen können.

Eines Freitagsabends, ich trug den Verlobungsring in meiner Tasche, verließ ich das Haus, um mich mit Lana bei einer Galerieeröffnung in South Bank zu treffen.

Ich hatte vor, sie aufs Dach hinaufzulocken und ihr meinen Antrag mit Blick auf die Themse unter dem Sternenhimmel zu machen. Was könnte angesichts unserer vielen Spaziergänge am Fluss eine passendere Kulisse sein?

Doch als ich in der Galerie eintraf, war Lana nicht da. Dafür entdeckte ich Kate, die an der Bar Hof hielt.

»Hallo«, sagte sie und warf mir einen seltsamen Blick zu. »Ich wusste nicht, dass du kommst. Wo ist Lana?«

»Ich wollte dir gerade dieselbe Frage stellen.«

»Sie kommt zu spät, wie immer.« Kate deutete auf den hochgewachsenen Mann neben ihr. »Darf ich dir meinen neuen Begleiter vorstellen? Sieht er nicht teuflisch gut aus? Jason, das ist Elliot.«

In diesem Moment kam Lana durch die Tür der Galerie, gesellte sich zu uns und wurde Jason vorgestellt. Und dann – nun, den Rest kennen Sie.

An jenem Abend verhielt sich Lana völlig anders als sonst. Sie war hin und weg von Jason, flirtete schamlos mit ihm. Warf sich ihm an den Hals. Und sie war sehr komisch zu mir, so kalt und abweisend. Sie wies alle meine Versuche zurück, mit ihr zu reden – als würde ich nicht existieren.

Ich verließ die Galerie, fühlte mich niedergeschlagen und verwirrt. Der kalte, harte Ring steckte in meiner Tasche, und ich drehte ihn zwischen den Fingern, immer wieder und wieder, gab dem vertrauten Gefühl der Verzweiflung nach, der Unvermeidbarkeit.

Ich konnte das Kind in meinem Kopf schluchzen hören. *Natürlich,* weinte es, *natürlich will sie dich nicht. Sie schämt sich für dich. Du bist nicht gut genug für sie, kannst du das denn nicht sehen? Sie bereut es, dich geküsst zu haben. Also hat sie dich heute Abend in deine Schranken gewiesen.*

Verständlich, dachte ich. Vielleicht stimmte es. Vielleicht hatte ich bei Lana nie wirklich eine Chance gehabt. Anders als Jason, war ich kein erfahrener Verführer. Außer von alten Frauen.

Meine Gefängniswärterin wartete auf mich, als ich nach Hause kam. Sie hatte den ganzen Abend über geschrieben und entspannte sich jetzt bei einem großen Glas Scotch im Wohnzimmer.

»Na, wie war's?«, fragte Barbara und schenkte sich nach.

»Was gibt es Neues in Sachen Klatsch und Tratsch? Du musst mir alles berichten.«

»Kein Klatsch und Tratsch. Es war ausgesprochen langweilig.«

»Ach, komm schon. Irgendetwas muss doch passiert sein. Ich habe den ganzen Tag hart gearbeitet, um unser tägliches Brot zu verdienen, da kannst du mich doch wenigstens ein bisschen ablenken, bevor ich zu Bett gehe.«

Ich war nicht in der Stimmung, sie zu unterhalten, und blieb einsilbig. Barbara spürte, dass ich unglücklich war. Und wie ein echtes Raubtier konnte sie nicht widerstehen, ihre Beute zu töten.

»Was ist los, mein Lieber?«, fragte sie und musterte mich durchdringend.

»Nichts.«

»Du bist sehr still. Stimmt etwas nicht?«

»Alles okay.«

»Bist du dir sicher? Erzähl – worum geht es?«

»Das würdest du nicht verstehen.«

»Oh, ich wette, dass ich darauf komme ...« Plötzlich lachte Barbara laut auf, voller Freude wie ein schelmisches Kind, das sich über einen bösen Streich freut.

Unerklärlicherweise wurde ich nervös.

»Was ist so lustig?«

»Ach, bloß ein Insider-Witz. Du würdest ihn nicht verstehen.«

Ich wusste, dass ich besser nicht darauf reagierte. Sie versuchte, mich zu provozieren, aber es gab keinen Grund, mich auf einen Streit mit Barbara einzulassen. Ich habe aus bitterer Erfahrung gelernt, dass man niemals einen Streit mit einer Narzisstin gewinnt. So funktioniert es nun mal nicht. Man kann nur siegen, indem man sich zurückzieht.

»Ich gehe ins Bett.«

»Warte.« Sie leerte ihr Glas. »Hilf mir die Treppe hinauf.«

Barbara war damals auf einen Gehstock angewiesen, was ihr das Treppensteigen erschwerte. Sie hing an meinem Arm und hielt sich mit der freien Hand am Geländer fest. Langsam stiegen wir die Stufen hinauf.

»Ich habe heute übrigens deine Busenfreundin Lana getroffen«, sagte Barbara. »Wir haben zusammen Tee getrunken – und eine nette kleine Unterhaltung geführt.«

»Ach?« Das ergab keinen Sinn. Die beiden waren nicht befreundet. »Wo wart ihr denn?«

»Natürlich bei Lana zu Hause. Beeindruckend, oder? Ich hatte keine Ahnung, dass du derart ambitioniert bist, Entchen. Du solltest dir deine Ziele nicht zu hoch stecken. Denk dran, was Ikarus passiert ist.«

»Ikarus?« Ich lachte. »Wovon redest du? Wie viele Whiskys hast du getrunken?«

Barbara grinste, wobei sie ihre Zähne entblößte. »Oh, du tust gut daran, dir Sorgen zu machen. Würde ich an deiner Stelle auch tun. Ich musste dem Einhalt gebieten, das verstehst du doch sicher.«

Wir erreichten den oberen Treppenabsatz. Ich hielt Barbara den Gehstock hin, und sie ließ meinen Arm los. Ich versuchte, amüsiert zu klingen.

»Wie meinst du das – wem musstest du Einhalt gebieten?«

»Dir, Entchen«, antwortete Barbara. »Dir. Ich musste das arme Mädchen ins Bild setzen. Sie verdient dich nicht. Das tun nur wenige.«

Ich starrte sie an. In mir stieg Furcht auf. »Barbara. Was hast du getan?«

Sie lachte, freute sich über meine Not. Während sie sprach, stieß sie ihren Gehstock auf die Bodendielen, im

Takt mit ihren Worten. Ganz offensichtlich genoss sie jedes einzelne davon.

»Ich habe ihr alles über dich erzählt«, sagte sie. »Ich habe ihr deinen richtigen Namen genannt. Ich habe ihr gesagt, was du warst, als ich dich gefunden habe. Ich habe ihr gesagt, dass ich dich habe beobachten lassen – dass ich weiß, was ihr nachmittags so treibt, und den Rest. Ich habe ihr gesagt, dass du gefährlich bist, ein Lügner, ein Soziopath, und dass du hinter ihrem Geld her bist, genau wie hinter meinem. Ich habe ihr gesagt, dass ich dich dabei ertappt habe, wie du meine Medikamente vertauschst, nicht einmal, sondern zweimal – erst vor Kurzem. ›Sollte mir in nächster Zeit etwas zustoßen, dürfen Sie nicht überrascht sein, Lana‹, habe ich zu ihr gesagt.«

Barbarba trommelte lachend mit dem Gehstock auf den Boden, dann fuhr sie fort: »Das arme Mädchen war *entsetzt.* Und weißt du, was sie gesagt hat? ›Wenn all das wahr ist‹, schluchzte sie, ›wie können Sie es *ertragen,* mit ihm im selben Haus zu leben?‹«

»Was hast du erwidert?«, fragte ich mit leiser, ausdrucksloser Stimme. Ich fühlte mich merkwürdig erschöpft.

Barbara richtete sich auf und antwortete würdevoll: »Ich habe Lana daran erinnert, dass ich Schriftstellerin bin. ›Ich behalte ihn bei mir‹, sagte ich, ›nicht aus Mitleid oder Zuneigung, sondern schlicht zu Studienzwecken – als Objekt abstoßender Faszination. Aus ganz ähnlichen Gründen also, wie sich jemand ein Reptil in einem Terrarium hält.‹«

Sie lachte und klopfte dabei abermals mehrfach mit dem Stock auf den Boden, als würde sie sich wegen ihrer humorvollen, geistreichen Bemerkung selbst applaudieren.

Ich sagte nichts.

Aber glauben Sie mir, ich hasste Barbara in diesem Moment. Ich hasste sie so sehr.

Ich hätte sie umbringen können.

Es wäre so einfach, dachte ich, gegen ihren Gehstock zu treten und sie aus dem Gleichgewicht zu bringen.

Ein leichter Schubs, und sie würde rücklings die Treppe hinunterstürzen – ihr Körper würde über die Stufen holpern, bis nach ganz unten … Bis sie sich mit einem lauten Knack auf dem Marmorboden das Genick brach.

9

Ich verzeihe Ihnen, sollten Sie gedacht haben, Lana hätte nie mehr mit mir geredet, nach alldem, was Barbara West ihr über mich erzählt hatte. Freundschaften sind schon an weniger gescheitert.

Zum Glück war Lana anders gestrickt. Ich stelle mir vor, wie sie auf Barbaras Rufmord reagierte – diesen grausamen Versuch, mich in ihren Augen zu diskreditieren und unsere Freundschaft zu zerstören.

»Barbara«, sagte Lana, »der Großteil von dem, was du mir über Elliot erzählt hast, ist nicht wahr. Den Rest kannte ich bereits. Er ist mein Freund, und ich liebe ihn. Und jetzt raus aus meinem Haus.«

So male ich mir die Szene gern aus. Die Wahrheit jedoch lautete, dass die Beziehung zwischen Lana und mir nach dem Gespräch der beiden Frauen definitiv abkühlte.

Die Tatsache, dass wir nie darüber redeten – nicht ein einziges Mal –, machte es noch schlimmer. Ich konnte mich also nur auf Barbaras Worte verlassen, dass dieses Gespräch überhaupt stattgefunden hatte. Können Sie sich das vorstellen? Lana hat es nie erwähnt. Ich habe oft überlegt, ob ich darauf zu sprechen kommen sollte, sie zwingen sollte, sich damit auseinanderzusetzen. Doch das tat ich nie, wenngleich ich es hasste, dass es jetzt Geheimnisse zwischen uns gab, Themen, die wir mieden – wir, die wir so vieles miteinander geteilt hatten.

Zum Glück starb Barbara West kurze Zeit später. Zweifelsohne stieß das Universum bei ihrem Tod einen Seufzer der Erleichterung aus. Ich zumindest tat es. Beinahe sofort rief Lana mich an, und wir nahmen unsere Freundschaft wieder auf. Anscheinend hatte sie beschlossen, Barbaras giftige Worte zusammen mit der alten Hexe zu beerdigen.

Aber da war es für Lana und mich bereits zu spät.

Zu spät für »uns«.

Denn da hatten Jason und Lana ihre »stürmische Romanze«, wie die *Daily Mail* sie atemlos bezeichnete, bereits begonnen. Ein paar Monate später waren sie verheiratet.

Während ich in der Kirche saß und die Hochzeitszeremonie verfolgte, wurde mir deutlich bewusst, dass ich nicht der einzige Gast mit einem gebrochenen Herzen war.

Kate saß neben mir, den Tränen nahe und mehr als nur leicht betrunken. Ich war beeindruckt, dass sie ihre Gefühle so deutlich zeigte – mit der für sie typischen Art – und dennoch hocherhobenen Hauptes zur Hochzeit erschien, obwohl sie ihren Geliebten auf derart schmachvolle Weise an ihre beste Freundin verloren hatte.

Vielleicht hätte sie nicht kommen sollen. Vielleicht – und das Gleiche gilt übrigens für mich – hätte Kate sich an dieser Stelle um ihrer seelischen Gesundheit willen zurückziehen und von Lana und Jason distanzieren sollen. Aber das brachte sie nicht über sich.

Kate liebte die beiden zu sehr, als dass sie in der Lage gewesen wäre, sie aufzugeben. Das ist die Wahrheit.

Nachdem Lana Jason geheiratet hatte, versuchte Kate, ihre Gefühle für Jason zu begraben und die Vergangenheit hinter sich zu lassen.

Ob ihr das gelang, ist fraglich.

Ich kann jetzt genauso gut reinen Tisch machen: Ich wusste schon seit einiger Zeit von Kates und Jasons Affäre.

Dabei stieß ich rein zufällig darauf. Es war an einem Donnerstagnachmittag. Ich hatte einen Termin in Soho und war etwas zu früh dran, deshalb unternahm ich einen Abstecher ins Pub, um zuvor noch etwas zu trinken.

Ich bog in die Greek Street ein – und raten Sie mal, wen ich da sah? Wer aus dem Coach & Horses herauskam?

Kate trat auf die Straße und blickte verstohlen nach rechts und links.

Ich wollte gerade ihren Namen rufen, als Jason ihr folgte, genauso verstohlen.

Ich beobachtete die beiden von der anderen Straßenseite aus. Sie hätten mich gesehen, hätten sie aufgeblickt – aber sie blickten nicht auf. Sie trennten sich, wortlos, die Köpfe gesenkt, und eilten in entgegengesetzte Richtungen davon.

Hallo, dachte ich. *Was ist denn hier los?*

Was für ein seltsames Benehmen. Noch dazu äußerst informativ, denn es verriet mir etwas, was ich zuvor nicht gewusst hatte: Jason und Kate trafen sich unabhängig von Lana.

Wusste Lana davon? Ich nahm mir vor, Genaueres herauszufinden – und zu überlegen, wie ich es bestmöglich zu meinem Vorteil verwenden konnte.

Wie Sie sehen, hatte ich die Hoffnung noch nicht aufgegeben. Ich liebte Lana noch immer. Und ich glaubte immer noch, dass wir eines Tages heiraten würden. Daran bestand für mich kein Zweifel. Ja, sie war jetzt mit Jason verheiratet – was die Sache kniffliger machte –, doch mein Ziel, wie Mr Levy sagen würde, blieb dasselbe.

Als Lana und Jason sich das Jawort gaben, ging ich wie alle anderen davon aus, dass die Ehe nicht halten würde. Ich dachte, wenn sie erst einmal ein paar Monate mit einem Langweiler wie Jason verheiratet wäre, würde Lana zur Besinnung kommen. Würde begreifen, was für einen schrecklichen Fehler sie gemacht hatte – und dann würde sie mich sehen, der ich auf sie wartete. Verglichen mit Jason, würde ich ihr so charmant und kultiviert erscheinen wie Cary Grant in einem alten Film – gegen einen Flügel gelehnt, eine Zigarette in der Hand, in der anderen einen Martini, geistreich, bescheiden, warmherzig, liebenswert. Und genau wie Cary würde ich das Mädchen am Ende bekommen.

Doch zu meiner Verblüffung hielt die Ehe. Monat für Monat, Jahr für Jahr. Zweifelsohne war dies Lanas purer Liebenswürdigkeit zu verdanken. Es war eine Qual für mich. Jason hätte die Geduld einer Heiligen auf die Probe gestellt, aber Lana war ganz offensichtlich mehr als eine Heilige. Eine Märtyrerin, vielleicht?

Und genau aus diesem Grund war die überraschende Begegnung mit Kate und Jason in Soho für mich nicht weniger als eine göttliche Fügung.

Die ich mir zunutze machen musste.

Ich beschloss, dass es eine gute Idee wäre, Kate nachzuschnüffeln.

Was weit mehr nach einer Mantel-und-Degen-Komödie klingt, als es tatsächlich war. Man musste nicht George Smiley sein, um Kate Crosby auszuspionieren. Sie war keine unscheinbare Person, die man in der Menge verlor – wohingegen ich stets mit dem Hintergrund verschmolz.

Zu dieser Zeit trat Kate in einer erfolgreichen Neuinszenierung von Rattigans *The Deep Blue Sea* im Prince Edward Theatre in Soho auf. Ich musste mich also lediglich unauffällig auf der gegenüberliegenden Straßenseite vor dem Bühneneingang herumdrücken und darauf warten, dass das Stück zu Ende ging und Kate herauskam, um den Fans Autogramme zu geben.

Als sie damit fertig war und sich auf den Weg die Straße hinunter machte, setzte ich mich ebenfalls in Bewegung.

Ich musste ihr nicht lange folgen – nur vom Bühneneingang zum Eingang des nächstgelegenen Pubs. Kate bog um die Ecke und schlüpfte durch eine Seitentür – ja, Sie haben richtig vermutet – ins Coach & Horses. Ich spähte durch eins der schmalen Pub-Fenster und sah Jason an einem Tisch in der Ecke sitzen. Vor ihm standen zwei Drinks. Er wartete auf sie. Kate trat zu ihm und begrüßte ihn mit einem langen Kuss.

Ich war schockiert. Nicht so sehr darüber, dass die beiden ein Liebespaar waren – was ich, um ehrlich zu sein, als schmutzige Unvermeidbarkeit verbuchte –, sondern über ihren unfassbaren Mangel an Diskretion. Sie fielen an diesem Abend förmlich übereinander her und wurden immer betrunkener und liederlicher. Irgendwann waren sie so blind für ihr Umfeld, dass ich mich sicher genug fühlte, meinen Beobachtungsposten vor dem Fenster aufzugeben und das Pub zu betreten.

Ich setzte mich ans hintere Ende der Bar, bestellte einen Wodka Tonic und verfolgte von dort aus das Geschehen. Passenderweise saß eine alte Schachtel am Klavier und schmetterte voller Inbrunst »If Love Were All« von Noël Coward.

»I believe the more you love a man,
The more you give your trust
The more you're bound to lose.«

Je mehr man einen Menschen liebte, je mehr man ihm vertraute, desto mehr würde man zwangsläufig verlieren.

Als die beiden das Pub endlich verließen, machte auch ich mich wieder auf den Weg und folgte ihnen. Beobachtete, wie sie sich in einer Seitenstraße küssten.

Als ich genug gesehen hatte, sprang ich in ein Taxi und fuhr nach Hause.

10

Von da an hielt ich in meinem Notizbuch alles, was ich mitbekam, detailliert fest, sämtliche Zeiten, Orte ihrer heimlichen Stelldicheins. Ich schrieb alles nieder, da ich das Gefühl nicht loswurde, dass es mir irgendwann von Nutzen sein könnte.

Während ich die beiden ausspionierte, dachte ich häufig über die eigentliche Natur von Kates und Jasons Affäre nach. Was hatten sie davon (außer dem Offensichtlichen) – und warum waren sie so versessen darauf, einen Weg einzuschlagen, der unmittelbar in die Katastrophe führen würde?

Manchmal wendete ich Valentine Levys Begrifflichkeiten von Motivation, Intention und Zielsetzung auf ihre Affäre an, und wie immer war die Motivation der Schlüssel.

Vermutlich hatte Jasons Motiv, sich auf die Affäre einzulassen, etwas mit Langeweile, sexueller Anziehung und Egoismus zu tun, aber vielleicht ist das zu hart.

Wäre ich großzügiger, würde ich sagen, dass es für Jason einfacher war, mit Kate zu reden – Lana war wundervoll, selbstverständlich, aber ihre Angewohnheit, stets das Beste in einem zu sehen, zwang einen förmlich dazu, sich dieser Herausforderung zu stellen. Kate dagegen war sehr viel zynischer in ihrer Sichtweise auf die menschliche Natur, deshalb konnte man sich ihr leichter anvertrauen – auch wenn Jason sicher nicht ganz ehrlich zu ihr war.

Doch um die Wahrheit zu sagen: Ich glaube ohnehin, dass die Gründe für Jasons Untreue an anderer, sehr viel düsterer Stelle zu finden sind. Er hielt sich gern für einen mächtigen Mann, war aggressiv und liebte es, sich mit anderen zu messen – Herrgott noch mal, er konnte nicht einmal eine simple Partie Backgammon verlieren, ohne völlig auszuflippen!

Was also passiert, wenn ein Mann wie er eine Frau wie Lana heiratet? Eine Frau, die in jeder Hinsicht unendlich viel mächtiger ist als er? Würde er diese Frau nicht bestrafen wollen, sie brechen, *zerbrechen* – und das auch noch »Liebe« nennen? Seine Affäre mit Kate war ein *Racheakt.* Ein Akt des Hasses, nicht der Liebe.

Kates Motiv, die Affäre fortzusetzen, war ein ganz anderes. Es erinnert mich an etwas, was Barbara West zu sagen pflegte: Emotionaler Betrug sei sehr viel schlimmer als sexuelle Untreue. »Wenn du eine andere Frau fickst, ist das okay – sei's drum«, sagte sie. »Führst du sie aber zum Essen aus, hältst ihre Hand, erzählst ihr von deinen Hoffnungen und Träumen – dann hast du *mich* gefickt.«

Genau das jedoch wollte Kate von Jason – Gespräche bei gemeinsamen Abendessen, Händchenhalten, eine leidenschaftliche Romanze. Mit anderen Worten: eine Liebesbeziehung. Kate wollte, dass Jason Lana verließ und mit ihr zusammen war. Sie setzte ihn deswegen unter Druck, aber Jason vertröstete sie immer wieder.

Wer konnte ihm das zum Vorwurf machen? Er hatte sehr viel mehr zu verlieren.

Eines späten Abends folgte ich Kate zu einer Bar in Chinatown. Sie traf sich dort mit einer Freundin, einer Rothaarigen namens Polly. Sie saßen an einem Tisch beim Fenster und redeten.

Ich drückte mich auf der anderen Straßenseite herum, darauf bedacht, dass sie mich nicht bemerkten. Doch ich hätte mir keine Sorgen machen müssen, Polly und Kate waren in ein angeregtes, beinahe hitziges Gespräch vertieft. Irgendwann brach Kate in Tränen aus.

Ich musste nicht von den Lippen lesen können, um zu verstehen, was gesagt wurde. Ich kannte Polly recht gut. Sie war Gordons Inspizientin, die beiden hatten eine lange Affäre gehabt. Alle hatten davon gewusst, nur Gordons Ehefrau nicht.

Polly war in vielerlei Hinsicht ziemlich schräg, aber ich mochte sie. Sie war offen und geradeheraus, und ich konnte mir gut vorstellen, wie ihr Gespräch mit Kate verlief.

Kate vertraute sich ihr an, ohne Zweifel in der Hoffnung auf ein offenes Ohr. Von dort, wo ich stand, sah es allerdings nicht so aus, als würde Polly ihr das bieten.

»Mach Schluss«, sagte Polly. *»Sofort.«*

»Wie bitte?«

»Kate, hör mir bitte zu. Wenn er seine Frau *jetzt* nicht verlässt, dann wird er sie nie verlassen. Es wird sich einfach immer weiter hinziehen. Stell ihm ein Ultimatum. Gib ihm dreißig Tage, sie zu verlassen – einen Monat –, und wenn er es nicht tut, verlässt du ihn. *Versprich es mir.*«

Ich vermute, dass diese Worte Kate zunehmend verfolgten, denn dreißig Tage kamen und gingen, doch sie setzte Pollys Rat nicht in die Tat um. Und während die Zeit verstrich, realisierte sie langsam, aber sicher, was sie da tat. Kates Gewissen meldete sich zu Wort und begann, sie zu quälen.

Was keine Überraschung sein dürfte. Sofern ich meinen Job nicht auf spektakuläre Weise vermasselt habe, dürfte klar sein, dass Kate trotz ihrer vielen Fehler im Grunde ein guter Mensch war, mit einem Gewissen und einem Herzen. Und dieser anhaltende Verrat an ihrer ältesten Freundin – die abscheuliche Grausamkeit, die dieser implizierte –, machte ihr mehr und mehr zu schaffen.

Ihre Schuldgefühle wuchsen, trieben sie um – bis sie sich schließlich auf die Idee fixierte, »reinen Tisch zu machen«, wie sie sich ausdrückte. Sie bestand auf einem klärenden Gespräch mit Lana und Jason, ein ehrliches, offenes Gespräch zwischen ihnen dreien. Überflüssig zu sagen, dass Jason alles daransetzte, dies zu verhindern.

Ich persönlich bin der Meinung, dass Kates Bestreben im besten Falle naiv war. Gott weiß, was sie sich davon erhoffte. Ein Geständnis, gefolgt von Tränen, Vergebung und Versöhnung? Glaubte sie wirklich, Lana würde ihnen ihren Segen geben? Dass alles ein glückliches Ende nehmen würde?

Kate hätte es besser wissen müssen. So läuft es im Leben nun mal nicht.

Am Ende war auch Kate womöglich einfach zu romantisch. Und das ist genau das, was Lana und sie gemeinsam hatten, so unterschiedlich sie in jeder anderen Hinsicht auch waren. Sie glaubten beide an die Liebe.

Was, wie Sie sehen werden, ihr Untergang sein sollte.

11

Wenn man bedenkt, wie indiskret Kate und Jason waren, konnte ich unmöglich der Einzige sein, der von der Affäre der beiden wusste. Die Theatergemeinde in London ist nicht besonders groß. Es kursierten mit Sicherheit Gerüchte.

Und mit Sicherheit war es nur eine Frage der Zeit, bis diese Lana zugetragen wurden.

Allerdings nicht zwingend, denn trotz ihres Ruhms und ihrer ausgedehnten Spaziergänge durch London führte Lana ein zurückgezogenes Leben. Der Kreis von Menschen, mit denen sie sich umgab, war klein. Es gab nur eine einzige Person in diesem Kreis, die die Wahrheit wusste oder zumindest erahnte: Agathi. Doch sie hätte niemals auch nur ein Wort darüber verloren.

Nein, es fiel *mir* zu, Lana die schlechten Neuigkeiten zu überbringen. Keine beneidenswerte Aufgabe.

Doch wie sollte ich es anstellen? Eines war klar: Lana durfte es nicht unmittelbar von mir erfahren, denn sie würde mein Motiv hinterfragen. Sie könnte misstrauisch werden und sich womöglich weigern, mir zu glauben. Was katastrophal wäre.

Nein, ich durfte nicht unmittelbar als Hiobsbote auftreten, sonst konnte ich nicht als ihr Ritter in glänzender Rüstung – ihr Deus ex Machina – erscheinen, um sie zu retten, um sie in meinen Armen davonzutragen.

Es musste mir also irgendwie gelingen, Lana so auf die Affäre zu stoßen, dass sie meinte, sie wäre von allein dahintergekommen. Leichter gesagt als getan. Doch ich hatte Herausforderungen schon immer geliebt.

Ich entschied mich für die einfachste und direkteste Vorgehensweise, indem ich versuchte, eine »rein zufällige« Begegnung herbeizuführen. Lana und ich würden völlig überraschend auf das schuldige Paar treffen und es sozusagen in flagranti erwischen.

Es folgte eine Phase höchster Komik – oder niederster Farce, das hängt von Ihrem Geschmack ab –, in der ich unter verschiedenen Vorwänden versuchte, Lana nach Soho zu manövrieren. Doch meine Bemühungen erwiesen sich als hoffnungslos und führten – wie bei einer Farce üblich – ins Leere.

Der offensichtliche Grund dafür war natürlich, dass es unmöglich war, irgendwo unauffällig mit Lana zu erscheinen. Als es mir tatsächlich einmal gelang, sie gegen Ende von Kates Aufführung ins Coach & Horses zu locken, löste Lanas Erscheinen einen kleinen Aufruhr unter den angeheiterten Pub-Besuchern aus, die sie umringten, ihr ihre Bierdeckel entgegenstreckten und darum bettelten, dass sie ihnen ein Autogramm gab. Sollten Kate und Jason auch nur in die Nähe des Pubs gekommen sein, hätten sie den Rummel sicher sofort bemerkt und wären auf der Stelle verschwunden.

Gezwungen, dreistere Methoden anzuwenden, fing ich an, kleine Andeutungen in unseren Gesprächen fallen zu lassen: sorgfältig einstudierte Sätze, die Lana, so hoffte ich, zum Nachdenken bringen würden. *Ist es nicht komisch, dass Jason und Kate genau denselben Sinn für Humor haben? Ich sehe sie ständig zusammen lachen.*

Oder: *Ich frage mich, warum Kate mit niemandem ausgeht – sie hatte schon lange kein Date mehr, oder?*

Und dann, eines Nachmittags, schimpfte ich mit Lana, weil sie mich nicht zum Lunch im Claridge's eingeladen hatte. Als klar war, dass Lana keine Ahnung hatte, wovon ich redete, setzte ich ein verlegenes Gesicht auf und tat meine Bemerkung ab. Ich behauptete, Gordon habe Kate und Jason dort essen sehen, weshalb ich annahm, dass Lana bei ihnen war – aber Gordon hatte sich wohl getäuscht.

Lana sah mich mit ihren klaren, blauen Augen an, unbeeindruckt, frei von jeglichem Verdacht, und lächelte. »Das kann unmöglich Jason gewesen sein«, sagte sie. »Er hasst das Claridge's.«

In einem Theaterstück hätten all meine kleinen Hinweise Lana nachdenklich gestimmt und eine allgemeine unterschwellige Patina des Misstrauens erzeugt, die sie unmöglich ignorieren konnte. Doch was auf der Bühne funktioniert, funktioniert im wahren Leben scheinbar nicht.

Trotzdem ließ ich nicht locker. Ich bin ausgesprochen hartnäckig – so hartnäckig, dass es mitunter ans Absurde grenzt. Ich kaufte zum Beispiel einen Flacon mit Kates Parfum, ein unverwechselbarer Blumenduft mit einer Note von Jasmin und Rose. Wenn das nicht dazu führte, dass Lana an Kate dachte, dann wüsste ich auch nicht weiter. Der Flacon steckte in meiner Tasche, und wann immer ich in Lanas Haus war, gab ich vor, die Toilette aufsuchen zu müssen – doch stattdessen hastete ich durch den Flur in die Wäschekammer, um großzügig Parfum auf Jasons Hemden zu sprühen.

Wenngleich fraglich war, ob Lana je direkt mit Jasons Schmutzwäsche in Kontakt kam. Doch es würde sicher auch helfen, dachte ich, wenn Agathi den Duft bemerkte und eine entsprechende Schlussfolgerung zog.

Eines Abends, als wir bei Lana zu Hause zum Abendessen eingeladen waren, zupfte ich ein paar lange Haare von Kates Mantel und drapierte sie sorgfältig auf Jasons Jackett. Außerdem spielte ich mit dem Gedanken, Kondome in Jasons Kulturbeutel zu deponieren, doch dann entschied ich mich dagegen – zu offensichtlich.

Es war schwierig, die richtige Balance zu finden. War ein Hinweis zu subtil, blieb er womöglich unentdeckt; war er zu plakativ, würde Lana mein Spiel durchschauen.

Der Ohrring schien mir daher genau richtig zu sein.

Die Idee ließ sich leicht umsetzen, doch ich hatte keine Ahnung, dass sie so gut funktionieren oder die Reaktion hervorrufen würde, die sie hervorrief. Alles, was ich dafür tun musste, war, Lana einen Überraschungsbesuch bei Kate vorzuschlagen – und einen Ohrring aus Kates Schlafzimmer zu stehlen. Als ich das nächste Mal bei Lana in Mayfair war, schlich ich zu Jasons Kleiderschrank und befestigte den silbernen Halbmond mit den daran baumelnden Diamanten am Revers eines seiner Jacketts. Den Rest erledigte Lana selbst, mit Unterstützung von Agathi – und Sid, dem Mann von der Reinigung.

Die Tatsache, dass Lana derart heftig auf den Ohrring reagierte, legt nahe, dass sie die Affäre insgeheim längst vermutete. Glauben Sie nicht?

Sie hatte es sich nur noch nicht eingestehen wollen.

Nun, jetzt blieb ihr keine andere Wahl.

12

Das bringt uns zurück in die Nacht in meiner Wohnung. Zu dem Abend, an dem Lana zu mir kam, aufgelöst, verzweifelt, weil sie den Ohrring gefunden hatte.

Sie setzte sich mir gegenüber in einen Sessel, mit roten Augen und tränenverschmierten Wangen, und trank Wodka pur. Sie erzählte mir, dass sie den Verdacht hegte, Jason und Kate würden miteinander ins Bett gehen. Ich bestätigte ihre Befürchtung, indem ich äußerte, dass ich dies ebenfalls vermutete.

Ich triumphierte. Mein Plan war aufgegangen. Es fiel mir schwer, meine Begeisterung im Zaum zu halten. Es kostete mich große Mühe, nicht zu grinsen. Doch meine Hochstimmung war von kurzer Dauer.

Als ich Lana taktvoll vorschlug, Jason zu verlassen, sah sie mich entgeistert an.

»Ihn *verlassen?*«, fragte sie. »Wer redet denn von verlassen?«

Jetzt war es an mir, verblüfft zu sein. »Ich sehe keine andere Möglichkeit.«

»So einfach ist das nicht, Elliot.«

»Warum nicht?«

Lana schaute mich an, die Augen voller Tränen, als läge die Antwort auf der Hand.

»*Ich liebe ihn*«, sagte sie.

Ich konnte es nicht fassen. Ich starrte sie an, und zu meinem zunehmenden Entsetzen wurde mir klar, dass all meine Mühe umsonst gewesen war. Lana würde ihn nicht verlassen.

Ich liebe ihn.

Mir wurde übel. Ich fürchtete, mich übergeben zu müssen. Das Ganze war reine Zeitverschwendung gewesen. Lanas Worte zerstörten all meine Hoffnungen.

Sie würde ihn nicht verlassen.

Ich liebe ihn.

Ich ballte die Hand zur Faust. Noch nie zuvor war ich so wütend gewesen. Ich wollte sie schlagen. Ich wollte sie boxen. Ich wollte schreien.

Doch das tat ich nicht. Ich saß einfach nur da, machte ein mitfühlendes Gesicht, und wir redeten weiter. Das einzige äußerliche Zeichen meiner Aufgewühltheit war die geballte Faust an meiner Seite. Während wir sprachen, hörte mein Gehirn nicht auf zu rattern.

Ich verstand, dass ich einen Fehler gemacht hatte. Anders als ihr Ehemann nahm Lana ihr Ehegelübde ernst. *Bis dass der Tod uns scheidet.* Lana würde vielleicht Kate aus ihrem Leben verbannen, aber sie würde Jason nicht aufgeben. Sie würde ihm verzeihen. Es brauchte mehr als die Enthüllung einer Affäre, um ihrer Ehe ein Ende zu setzen.

Wenn ich Jason loswerden wollte, musste ich zu härteren Bandagen greifen. Ich musste ihn vernichten.

Schließlich war Lana so betrunken, dass sie sich auf meine Couch legte und eindämmerte. Ich ging in die Küche, um mir eine Tasse Tee zu machen und nachzudenken.

Während ich darauf wartete, dass das Wasser anfing zu kochen, malte ich mir aus, wie ich mich an Jason anschlich, eine seiner eigenen Waffen in der Hand, und auf ihn zielte – und dann ballerte ich ihm den Schädel weg. Bei dieser Vorstellung verspürte ich einen plötzlichen Anflug von Erregung; ein seltsames, perverses Gefühl von Stolz. So fühlte man sich, wenn man einem Tyrannen die Stirn bot, und genau das war Jason.

Leider war das nur eine Fantasie. Damit würde ich niemals durchkommen. Ich musste mir etwas Schlaueres einfallen lassen. Aber was?

Unsere Motivation ist es, Schmerz zu beseitigen, schrieb Mr Valentine Levy.

Und er hatte recht. Ich musste handeln, sonst würde ich niemals frei von diesem Schmerz sein. Und ich litt Qualen: Glauben Sie mir, als ich in jener Nacht um drei Uhr morgens in der Küche stand, war ich kurz davor, zu verzweifeln. Ich fühlte mich ausgebremst. Besiegt.

Nein – nicht gänzlich besiegt.

Der Gedanke an Mr Levy hatte eine Assoziation in mir geweckt. In meinem Kopf keimte eine Idee.

Was würde ich tun, wenn dies ein Bühnenstück wäre?, dachte ich plötzlich.

Ja – was wäre, wenn ich mein Dilemma anging, als würde ich ein Theaterstück, ein Drama verfassen?

Wenn dies ein Bühnenstück wäre, das ich schrieb, und die Beteiligten meine Figuren, würde ich mein Wissen über sie nutzen, um ihr Handeln vorherzusehen – und ihre Reaktionen zu provozieren. Ohne dass sie es wussten, würde ich ihr Schicksal bestimmen.

Wäre es nicht möglich, dass ich im echten Leben eine ganz ähnliche Reihe von Ereignissen in Gang setzen konnte, die in Jasons Tod mündeten, ohne dass ich auch nur einen Finger dafür krumm machen musste?

Warum nicht? Ja, es war riskant, und womöglich würde ich scheitern – aber geht es beim Theater nicht gerade um das Element der Gefahr?

Bedenken hatte ich allein wegen Lana. Ich wollte sie nicht belügen, doch dann entschied ich – Sie können mich ruhig deswegen verurteilen –, dass es schlussendlich zu ihrem Besten wäre.

Was tat ich denn schon? Nichts, außer eine Frau, die ich liebte, von einem treulosen, verlogenen Verbrecher zu befreien und durch einen ehrlichen, anständigen Mann zu ersetzen. Ohne ihn wäre sie sehr viel besser dran. Sie wäre mit *mir* zusammen.

Ich kehrte ins Wohnzimmer zurück, setzte mich an meinen Schreibtisch und knipste die grüne Lampe an. Dann nahm ich mein Notizbuch aus der obersten Schublade. Ich öffnete es und schlug eine neue Seite auf. Anschließend griff ich nach einem Bleistift, spitzte ihn an und begann mit einem ersten Entwurf.

Während ich schrieb, spürte ich, wie Heraklit über meine Schulter blickte und zustimmend nickte. Denn obwohl mein Plan vollkommen schiefging und in einem solchen Desaster endete, war er von der Struktur, vom Handlungsschema her, großartig.

Das ist – in knappen Worten – meine Geschichte. Die Schilderung eines großartigen, wohlgemeinten Scheiterns, das mit dem Tod endet. Eine ausgezeichnete Metapher für das Leben, finden Sie nicht?

Nun – zumindest für *mein* Leben.

Da haben wir's. Ich bin mir bewusst, dass dies ein ziemlich langes Aparte war. Nichtsdestotrotz ist es ein wesentlicher Bestandteil meiner Erzählung.

Aber es ist nicht an mir, dies zu beurteilen. Was *Sie* denken, zählt.

Und Sie sagen nichts, oder? Sie sitzen einfach nur da, hören zu und bilden sich schweigend ein Urteil. Ich bin mir Ihres Urteils durchaus bewusst. Allerdings möchte ich Sie nicht langweilen oder Ihr Interesse verlieren. Nicht, wenn Sie mir schon so viel von Ihrer Zeit geschenkt haben.

Was mich an etwas erinnert, was Tennessee Williams zu sagen pflegte. Sein Tipp für angehende Dramatiker.

Sei nicht langweilig, Baby, sagte er. *Tu, was immer nötig ist, um das Ding am Laufen zu halten. Wenn es sein muss, lass eine Bombe auf der Bühne platzen. Aber sei nicht langweilig.*

Okay, Baby – hier kommt die Bombe.

13

Kehren wir auf die Insel zurück – und zu der Nacht, in der der Mord passierte.

Um Mitternacht fielen in der Ruine die drei Schüsse.

Ein paar Minuten später trafen wir alle auf der Lichtung ein. Eine chaotische Szene folgte, während derer ich versuchte, Lanas Puls zu fühlen und sie aus Leos Armen zu lösen. Jason gab Agathi sein Handy – sie sollte Rettungsdienst und Polizei rufen.

Jason kehrte zum Haus zurück, um eine Waffe zu holen. Kate folgte ihm zuerst, dann Leo. Agathi und ich blieben allein mit Lana zurück.

So viel wissen Sie.

Was Sie nicht wissen, ist, was als Nächstes passierte.

Agathi stand unter Schock. Sie war kreideweiß, als würde sie jeden Moment ohnmächtig werden. Plötzlich fiel ihr das Handy in ihrer Hand ein, und sie schickte sich an, die Polizei zu rufen.

»Nein. Noch nicht«, sagte ich.

»Was?« Agathi sah mich verständnislos an.

»Warte.«

Ihr Blick wurde verwirrt, dann schweifte er zu Lanas reglosem Körper.

Für den Bruchteil einer Sekunde dachte Agathi an ihre Großmutter – vermutlich wünschte sie sich, sie wäre jetzt hier. Wünschte sich, dass die alte Hexe ihre Augen schließen, sich hin und her wiegen und einen Zauberspruch murmeln würde, der Lana ins Leben zurückholte, zurück aus dem Reich der Toten.

Bitte, Lana, betete Agathi stumm, *bitte werde wieder lebendig … bitte werde lebendig … bitte leb …*

Und dann, wie in einem Traum oder Albtraum – oder auf einer halluzigenen Droge –, begann die Realität, sich auf Agathis Befehl hin zu verzerren …

Und Lanas Körper fing an, sich zu bewegen.

14

Eine von Lanas Gliedmaßen zuckte, ganz leicht, wie von selbst.

Die blauen Augen öffneten sich.

Ihr Körper setzte sich auf.

Agathi fing an zu schreien. Ich packte sie.

»Scht«, wisperte ich. »Scht. Ist schon okay. Es ist okay, Agathi.«

Sie entwand sich meinem Griff, schüttelte mich ab. Für einen Moment dachte ich, sie würde das Gleichgewicht verlieren, aber es gelang ihr, sich auf den Beinen zu halten, wenn auch unsicher. Sie keuchte.

»Agathi«, sagte ich. »Hör zu. Es ist okay. Es ist ein Spiel. Das Ganze ist ein Spiel. Ein *Schauspiel.* Wir schauspielen, verstehst du?«

Langsam, furchtsam, schweifte Agathis Blick an mir vorbei. Sie schaute über meine Schulter auf Lanas Körper. Die tote Frau war inzwischen aufgestanden und streckte die Arme nach Agathi aus.

»Agathi«, sagte sie mit der Stimme, von der Agathi gedacht hatte, sie würde sie nie wieder hören. »Komm zu mir, Liebes.«

Lana war nicht tot. Im Gegenteil – dem Funkeln in ihren Augen nach zu urteilen, hatte sie sich nie lebendiger gefühlt. Agathi wurde von Gefühlen überwältigt. Sie wollte Lana in die Arme fallen, sie an sich drücken und vor Freude und Erleichterung schluchzen, doch das tat sie nicht.

Stattdessen betrachtete sie Lana mit zunehmender Verärgerung.

»Ein *Spiel?*«

»Agathi, hör zu …«

»Was für ein *Spiel?*«

»Ich kann das erklären«, sagte Lana.

»Nicht jetzt«, hielt ich dagegen. »Dafür ist jetzt keine Zeit. Wir erklären es dir später. Im Augenblick bitten wir dich nur, dass du mitspielst.«

Tränen traten in Agathis Augen. Sie schüttelte den Kopf, unfähig, das Ganze noch länger zu ertragen, dann drehte sie sich um und marschierte davon. Kurz darauf war sie zwischen den Olivenbäumen verschwunden.

»Warte!«, rief Lana ihr nach. »Agathi …«

»Pst, leise«, flüsterte ich. »Ich kümmere mich darum. Ich rede mit ihr.«

Lana warf mir einen zweifelnden Blick zu. Ich merkte, dass ihre Entschlossenheit ins Wanken geriet, also versuchte ich es erneut, diesmal mit mehr Nachdruck: »Bitte, Lana, tu's nicht. Du wirst alles ruinieren. Lana …«

Doch Lana ignorierte mich. Sie rannte Agathi hinterher, in den Olivenhain.

Bestürzt sah ich ihr nach.

Ich weiß nicht, ob ich dies lediglich im Rückblick sagen kann oder ob ich es zu dem Zeitpunkt bereits ahnte – doch exakt in diesem Moment fiel mein perfekter Plan auseinander.

Die Hölle brach los.

AKT IV

Wahrheit oder Illusion, George –
kennst du den Unterschied?

Edward Albee,
Wer hat Angst vor Virginia Woolf?

1

Beim Erzählen einer Geschichte gilt die Faustregel, die Auflösung so lange wie möglich hinauszuzögern.

Nichts ist in meinen Augen verdächtiger als eine ungebetene Erklärung. Am besten ist es, Stillschweigen zu bewahren und jegliche Aufklärung zu unterlassen, bis sie unbedingt nötig wird.

Und jetzt haben wir offenbar den entscheidenden Punkt in der Erzählung erreicht. Ich schulde Ihnen eine Erklärung – das sehe ich selbst.

Erinnern Sie sich an die Nacht in meiner Wohnung, an das, was ich über Jason und Kate sagte?

Was immer sie haben oder glauben zu haben – es wird beim geringsten Druck Risse bekommen und zerbrechen.

Womit könnte man sie besser auf die Probe stellen, sagte ich zu Lana, als mit einem kleinen *Mord?*

»Wie in einem der Stücke, die ihr in der Ruine aufgeführt habt«, sagte ich, »in den alten Zeiten – erinnerst du dich? Nur ein bisschen blutiger, das ist alles.«

Lana blickte mich verwirrt an. »Wovon redest du?«

»Ich rede von einem Theaterstück. Für ein Zweier-Publikum, für Kate und Jason. Eine Mordgeschichte in fünf Akten.«

Lana hörte aufmerksam zu, als ich ihr meine Idee erläuterte. Ich behauptete, wenn wir den Mord an Lana vortäuschten und den Verdacht auf Jason lenkten, könnten wir zusehen, wie seine Beziehung mit Kate zerbrach.

»Sie werden im Nu aufeinander losgehen«, sagte ich, »das kannst du mir glauben. Wenn du ihrer Affäre ein Ende bereiten willst, musst du sie nur ein paar Stunden lang damit unter Druck setzen.«

Die beiden Liebenden würden sich gegenseitig zerfleischen, sagte ich, da jeder den anderen verdächtigte. Und in dem Moment, in dem sie einander des Mordes bezichtigten, würde Lana auf der Bildfläche erscheinen. Sie würde aus der Dunkelheit treten, zurückgekehrt von den Toten, und sich vor den beiden aufbauen – herrlich lebendig –, um ihnen den Schreck ihres Lebens einzujagen. Sie würde ihnen klarmachen, was sie wirklich füreinander empfanden. Wie hohl und geschmacklos ihre Gefühle in Wahrheit waren, wie leicht in den Schmutz zu ziehen.

»Das wird das Aus für die zwei bedeuten«, sagte ich, »und zwar endgültig.«

Zweifelsohne war es das, was Lana an meiner Idee reizte – die Aussicht, Jasons und Kates Affäre zu beenden. Vielleicht hoffte sie, Jason zurückzugewinnen. Aber Lana hatte noch einen weiteren Grund, der sie dazu bewog, sich darauf einzulassen, einen heimlichen Grund, der ihr ein klein wenig Freude bescherte.

Die Idee hatte eine schöne poetische Symmetrie, würde ich sagen, sie war die perfekte Rache für Lana und eine künstlerische Herausforderung der Superlative für mich. Natürlich wusste Lana nicht genau, wie weit ich die Darbietung treiben wollte. Ich belog sie nicht, sondern ich bürdete ihr lediglich keine unnötigen Erklärungen auf. Stattdessen konzentrierte ich mich auf die praktischen Aspekte zur Inszenierung unseres Dramas.

Während wir redeten, entwickelten wir gemeinsam die Handlung.

»Ertrinken?«, fragte ich.

»Nein, erschießen«, antwortete Lana mit einem Lächeln – »das wäre viel besser, denn wir könnten die Waffen aus dem Haus benutzen – was Jason in Kates Augen verdächtig machen würde.«

»Ja«, stimmte ich ihr zu, »das ist es. Gute Idee.«

»Was ist mit den anderen? Sollen wir sie einweihen oder nicht?«

Ich wusste, dass dies bis zu einem bestimmten Grad nötig war. Lana und ich konnten das nicht allein durchziehen. Wenn die Täuschung funktionieren sollte, durften sich Jason und Kate auf keinen Fall Lanas auf dem Boden liegenden Körper nähern. Dies zu verhindern, konnte ich nicht allein bewerkstelligen. Ich brauchte Hilfe.

Und Leo, der hysterisch schrie, sie sollten sich von Lana fernhalten, war der Einzige, der dafür infrage kam.

Ich machte mir ein bisschen Sorgen wegen seiner mangelnden Schauspielerfahrung – was, wenn er der Herausforderung nicht gewachsen war? *Was, wenn er es vermasselte und unser Spiel aufflog?*

Lana versprach, dass sie so lange fleißig mit ihm proben würde, bis er perfekt war – anscheinend machte es sie stolz, dass er diese Rolle übernehmen sollte. Was für eine Ironie, wenn man bedachte, wie sehr sie es missbilligte, dass er Schauspieler werden wollte.

Also war ich trotz meiner Skepsis, Leos Schauspielkünste betreffend, einverstanden. Genau wie ich damit einverstanden war, Agathi außen vor zu lassen, obwohl ich diesbezüglich ebenfalls Bedenken hatte. Aber Lana überzeugte mich in beiden Punkten.

»Was ist mit Nikos?«, fragte sie dann. »Sollen wir ihn einweihen oder nicht?«

»Halten wir ihn raus«, schlug ich vor. »Zu viele Köche … du weißt schon.«

Lana nickte. »Okay. Vermutlich hast du recht.«

Und damit war es beschlossene Sache.

Drei Tage später, auf der Insel, wenige Minuten vor Mitternacht, traf ich mich mit Lana in der Ruine – mit einem Gewehr bewaffnet.

Lana wartete schon auf mich. Sie saß auf einer der umgestürzten Säulen. Lächelnd trat ich näher. Lana erwiderte mein Lächeln nicht.

»Ich war mir nicht sicher, ob du hier sein würdest«, sagte ich.

»Ich auch nicht.«

»Und?«

Lana nickte. »Ich bin bereit.«

»Okay.« Ich hob das Gewehr und richtete es in den Himmel.

Dann gab ich drei Schüsse ab.

Ich sah zu, wie Lana das Theaterblut und das Bühnen-Make-up auftrug. Die Schusswunden waren aus Latex und mörderisch effektiv – auf jeden Fall bei Nacht. Bei Tageslicht wäre ich mir da nicht so sicher.

Die Spezialeffekte waren Sonderanfertigungen. Eine Visagistin, mit der sie bei mehreren Filmen zusammengearbeitet hatte, war so freundlich gewesen, sie ihr zu besorgen. Lana hatte behauptet, sie brauche sie für einen privaten Auftritt – eine treffende Beschreibung für unsere kleine Inszenierung.

Lana legte sich auf die Erde, in eine Lache aus Kunstblut. Ich zog Kates roten Schal aus der Tasche und schlang ihn ihr um die Schultern.

»Wofür ist der?«, fragte Lana.

»Er gibt dem Ganzen den letzten Schliff«, antwortete ich. »Und jetzt versuch, dich nicht zu bewegen. Du musst völlig still liegen. Lass deine Glieder schlaff werden.«

»Ich weiß, wie man tot spielt, Elliot. Ich mache das nicht zum ersten Mal.«

Jetzt hörte ich die anderen kommen und versteckte mich eilig hinter einer der Säulen. Das Gewehr stopfte ich in einen Rosmarinstrauch.

Ein paar Minuten später tauchte ich wieder auf. Ich tat so, als wäre ich gerade erst eingetroffen, völlig außer Atem und verstört.

Von da an folgte ich meinem dramatischen Instinkt. Obwohl es, um ehrlich zu sein, nicht schwer war, sich in das Drama hineinzuversetzen, wenn man Lana dort in der Blutlache liegen sah, den hysterischen Leo an ihrer Seite, der sie schreiend in den Armen wiegte. Tatsächlich fühlte es sich sogar erstaunlich real an.

Jetzt erkenne ich, dass das genau der Punkt ist, an dem meine Gedanken eine falsche Richtung einschlugen. Ich hatte nicht damit gerechnet, *wie* real es sich anfühlte. Ich war so sehr mit den Wendungen der Handlung beschäftigt, dass ich nicht daran dachte, welche emotionalen Auswirkungen sie auf die anderen haben würden. Und dass die Zuschauer womöglich auf völlig unvorhersehbare Weise reagierten.

Man könnte sagen, ich vergaß meine fundamentalste Regel: *Charakter ist Handlung.*

Und dafür musste ich bezahlen.

2

Lana rannte durch den Olivenhain, auf der Suche nach Agathi.

Sie musste sie finden. Sie musste sie beruhigen, bevor sie alles ruinierte.

Es war ein Fehler gewesen, Agathi nicht einzuweihen, den Plan vor ihr geheim zu halten. Doch Lana glaubte, dass sie keine andere Wahl gehabt hatte. Agathi hätte sich womöglich geweigert, daran teilzuhaben, und sie hätte ihr Bestes gegeben, Lana unser Vorhaben auszureden. Jetzt wünschte sich Lana, sie hätte sich anders entschieden.

Sie erblickte eine kleine Gestalt zwischen den Bäumen, am Ende des Pfads … Es war Agathi, die aufs Haus zueilte.

Lana folgte ihr, so schnell sie konnte. An der Hintertür streifte sie ihre Schuhe ab und ließ sie draußen. Dann huschte sie hinein, barfuß, lautlos, verstohlen. Sie schaute sich um.

Im Flur war keine Spur von Agathi zu sehen. War sie in ihr Zimmer gegangen? Oder in die Küche?

Lana überlegte gerade, welche Richtung sie einschlagen sollte – als sie schwere Schritte hörte.

Sie wirbelte herum und huschte eilig die Stufen hinauf.

Ein paar Sekunden später erschien Jason am Fuß der Treppe. Er wäre beinahe mit Kate zusammengestoßen, die soeben durch die Hintertür kam.

Sie hatten keine Ahnung, dass Lana dort war, auf dem oberen Treppenabsatz, und sie beobachtete.

»Sie sind weg!«, sagte Jason.

Kate starrte ihn an. »Was ist weg?«

»Die Waffen. Sie sind nicht mehr da!«

Draußen vor der Hintertür – sozusagen aus den Kulissen – schubste ich Leo auf die Bühne. »Los«, flüsterte ich. »Das ist dein Stichwort.«

Leo stürmte hinein und gestand Kate und Jason, dass er die Waffen versteckt hatte.

Die Tatsache, dass sie sich nicht in der Truhe befanden, wo er sie hineingelegt hatte, war eine Überraschung für ihn. Ich hatte beschlossen, Leo nicht zu verraten, dass ich sie woanders verstaut hatte; ich dachte, wenn er nicht darüber Bescheid wüsste, würde seine Darbietung noch überzeugender wirken.

Allerdings sah ich sofort, dass Leo keinerlei schauspielerische Unterstützung brauchte. *Der Junge ist ein Naturtalent,* dachte ich. *Der Apfel fällt eben nicht weit vom Stamm.* Seine Darbietung – die Hysterie, die Trauer – war beängstigend realistisch. Eine Meisterleistung.

»Sie ist tot«, heulte Leo. »Aber das ist dir anscheinend scheißegal!«

Oben auf dem Treppenabsatz verrenkte Lana sich den Hals, um Jasons Reaktion mitzubekommen.

Genau darauf hatte sie gewartet. Das war der eigentliche Grund dafür, dass Lana meinem Plan zugestimmt hatte. Sie wollte sehen, wie Jason auf ihren Tod reagierte, seine Liebe zu ihr auf die Probe stellen. Wollte sehen, ob Jasons Herz brach – und wenn schon nicht das, dann doch einen Beweis dafür, dass er überhaupt eins besaß. Sie wollte ihn weinen sehen. Er sollte um seine geliebte Lana trauern.

Nun, sie sah es. Sah, dass Jason keine einzige Träne vergoss. Und während sie ihn von oben betrachtete, stellte sie fest, dass er wütend und besorgt war und sich alle Mühe gab, die Kontrolle zu bewahren, aber er war nicht traurig, geschweige denn untröstlich. Er war vollkommen ungerührt.

Es ist ihm egal, dachte sie. *Es ist ihm scheißegal.*

In diesem Moment hatte Lana das Gefühl, sie würde ein zweites Mal sterben.

Tränen füllten ihre Augen, aber nicht ihre Tränen, nein, sie gehörten einem kleinen Mädchen aus längst vergangenen Zeiten, einem kleinen Mädchen, das sich einst so ungeliebt gefühlt hatte. Ein Mädchen, das sich genau so zusammengekauert hatte, am oberen Treppenabsatz, die Finger fest ums Geländer geschlossen, während es zusah, wie seine Mutter unten ihre »Männerfreunde« bespaßte. Die Kleine hatte sich unbeachtet und unerwünscht gefühlt – bis die Freunde der Mutter ihre frühreife Schönheit entdeckten und ihre eigentlichen Probleme begannen.

Seitdem, seit jener freudlosen, Furcht einflößenden Zeit, hatte Lana sehr vieles auf sich genommen, um sich sicher, respektiert, unangreifbar zu fühlen – und geliebt. Nun aber, da sie Jason von dort oben beobachtete, war der Cinderella-Zauber auf einen Schlag verschwunden, und Lana war wieder das, was sie einst gewesen war: ein leidgeprüftes kleines Mädchen, allein in der Dunkelheit.

Sie merkte, dass ihr übel wurde. Sie richtete sich auf und huschte ins Schlafzimmer und von dort aus ins Bad.

Vor der Toilette fiel sie auf die Knie und übergab sich.

3

Als Lana aus dem Bad kam, wartete Agathi im Schlafzimmer auf sie.

Für einen Moment herrschte Schweigen. Die beiden Frauen starrten einander an.

Lana stellte fest, dass sie sich keine Sorgen wegen Agathi hätte machen müssen. Agathi verlor nicht die Nerven, stand nicht unmittelbar vor einem Gefühlsausbruch. Im Gegenteil – sie wirkte vollkommen ruhig. Nur ihre roten Augen verrieten, dass sie vor Kurzem geweint hatte.

»Agathi«, sagte Lana, »bitte lass es mich erklären …«

»Was ist das hier?«, fragte Agathi mit leiser, unbewegter Stimme. »Ein Scherz? Ein Spiel?«

»Nein.« Lana zögerte. »Es ist um einiges komplizierter.«

»Was dann?«

»Ich werde dich einweihen, wenn du mich …«

»Wie konntest du so etwas tun, Lana?« Agathi suchte ungläubig Lanas Blick. »Wie konntest du so grausam sein? Mich glauben zu lassen, du wärest *tot!*«

»Es tut mir leid.«

»Nein. Ich nehme deine Entschuldigung nicht an. Ich werde dir jetzt mal etwas sagen, Lana. Du bist ein ausgesprochen egoistischer Mensch, der sich selbst etwas vormacht. Mir ist das bewusst – und trotzdem liebe ich dich. Weil ich dachte, du würdest mich auch lieben.«

»Ich liebe dich auch!«

»Nein.« Agathi verdrehte in zorniger Verachtung die Augen. Tränen strömten über ihre Wangen. »Dazu bist du gar nicht fähig. Du weißt nicht, wie man liebt.«

Lana starrte sie an, zutiefst gepeinigt. »Du hältst mich für egoistisch und denkst, ich mache mir selbst etwas vor? Denkst du das tatsächlich? Vielleicht … hast du recht. Aber ich bin fähig, zu lieben. Ich liebe dich.«

Sie starrten einander für einen kurzen Moment an. Dann fuhr Lana leise fort: »Ich brauche deine Hilfe, Agathi. Gib mir die Chance, es dir zu erklären. Bitte.«

Agathi erwiderte nichts. Sie starrte Lana weiter nur an.

4

Unterdessen willigte ich zögernd ein, Jason und Nikos bei ihrer Suche nach einem nicht existenten Eindringling zu unterstützen.

Ich wurde zunehmend gereizter, als wir, windgepeitscht, die Insel umrundeten und die Küste absuchten. Ich war erschöpft und mein neues Paar Schuhe ruiniert von Gestrüpp, Schlamm und Sand. Außerdem wollte ich unbedingt zu Lana und Agathi zurückkehren.

Doch Jason ging bei seiner Suche nervtötend methodisch vor, fest entschlossen, jeden Quadratmeter der Insel zu überprüfen. Sogar als wir die Klippen erreichten und endgültig klar wurde, dass kein Boot an der Insel angelegt hatte, wollte Jason die Niederlage nicht eingestehen. Ich denke, auf irgendeine verquere Art genoss er es, sich wie der Held in einem schlechten Film aufzuführen.

»Lasst uns weitersuchen!«, brüllte er über das Tosen des Windes und der Wellen hinweg.

»Wo?«, brüllte ich zurück. »Hier ist niemand. Wir gehen jetzt besser zurück!«

Jason schüttelte den Kopf. »Wir müssen noch in den Gebäuden nachsehen.« Er leuchtete mit der Taschenlampe in Nikos' Gesicht. »Fangen wir mit seiner Hütte an.«

Nikos blinzelte gegen das grelle Licht an. Seine Augen blitzten, aber er erwiderte nichts.

Jason lächelte. »Ist das ein Problem?«

Nikos schüttelte den Kopf, die Stirn gerunzelt, doch er wandte den Blick nicht ab.

»Gut«, sagte Jason. »Kommt. Gehen wir weiter.«

»Ich nicht«, entgegnete ich. »Wir treffen uns im Haus.«

»Was hast du vor?«

»Ich sehe nach den anderen.«

Noch bevor er etwas dagegenhalten konnte, marschierte ich von dannen.

Während ich auf dem Küstenpfad und durch den Olivenhain zum Haus zurückkehrte, fragte ich mich, ob es Lana gelungen sein mochte, Agathi zu besänftigen. Hoffentlich hatte sie die Wogen glätten und sie überreden können, bei unserem kleinen Schauspiel mitzumachen.

Doch wie ich Agathi kannte, bezweifelte ich stark, dass Lana Erfolg haben würde.

Ich betrat das Haus durch die Terrassentür und schaute mich um. Keiner zu sehen, daher nutzte ich die Gelegenheit, ging neben dem langen Sofa in die Hocke und tastete nach den Waffen, die ich zuvor darunter versteckt hatte.

Ich zog einen Revolver hervor.

Für einen Moment betrachtete ich ihn, spürte sein Gewicht in meiner Hand. Ich checkte die Trommel. Sie war leer, also nahm ich die Kugeln aus der Tasche, die ich zuvor aus einer Schachtel in der Waffenkammer entwendet hatte. Vorsichtig lud ich den Revolver.

Ich verstand nicht viel von Waffen, nur das Grundlegende. Lana brachte es mir bei, kurz nachdem Jason sie angeschafft hatte. Sie hatte das Schießen am Set eines Westerns gelernt, und eines Nachmittags übten wir beide – sie und ich – auf der Insel. Ich war kein schlechter Schütze.

Trotzdem hatte ich Angst vor der Waffe, die ich jetzt in den Händen hielt. Meine Finger zitterten leicht, als ich sie in die Tasche steckte. Vorsichtig legte ich die Hand auf meine Hose, drückte sie auf den Revolver.

Ich betrachtete mein Spiegelbild in der Tür des Barschranks.

Und sah Lanas blutüberströmte Leiche direkt hinter mir stehen, die blutunterlaufenen Augen auf mein Gesicht gerichtet.

Ich fuhr zusammen und wirbelte herum.

Lana sah grauenhaft aus – übersät mit Schusswunden, getrocknetem Blut und Erde. Völlig fehl am Platz in diesem eleganten Wohnzimmer. Ich lachte.

»Herrgott, hast du mich erschreckt! Was machst du hier? Geh zurück zur Ruine, bevor Jason dich sieht!«

Lana erwiderte nichts. Sie trat auf den Barschrank zu und schenkte sich einen Drink ein.

»Du bist ein wenig aus der Rolle gefallen, Liebes«, sagte ich. »Agathi so hinterherzustürmen … Glaub mir, nichts ist katastrophaler, als wenn eine Schauspielerin anfängt, ihr eigenes Drehbuch zu schreiben. So etwas endet immer in Tränen.«

Ich scherzte, versuchte, sie zum Lachen zu bringen. Vergeblich. Lana verzog nicht einmal die Mundwinkel.

»Wo sind denn alle?«, wollte ich wissen. »Wo ist Kate?«

»Im Gästehaus«, sagte Lana. »Mit Leo.«

»Gut. Er hat übrigens einen fantastischen Auftritt hingelegt. Er hat dein Talent geerbt. Er wird es sicher weit bringen.«

Lana schwieg. Sie nahm sich eine von Kates Zigaretten aus der Schachtel auf dem Tisch und zündete sie an. Mit einem mulmigen Gefühl sah ich ihr beim Rauchen zu.

»Hast du mit Agathi gesprochen?«

Lana nickte und blies eine lange Rauchfahne aus.

Ich legte die Stirn in Falten. »Und? Hast du sie besänftigen können? Hat sie dir ihren Segen gegeben?«

»Nein, hat sie nicht. Sie ist stinksauer auf mich.«

Ich lachte. »Du hättest ihr sagen sollen, dass das Ganze meine Idee war.«

»Das habe ich.«

»Und? Was hat sie gesagt?«

»Dass du böse bist.«

»Das ist ein wenig dramatisch. Sonst noch etwas?«

»Dass Gott dich bestrafen wird.«

»Ich denke, das hat er bereits getan.«

»Es ist vorbei, Elliot.« Lana drückte die Zigarette aus. »Agathi hat gesagt, dass Schluss damit sein muss. Und zwar sofort.«

Aha, dachte ich. Daher wehte also der Wind. Ich versuchte, nicht zu gereizt zu klingen, als ich widersprach: »Es ist *noch nicht* vorbei. Der letzte Akt fehlt noch. Agathi wird sich gedulden müssen, bis der Vorhang fällt.«

»Der Vorhang fällt, und zwar jetzt. Es ist vorbei.«

»Was ist mit Jason?«

Lana zuckte mit den Achseln. Dann flüsterte sie, mehr an sich selbst als an mich gewandt: »Jason ist es gleich. *Ich* bin ihm gleich. Er hält mich für tot – und es ist ihm egal.«

Sie wirkte am Boden zerstört, als sie dies sagte.

Wenigstens, so dachte ich, *wenigstens war Lana aufgewacht. Wenigstens hatte sie es begriffen.* Auf diesen Moment hatte ich gewartet. Nun konnten wir noch einmal von vorn anfangen, sie und ich, diesmal auf Augenhöhe. Wir konnten neu beginnen – offen und ehrlich.

»Also gut«, sagte ich. »Es ist vorbei. Was nun?«

Lana zuckte erneut mit den Schultern. »Ich habe keine Ahnung.«

»Ich aber – vorausgesetzt, du bist bereit, mir zuzuhören.«

Lana sah mich an, wider Willen neugierig. »Und? Was schlägst du vor?«

Der Moment der Wahrheit war gekommen. Also holte ich tief Luft und sagte: »Erinnerst du dich noch an den

Abend, an dem du Jason kennengelernt hast? In South Bank? Wir haben nie darüber gesprochen.«

»Warum hätten wir darüber sprechen sollen?«

»Weil … ich einen Ring bei mir hatte. Ich wollte dich bitten, mich zu heiraten.«

Lana schaute mich an. Ich konnte die Überraschung in ihren Augen erkennen.

Ich lächelte. »Leider ist Jason mir zuvorgekommen. Ich habe mich oft gefragt, was wohl passiert wäre, hättest du ihn damals nicht kennengelernt.«

Lana wandte den Blick ab. »Nichts wäre passiert.«

Jetzt war es an mir, überrascht dreinzublicken. »Nichts?«

Sie sah mich gleichgültig an. »Du und ich waren Freunde, mehr nicht.«

»*Waren?*« Ich lächelte. »Ich denke, das sind wir immer noch. Und noch sehr viel mehr als das, das weißt du.« Plötzlich war ich ziemlich verärgert. »Warum kannst du nicht einmal ehrlich zu dir selbst sein? Ich liebe dich, Lana. Verlass ihn. Heirate mich.«

Lana starrte mich stumm an, als hätte sie mich nicht gehört.

»Ich meine es ernst: Heirate mich – und sei glücklich!«

Es kostete mich all meinen Mut, dies zu sagen. Ich hielt den Atem an.

Eine Pause entstand. Lanas Antwort, als sie denn kam, war brutal. Sie lachte. Ein kaltes, hartes Lachen, wie ein Schlag ins Gesicht.

»Und was dann?«, fragte sie. »Falle ich die Treppe hinunter wie Barbara West?«

Ich hatte das Gefühl, sie hätte mir einen Hieb in die Magengrube verpasst. Nun starrte *ich sie* an, verblüfft. Ich fühlte mich – nun, Sie kennen mich mittlerweile so gut wie jeder andere, Sie können sich vorstellen, wie ich mich fühlte. Ich traute mich kaum zu sprechen. Ich fürchtete, ich würde etwas Unverzeihliches sagen, etwas, was eine unüberschreitbare Linie überschritt.

Also sagte ich gar nichts. Stattdessen drehte ich mich um und ging hinaus.

5

Ich verließ das Haus auf demselben Weg, wie ich es betreten hatte, schlenderte durch die Fenstertüren auf die Terrasse und von dort aus die Stufen hinunter zur unteren Ebene, gebeutelt vom Wind – und von meinen Gedanken.

Ich konnte nicht glauben, was Lana zu mir gesagt hatte. Die gemeine Bemerkung über Barbara West – das war so untypisch für sie! Ich fasste es nicht.

Selbst jetzt noch, während ich dies schreibe, kämpfe ich darum, ihre Grausamkeit in jenem Augenblick zu verstehen. Ein solches Verhalten passte ganz und gar nicht zu meiner Freundin, zu Lana. Vielleicht aber passte es zu der anderen Person, die sich in ihrem Innern verbarg, dem verängstigten kleinen Mädchen, das direkt unter ihrer Haut lauerte, so voller Schmerz und bereit, um sich zu schlagen.

Ich würde Lana natürlich vergeben. Ich musste ihr vergeben. Ich liebte sie. Selbst wenn sie mitunter grausam sein konnte.

Ich war so gedankenverloren, dass ich Jason nicht kommen sah. Auf der untersten Stufe stieß ich mit ihm zusammen.

Jason schubste mich zurück. »Was zur Hölle …?«

»Tut mir leid. Ich habe dich gesucht. Hast du Nikos' Hütte überprüft?«

Er nickte. »Nichts.«

»Wo ist Nikos jetzt?«, wollte ich wissen.

»Immer noch da. Ich habe ihm gesagt, er soll dort warten, bis die Polizei eintrifft.«

»Okay. Gut.«

Jason setzte sich wieder in Bewegung und ging an mir vorbei die Stufen nach oben. Ich hielt ihn auf.

»Warte kurz«, sagte ich. »Ich habe gute Nachrichten. Agathi hat mit der Polizei telefoniert.«

»Und?«

»Der Wind hat sich gelegt. Sie sind wohl schon auf dem Weg hierher.«

»Tatsächlich?« Ein Ausdruck der Erleichterung erschien auf Jasons Gesicht. »Gott sei Dank.«

»Sollen wir zum Anleger gehen und auf sie warten?«

Jason nickte. »Gute Idee.«

»Dann treffen wir uns dort.«

»Halt.« Er warf mir einen misstrauischen Blick zu. »Wohin willst du?«

»Ich werde Kate Bescheid geben.« Ich konnte mich nicht bremsen, hinzuzufügen: »Oder möchtest du das übernehmen?«

»Nein.« Jason schüttelte den Kopf. »Geh du.«

Er machte auf dem Absatz kehrt und marschierte mit großen Schritten Richtung Strand zum Anleger.

Grinsend sah ich ihm nach.

Dann, den Revolver in meiner Hosentasche fest mit den Fingern umschlossen, machte ich mich auf die Suche nach Kate – um die Sache zu Ende zu bringen.

Als ich den Weg zum Gästehaus einschlug, war ich fest entschlossen, meinen Plan durchzuziehen, koste es, was es wolle.

Ich werde nicht lügen und behaupten, dass ich in diesem Moment nicht noch mehr angespornt wurde durch den Zorn auf Lana. Aber ich konnte den Handlungsablauf nicht mehr stoppen, ganz gleich, was Lana dagegen vorbrachte – genauso wenig wie man einen Felsbrocken aufhalten konnte, der einen Hang hinabrollte. Das Ganze war mittlerweile größer als wir selbst, und es hatte eine eigene Dynamik angenommen. Uns blieb keine andere Wahl, als das Drama seinen Lauf nehmen zu lassen. Als Schauspielerin hätte Lana dies verstehen müssen.

Ich näherte mich dem Gästehaus und sah, wie die Tür aufging. Leo kam heraus und schlug die Tür zu. Schnell versteckte ich mich hinter einem Baum. Ich wartete, bis er an mir vorbeigegangen war, dann schlich ich zum Fenster und spähte hinein.

Kate war allein. Sie wirkte völlig aufgelöst. Verängstigt, paranoid, außer sich.

Leider würde es noch schlimmer werden.

Ich ging zur Tür. Hob die Hand, um zu klopfen – dann erstarrte ich unerklärlicherweise.

Reglos stand ich da, gelähmt durch einen plötzlichen und unerwarteten Anfall von Lampenfieber. Es war viele Jahre her, seit ich zuletzt als Schauspieler auf einer Bühne gestanden hatte, und nie zuvor hatte ich eine so bedeutende Rolle gespielt. Alles hing von meiner Darbietung in dieser Szene mit Kate ab. Dies war der entscheidende magische Trick, den ich hinbekommen musste. Ich musste zu hundert Prozent überzeugend wirken – alles, was ich sagte und tat, musste völlig unschuldig und glaubwürdig rüberkommen.

Mit anderen Worten: Mir stand der Auftritt meines Lebens bevor.

Ich wappnete mich, dann klopfte ich laut an die Tür.

»Kate? Ich bin's. Wir sollten reden.«

6

Als sie sah, dass ich es war, öffnete Kate die Tür und ließ mich ins Gästehaus.

»Schließ ab«, sagte sie.

Ich kam ihrer Aufforderung nach und schob von innen den Riegel vor. »Ich bin gerade Leo begegnet«, begann ich. »Ich habe ihm gesagt, dass wir uns alle am Anleger treffen.«

»Am Anleger?«

»Die Polizei ist auf dem Weg zur Insel. Wir wollen dort auf sie warten. Alle zusammen.«

Kate erwiderte nichts. Ich beobachtete sie genau. Ihre Bewegungen waren leicht unsicher, ihre Worte verschliffen, doch ich hoffte, dass sie nüchtern genug war, um zu begreifen, was ich ihr zu sagen hatte.

»Kate, hörst du mich? Die Polizei ist unterwegs.«

»Ich habe dich verstanden. Wo ist Jason? Habt ihr etwas gefunden? Was ist passiert?«

»Wir haben die ganze Insel auf den Kopf gestellt.«

»Und?«

»Nichts.«

»Kein Boot?«

»Kein Boot. Kein Eindringling. Außer uns ist niemand hier.«

Was offenbar keine Überraschung für sie war. Sie nickte. »*Er* war's. Er hat sie getötet.«

»Von wem redest du?«

»Von Nikos natürlich.«

»Nein.« Ich schüttelte den Kopf. »Nikos war das nicht.«

»Doch. Er ist *wahnsinnig*. Sieh ihn dir doch nur mal an! Er ist …«

»Er ist tot.«

Kate starrte mich mit offenem Mund an. »Wie bitte?«

»Nikos ist tot«, wiederholte ich ruhig.

»Was ist passiert?«

»Ich weiß es nicht – ich war nicht dabei.« Ich wich Kates Blick aus, während ich sprach. Ich spürte, wie sie mich anstarrte und fieberhaft versuchte, aus mir schlau zu werden.

»Sie haben die Nordseite der Insel abgesucht«, sagte ich, »dort, wo die Klippen sind – und Nikos ist gestürzt … Zumindest hat Jason das behauptet. Wie gesagt, ich war nicht dabei.«

»Was willst du damit andeuten?«, fragte Kate erschrocken. »Wo ist Jason?«

»Er ist am Anleger, zusammen mit den anderen.«

Kate drückte ihre Zigarette aus. »Ich gehe ihn suchen.«

»Warte. Es gibt noch etwas, was ich dir sagen muss.«

»Das kann warten.«

»Nein, kann es nicht.«

Kate ignorierte mich und ging zur Tür. Jetzt oder nie.

»Er hat sie umgebracht!«, stieß ich hervor.

Kate blieb stehen. Sie sah mich an. »Was sagst du da?«

»Jason. Er hat Lana getötet.«

Kate fing an zu lachen, doch es klang erstickt. »Du bist verrückt.«

»Kate, hör mir zu. Ich weiß, dass wir nicht immer gut miteinander auskommen, aber du bist eine alte Freundin – und ich möchte nicht, dass dir etwas zustößt. Ich muss dich warnen.«

»Mich warnen? Wovor?«

»Das ist nicht so einfach zu erklären.« Ich deutete auf einen Stuhl. »Möchtest du dich nicht setzen?«

»Leck mich.«

Ich seufzte, dann sagte ich geduldig: »Okay – wie viel hat Jason dir über seine Finanzen erzählt?«

Meine Frage verwirrte Kate. »Seine *was?*«

»Dann weißt du es also nicht. Er steckt in ernsten Schwierigkeiten. Lana hat herausgefunden, dass er etwa siebzehn verschiedene Firmenkonten bei Privatbanken eingerichtet hat, alle auf ihren Namen. Er hat die Anlagen seiner Klienten hin und her verschoben und Lana als Geldwaschanlage benutzt – wie eine verdammte Waschmaschine.«

Meine Stimme strotzte vor Empörung, als ich das sagte. Ich sah, wie Kate die Worte einsickern ließ, sie abwägte und mich gleichzeitig kritisch beäugte, als versuchte sie herauszufinden, ob sie mir glauben sollte oder nicht. Ich muss sagen, meine Darbietung war ziemlich gut – vor allem, weil die meisten meiner Behauptungen der Wahrheit entsprachen. Jason *war* ein Betrüger. Und ich glaubte nicht eine Sekunde lang, dass Kate das nicht wusste.

»Das ist doch Unsinn«, sagte sie nach einer ganzen Weile kraftlos.

Aber sie hielt nichts weiter dagegen, also fuhr ich ermutigt fort: »Jason steht kurz davor, aufzufliegen – wenn er nicht längst aufgeflogen ist. Er wird für eine lange Zeit weg sein, es sei denn, jemand hilft ihm aus der Patsche. Er braucht dringend Geld ...«

Kate lachte. »Und du denkst, er hat Lana *wegen ihres Geldes* umgebracht? Du irrst dich, das würde Jason niemals tun. Jason würde sie nicht umbringen.«

»Das weiß ich.«

Kate starrte mich an. Ungehalten. »Was willst du mir dann sagen?«

Ich sprach langsam, geduldig, wie mit einem Kind. »Sie trug *deinen* Schal, Kate.«

Eine kurze Pause. Dann: »Was sagst du da?«

»Deshalb ist Jason ihr zur Ruine gefolgt. Weil er sie für dich gehalten hat.«

Kate schüttelte vehement den Kopf. »Du bist krank … du bist ja völlig durchgeknallt!«

»Verstehst du nicht? Er will den Mord Nikos anhängen – deshalb hat er dafür gesorgt, dass Nikos sich nicht mehr verteidigen kann. Ich hatte dich gewarnt: Treib es nicht so weit, dass Jason sich zwischen euch beiden entscheiden muss. Lana war zu wertvoll für ihn, sie konnte er nicht aufgeben. Du hingegen … du bist *entbehrlich.*«

Als ich dies sagte, sah ich, wie sich der Ausdruck in Kates Augen veränderte, sah schmerzliches Wiedererkennen darin aufflackern. Dieses Wort, *entbehrlich,* löste tief in ihrem Innern etwas aus, ein altes Gefühl, das sie schon vor langer Zeit empfunden hatte. Das Gefühl, nicht wichtig zu sein, nicht besonders. Das Gefühl, nicht geliebt zu werden.

Sie packte die Stuhllehne, als wollte sie den Stuhl auf mich schleudern, dabei suchte sie bloß Halt. Sie hielt sich daran fest und sah aus, als würde sie jeden Moment ohnmächtig werden.

»Ich muss Jason finden«, wisperte sie.

»Was? Wieso? Hast du nicht ein Wort von dem verstanden, was ich dir gerade gesagt habe?«

»Ich muss ihn finden.«

Mit plötzlicher Entschlossenheit ließ sie die Lehne los und strebte zur Tür.

Ich verstellte ihr den Weg. »Kate, bleib stehen …«

»Lass mich vorbei. Ich muss ihn finden.«

»*Warte.*« Ich griff in meine Hosentasche. »Hier.«

Ich zog den Revolver heraus. Hielt ihn ihr hin.

»Nimm den.«

Kates Augen weiteten sich. »Woher hast du ihn?«

»Gefunden, in Jasons Arbeitszimmer – wo er all seine Waffen versteckt hat.« Ich drückte ihr den Revolver in die Hand. »Nun nimm schon.«

»Nein.«

»*Nimm ihn!* Führ dich auf wie ein Dummkopf, wenn es unbedingt sein muss – aber nimm den hier mit. Bitte.«

Kate starrte mich eine Sekunde lang an. Dann traf sie eine Entscheidung. Sie nahm den Revolver.

Ich trat zur Seite und gab den Weg zur Tür frei.

7

Die Waffe fest in der Hand, verließ Kate das Gästehaus. Sie schlug den Pfad in Richtung Küste ein – zum Strand und zum Anleger –, auf der Suche nach Jason.

Ich wartete einen Augenblick, dann folgte ich ihr.

Eilte ihr nervös nach. Ich hatte Schmetterlinge im Bauch, wie vor einer Premiere. Es war ein aufregendes Gefühl: Ich hatte das Drama geschrieben, wenn auch nicht mit Stift und Papier und auch nicht für fiktionale Figuren auf einer Bühne. Meine Charaktere waren *echt,* genau wie der Schauplatz. Sie alle spielten in meinem Drama mit, auch wenn sie nicht die leiseste Ahnung davon hatten.

Gewissermaßen war es Kunst. Das glaubte ich wirklich.

Als ich mich dem Strand näherte, konnte ich sehen, dass der Wind abgeflaut war. Bald hätte der Zorn sich ausgetobt, eine Spur der Verwüstung hinter sich lassend. Ich hielt Ausschau nach Kate. Und da war sie, vor mir, und stapfte durch den Sand auf den Anleger zu – wo Jason wartete.

Was würde jetzt passieren? Ich kannte die Antwort auf diese Frage. Ich konnte die Zukunft so sicher vorhersagen, als hätte ich sie in mein Notizbuch geschrieben. Was ich tatsächlich getan hatte.

Kate würde die Steinstufen zum Anleger hinaufsteigen. Jason würde die Waffe in ihrer Hand bemerken. Und er würde sie auffordern, ihm die Waffe auszuhändigen, weil Jason nun mal Jason war.

Die Frage war nur, ob sie sie ihm geben würde – in Anbetracht dessen, was ich ihr gerade erzählt hatte. In Anbetracht all der Zweifel, die ich ihr in den Kopf gesetzt hatte.

Die weitaus wichtigere Frage jedoch lautete, ob sie die Waffe, die ich zuvor geladen hatte, auch benutzen würde.

Bald schon würden wir die Antwort auf die Frage erhalten, die ich an jenem Abend gestellt hatte, als Lana zu mir kam und ich bis zum Morgengrauen aufgeblieben war, um zu schreiben. Konnte ich Jasons Tod herbeiführen, ohne selbst abzudrücken?

Ich war zuversichtlich, dass mein Plan funktionieren würde. Vor allem, da Kate mir derart in die Hände spielte. Man konnte sie bestenfalls als volatil bezeichnen, und im Augenblick war sie zudem zutiefst entsetzt, hochemotional und betrunken. Es war also ziemlich wahrscheinlich, dass Kate ihren Gefühlen freien Lauf ließ.

Ich nahm meine Position bei den hohen Kiefern am Ende des Strands ein, gut versteckt im Schatten der Bäume. Nahe genug, um eine perfekte Sicht zu haben, aber nicht nahe genug, als dass man mich hätte sehen können. Von hier aus wohnte ich meinem ganz persönlichen Bühnenstück bei.

Doch plötzlich erlitt ich eine Nervenkrise, sozusagen in allerletzter Minute. Jeder Dramatiker erlebt so etwas irgendwann. Die Furcht, dass die Geschichte nicht aufgeht. *Habe ich genug gegeben? Ist der Aufbau stimmig?*

In diesem späten Stadium sollte man unbedingt von Flickschustereien absehen. Viele großartige Kunstwerke wurden ruiniert, weil der Künstler einfach nicht aufhören konnte, daran herumzudoktern. Dies gilt zweifellos auch für so manches kriminelle Unterfangen.

Ich musste auf die Arbeit vertrauen, die ich bereits geleistet hatte. Was als Nächstes geschah, war jenseits meiner Kontrolle. Es lag nun in den Händen der Schauspielenden – ich war lediglich ein Zuschauer.

Also machte ich es mir bequem, um mir die Vorführung anzusehen.

8

Kate überquerte den Strand in Richtung Anleger. Langsam stieg sie die Steinstufen hinauf. Jason war allein auf der Plattform. Sie standen einander gegenüber.

Für einen kurzen Moment herrschte Schweigen. Jason warf Kate einen vorsichtigen Blick zu. Er sprach als Erster.

»Bist du allein? Wo sind die anderen?«

Kate antwortete nicht. Sie starrte ihn einfach nur an, Tränen stiegen ihr in die Augen.

Jason beobachtete sie. Er schien sich unbehaglich zu fühlen, zweifelsohne spürte er, dass etwas nicht stimmte. »Kate, ist alles in Ordnung mit dir?«

Kate schüttelte den Kopf und deutete auf das Schnellboot, das am Anleger vertäut war.

»Können wir nicht einfach abhauen? Machen, dass wir hier wegkommen?«

»Nein. Die Polizei wird bald eintreffen.«

»Bitte, lass uns einfach ins Boot steigen und fahren …«

»Was ist das?« Jason starrte auf den Revolver in ihrer Hand, dann fragte er in schärferem Ton: »Woher zur Hölle hast du den?«

»Gefunden.«

»Wo? Gib ihn mir.«

Mit ausgestreckter Hand trat Jason auf sie zu. Kate machte einen kleinen Schritt zurück – eine unwillkürliche Bewegung, durch die eine größere Kluft zwischen ihnen entstand.

Jasons Blick wurde finster. »Gib mir die Waffe. Ich weiß,

wie man sie benutzt, du nicht.« Und dann: »Komm schon, Katie, ich bin's.«

Für eine Sekunde schien Kate ihm sein souveränes Gebaren abzukaufen, doch dann sah sie, dass seine Hand zitterte. Ihr wurde klar, dass Jason genauso viel Angst hatte wie sie.

Und Jason hatte jeden Grund, Angst zu haben. Kate war ganz offensichtlich außer Kontrolle, und er musste sie irgendwie beruhigen. Zur Vernunft bringen. Musste ihr gut zureden, damit sie ihm den Revolver aushändigte.

Also ging er ein kalkuliertes Risiko ein.

»Ich liebe dich«, sagte er.

Ihrem Gesicht war deutlich zu entnehmen, dass dieser Spielzug fehlschlug. Kates Ausdruck wurde härter.

»Lügner«, sagte sie.

Und dann kam der Moment, um den ich gebetet hatte. Die Zweifel lösten sich auf, eine Art Bühnenalchemie – nennen Sie es, wie Sie wollen. In Kates Kopf wurde die Illusion zur Wahrheit. In ihrer Vorstellung setzte sich der Gedanke durch, dass man Jason nicht trauen konnte. Und zum ersten Mal, seit sie ihn kannte, fürchtete sie sich vor ihm.

Ihre Furcht vergrößerte sich, als Jason es erneut versuchte, diesmal mit mehr Nachdruck.

»Gib mir die Waffe, Kate.«

»Nein.«

»Kate …«

»Hast *du* sie getötet?«

»Wie bitte?« Jason starrte sie ungläubig an. »*Was sagst du da?*«

»Hast du Lana umgebracht?«, schickte Kate eilig hinterher. »Elliot behauptet, du hast sie getötet – aus Versehen. Weil du … weil du *mich* umbringen wolltest.«

»Was?« Jason stöhnte. »Er ist *verrückt!* Das ist gelogen!«

»Tatsächlich?«

»Selbstverständlich!« Er machte einen Schritt auf sie zu. »Gib mir die Waffe.«

»Nein.« Kate hob den Revolver. »Bleib stehen.«

Sie richtete die Waffe auf ihn. Sie zitterte so sehr, dass sie beide Hände dazu benötigte.

Jason trat einen weiteren Schritt näher. »Hör mir zu, Kate. Elliot ist ein *Lügner.* Weißt du, wie viel sie ihm in ihrem Testament hinterlassen hat? *Millionen!* Denk darüber nach. Wem traust du – mir oder ihm?«

Jason klang so aufgebracht, so pathetisch, so aufrichtig, dass Kate ihm gern vertraut hätte. Aber es war zu spät. Sie traute ihm nicht.

»Bleib weg von mir, Jason. Ich meine es ernst. Zurück!«

»Gib mir den Revolver. Jetzt.«

»Bleib stehen«, sagte Kate. »Bleib stehen!«

Doch er bewegte sich weiter auf sie zu, Schritt für Schritt.

»Stopp, Jason!«

Er kam noch näher.

»Stopp!«

Er ging weiter. Die Hand ausgestreckt. »Gib mir die Waffe. *Ich* bin's, Jason, Herrgott noch mal!«

Aber er war es nicht. Er war nicht Jason, nicht mehr. Er war nicht länger der Mensch, den sie gekannt und geliebt hatte. Wie in einem Albtraum hatte er sich von einem Geliebten in ein Monster verwandelt.

Dann sprang er plötzlich auf sie zu …

Und Kates Finger krümmte sich um den Abzug. Sie feuerte.

Doch sie verfehlte ihn. Jason kam noch näher … Kate feuerte erneut …

Und noch einmal …

Und noch einmal.

Endlich traf sie ihr Ziel. Jason brach zusammen und stürzte die Stufen des Anlegers hinunter in den Sand. Dort blieb er liegen, reglos … und verblutete.

Ich wünschte, ich könnte die Geschichte an dieser Stelle beenden.

Ein überwältigendes Ende, nicht wahr? Es hat alles, was man braucht: einen Mann, eine Frau, einen Revolver, einen Strand, Mondschein. Hollywood würde es lieben.

Leider kann ich die Geschichte nicht so enden lassen.

Warum nicht? Weil sie bedauerlicherweise nicht wahr ist.

Es ist nicht das, was in Wirklichkeit passierte. Es ist nur eine Ausgeburt meiner Fantasie. Es ist das, was ich gehofft hatte – die Szene, die ich in meinem Notizbuch ausgearbeitet hatte.

Es tut mir leid, aber das ist nur Fiktion.

Das echte Leben verlief etwas anders.

9

Während ich dort stand, im Schatten der Kiefern, und Kate beobachtete, die die Stufen zum Anleger hinaufstieg, hatte ich die erste unangenehme Ahnung, dass die Realität von meinen Plänen abweichen könnte.

Ich spürte einen leichten Stoß im Rücken. Rasch drehte ich mich um.

Nikos stand hinter mir, ein Gewehr auf mich gerichtet, mit dem er mich ein weiteres Mal anstieß. Diesmal fester.

Als ich sah, dass er es war, fühlte ich mich eher genervt als besorgt.

»Verzieh dich«, sagte ich. »Und nimm das verdammte Ding runter. Ich dachte, Jason hätte dir gesagt, dass du in deiner Hütte bleiben sollst.«

Nikos ignorierte meine Worte. Er starrte mich misstrauisch an. »Lass uns die anderen suchen«, sagte er und bedeutete mir, mich in Bewegung zu setzen. »Los.«

Er nickte in Richtung Strand, zum Anleger, wo Jason und Kate waren. Sofort schrillten meine Alarmglocken.

»Nein«, sagte ich eilig. »Nicht da entlang. Das ist keine gute Idee.«

»Los jetzt.« Nikos stieß mich erneut mit dem Gewehr an.

»Nein, hör mir zu: Wir müssen Leo und Agathi finden.« Langsam und mit Nachdruck, damit er mich nur ja verstand, fügte ich hinzu: »Du und ich, wir kehren zum Haus zurück. Wir finden sie, okay?«

Ich hob die Hand, um in die entsprechende Richtung zu deuten. Sofort bohrte sich die Mündung des Gewehrs tief in meine Brust, zwischen meine Rippen. Mein Herz hämmerte. Mit Nikos war definitiv nicht zu spaßen.

Erneut nickte er in Richtung Steg. »Nun mach schon!«

»Okay, okay, beruhige dich.«

Als mir klar wurde, dass mir keine andere Wahl blieb, fügte ich mich seufzend in mein Schicksal. Wie ein schmollendes Kind ging ich zum Strand.

Wir stapften durch den Sand, Nikos dicht hinter mir, die Mündung des Gewehrs wieder in meinen Rücken gedrückt. Er traute mir nicht, und zwar zu Recht. Wie dumm von mir, dass ich mich von ihm dabei hatte erwischen lassen, wie ich mich bei den Strandkiefern herumdrückte und Kate und Jason ausspionierte. Es sah nicht gut für mich aus, und jetzt musste ich mir eine Ausrede einfallen lassen – was nicht so einfach wäre. Ich musste improvisieren, und Improvisation zählte nicht gerade zu meinen Stärken.

Verdammter Kerl, dachte ich. *Er wird noch alles ruinieren!*

Wir erreichten die Stufen zum Steg. Ich blieb stehen, nicht bereit, weiterzugehen. Ich spürte die Mündung des Gewehrs zwischen meinen Rippen. Stufe für Stufe zwang Nikos mich nach oben … bis ich dort stand, auf der steinernen Plattform, Kate und Jason direkt gegenüber.

Ich sah, dass Kate noch immer den Revolver in der Hand hielt. Jason schien das nichts auszumachen, offenbar hatte ich mich verkalkuliert. Kate sah ungläubig von mir zu Nikos, in ihrem Blick spiegelte sich Abscheu. Sie wandte sich an Jason.

»Er hat behauptet, Nikos wäre *tot!*«, stieß sie hervor. »*Du* hättest ihn umgebracht.«

»Wie bitte?«, fragte Jason verblüfft. »*Was?*«

»Elliot hat behauptet, du hättest ihn getötet – genau wie Lana.«

Jason schnappte nach Luft. »Was zur Hölle …?«

»Was bist du doch für eine falsche Schlange«, sagte Kate, an mich gewandt. »Eine gottverdammte Schlange. Warum fängst du nicht einfach an zu zischen? *Sssssss …«*

»Kate, hör bitte auf damit! Ich kann es dir erklären …«

Ich wollte gerade anfangen, mich herauszureden, als ich hinter Jasons Schulter eine Gestalt erblickte, die eilig über den Strand auf uns zulief. Es war Agathi. Mir blieb das Herz stehen.

Es war aus. Mein gesamtes Kartenhaus stand kurz davor, zusammenzubrechen, und mir bliebe nichts anderes übrig, als mich damit abzufinden.

Während ich darauf wartete, dass Agathi bei uns eintraf, richtete ich meine Aufmerksamkeit wieder auf Kate und Jason – die über mich sprachen, als wäre ich gar nicht anwesend. Was, gelinde gesagt, beunruhigend war.

Ich habe häufig mitbekommen, dass andere Autoren schilderten, ihre Figuren würden sich »von ihnen entfernen«, »Unabhängigkeit gewinnen« und »ein Eigenleben entwickeln«. Früher hatte ich mich darüber lustig gemacht und die Augen deswegen verdreht, doch jetzt machte ich diese Erfahrung zu meinem Erstaunen selbst. Ich wollte sie unterbrechen, wollte ihnen klarmachen: *Nein, nein, das sollt ihr nicht sagen!*, und: *Das darf nicht passieren …* Aber es passierte. Das hier war die Realität, kein Schauspiel. Und nichts lief so, wie ich es geplant hatte.

»Er versucht, dir etwas anzuhängen«, sagte Kate. »Lana hat ihm mehrere Millionen Pfund hinterlassen. Wusstest du das?«

»Nein.« Jasons Blick wurde zornig. »Das wusste ich nicht.«

Agathi erschien auf der obersten Stufe und warf uns einen ängstlichen Blick zu.

»Was ist hier los?«
»Wir wissen jetzt, wer Lana erschossen hat«, sagte Kate.
»Wer denn?«, fragte Agathi verwirrt.
Kate deutete mit dem Revolver auf mich.
»Elliot.«

10

Wir standen auf dem Anleger und starrten einander an. Das einzige Geräusch war das Heulen des Windes und das Tosen der Wellen, die gegen den Stein schlugen.

Ich konnte sehen, wir sehr Agathi sich den Kopf darüber zerbrach, was sie als Nächstes tun sollte. Vorsichtig fragte sie: »Warum sollte Elliot das getan haben?«

»Wegen des Geldes«, antwortete Kate. »Er ist pleite, Lana hat es mir erzählt. Und sie hat mir auch erzählt, dass sie ihn in ihrem Testament mit einem Vermögen bedacht hat.«

Das war die einzige Möglichkeit, die mir nie in den Sinn gekommen war: dass *ich* als Hauptverdächtiger enden könnte.

Die Ironie entging mir nicht. Es kostete mich einige Mühe, ein ernstes Gesicht zu bewahren. Ich riss mich zusammen und begegnete ihnen mit einer Leichenbittermiene.

»Es tut mir leid, aber ich muss euch enttäuschen«, sagte ich. »Ich bin vieler Dinge schuldig – aber der Mord an Lana zählt nicht dazu.«

Ich warf Agathi einen herausfordernden Blick zu. *Na los,* dachte ich. *Spuck's aus. Ich wette, du brennst darauf, ihnen mitzuteilen, dass das Ganze nichts als eine Farce ist.*

Aber Agathi schwieg. Plötzlich kam mir ein hoffnungsvoller Gedanke. War es möglich, dass Lana sie schlussendlich doch noch auf unsere Seite hatte ziehen können? Würde Agathi trotz allem mitspielen? Würde sie mir helfen, der Situation die entscheidende Wendung zu geben?

Währenddessen sagte Kate mit leiser, aufgeregter Stimme: »Elliot hat sie getötet. Er darf damit nicht davonkommen, auf gar keinen Fall …«

»Das wird er auch nicht«, versicherte ihr Jason. »Die Polizei …«

»Scheiß auf die Polizei! Er wird sich irgendwie rausreden. Er *darf* damit nicht durchkommen, Jason, das dürfen wir nicht zulassen.«

»Worauf willst du hinaus?«

»Ich spreche von Gerechtigkeit. *Er hat Lana ermordet.*«

»Du willst ihn erschießen? Nur zu, von mir aus gern.«

»Ich meine es ernst.«

»Dann tu es.«

Es entstand eine kurze Pause. Das ging jetzt weit genug, fand ich. Es gefiel mir gar nicht, wie sich die Dinge entwickelten, erst recht nicht, da Kate mit einer geladenen Waffe herumfuchtelte. So etwas konnte schnell aus dem Ruder laufen.

Und so fühlte ich mich gezwungen, wenngleich nur sehr zögerlich, die Sache zu beenden.

»Meine Damen und Herren.« Ich hob die Hände. »Ich hasse es, die Überraschung zu verderben, aber ich fürchte, dies ist nicht echt. Der gesamte Abend ist ein einziger Schwindel. Lana ist nicht tot. Das Ganze ist nur ein Scherz!«

Jason starrte mich voller Abscheu an. »Du bist doch krank im Kopf, Kumpel.«

Er glaubte mir also nicht – was in gewisser Hinsicht ein enormes Kompliment war.

Ich lächelte. »Na schön, frag doch Agathi. Soll sie es dir sagen.«

Ich schaute Agathi auffordernd an. »Nur zu, sag's ihnen!«

Agathi hielt meinem Blick stand, ohne mit der Wimper zu zucken. »Was soll ich ihnen sagen?«

Ich runzelte die Stirn. »Die Wahrheit. Sag ihnen, dass Lana lebt …«

Agathi spuckte mir ins Gesicht. »*Mörder!*«

Ich schnappte nach Luft. »Agathi …«

»*Du hast sie umgebracht.*« Agathi bekreuzigte sich. »Möge Gott dir vergeben.«

Ich war fassungslos – und zornig. Ungläubig fuhr ich mir mit der Hand übers Gesicht. »Was zum Teufel spielst du für ein Spiel? Hör auf damit, und zwar sofort! Sag ihnen die Wahrheit!«

Doch Agathi starrte mich nur dreist an. Also hielt ich meinen Ärger im Zaum und wandte mich an Jason.

»Komm«, forderte ich ihn auf, »lass uns zum Haus zurückkehren. Dort wirst du Lana gesund und munter vorfinden – wirst sehen, wie sie Wodka kippt und Kates Zigaretten raucht …«

Jason schlug mir ins Gesicht. Seine Faust traf meine untere Wangenhälfte. Der Hieb ließ mich nach hinten taumeln.

Ich brauchte einen Moment, um das Gleichgewicht wiederzuerlangen. Meine Hand fuhr zu meinem pochenden Kiefer. Der Schmerz war heftig. Das Sprechen tat weh.

»Ich befürchte, du hast mir den Kiefer gebrochen … *Scheiße!*«

»Ich fange gerade erst an«, erwiderte er grimmig.

»Um Himmels willen!« Ich funkelte Agathi wütend an. »Bist du jetzt glücklich? *Zufrieden?* Wirst du diesem gottverdammten Arschloch jetzt erzählen, dass alles nur ein Spaß ist?«

Jason schlug erneut zu. Diesmal traf mich der Hieb seitlich am Kopf und brachte mich tatsächlich aus dem Gleichgewicht. Ich taumelte, dann stürzte ich auf Knie und Hände. Blut spritzte aus meiner Nase auf den sandigen Steinboden.

Ich keuchte und versuchte, wieder zu Atem zu kommen. Es hatte mir im wahrsten Sinne des Wortes den Boden unter den Füßen weggezogen – im physischen wie im psychischen Sinne. Ich musste begreifen, dass diese Situation sozusagen im Eiltempo außer Kontrolle geriet. Die anderen redeten weiter – und was ich sie sagen hörte, war ziemlich beunruhigend.

Sie klangen seltsam aufgeregt, fast wie auf Drogen.

»Na dann«, sagte Jason. »Ziehen wir's durch? Ja oder nein?«

»Uns bleibt keine Wahl«, sagte Kate. »Er hat sie umgebracht. Es ist nur *gerecht.*«

»Und was sagen wir der Polizei?«

»Die Wahrheit. Elliot hat erst Lana erschossen … und anschließend sich selbst.«

Sie schienen vorübergehend den Verstand verloren zu haben. Ich glaubte nicht eine Sekunde, dass sie damit tatsächlich durchkommen würden. Doch statt dass dieser Gedanke mich beruhigte, bekam ich Angst. Ich musste unbedingt weg von hier, mich in Sicherheit bringen.

Angestrengt rappelte ich mich hoch und zwang mich trotz meines schmerzenden Kiefers zu einem Lächeln.

»Bravo«, sagte ich. »Klasse Leistung, Leute. Fast hättet ihr mich überzeugt … Aber diese Farce dauert schon viel zu lange. Ich gebe euch einen Tipp: Ihr dürft den letzten Akt nicht ewig in die Länge ziehen, sonst verliert ihr euer Publikum.«

Damit drehte ich mich um und ging …

Und hörte ein dumpfes Geräusch, gefolgt von einem lähmenden Schmerz, der sich in meinem Kreuz ausbreitete. Nikos hatte mich von hinten mit dem Gewehrkolben geschlagen. Ächzend sackte ich auf die Knie.

»Halt ihn fest«, befahl Jason. »Lass ihn nicht gehen.«

Nikos packte meine Schultern und drückte mich zu Boden. Ich kämpfte darum, mich zu befreien.

»Geh runter von mir, verdammt noch mal! Das ist doch verrückt! Lana lebt, Kumpel. *Ich habe nichts Falsches getan …*«

Sie umringten mich. Ich hörte sie weiter über meinem Kopf flüstern.

»Gerechtigkeit?«, fragte Jason.

»Gerechtigkeit«, wiederholte Kate.

Ich wand mich hin und her, spürte, wie ich in Panik geriet, und kämpfte darum, Agathi das Gesicht zuzuwenden. »Warum tust du das? Du hast deinen Standpunkt klargemacht. *Es tut mir leid* – und jetzt Schluss damit, okay?«, appellierte ich an sie.

Doch Agathi sah mich nicht einmal an. »*Gerechtigkeit*«, verlangte sie und übersetzte das Wort für Nikos ins Griechische: »*Δικαιοσύνη*.«

»*Δικαιοσύνη*.« Nikos nickte. »Gerechtigkeit.«

Jason deutete mit dem Kinn auf den Revolver in Kates Händen. »Er muss die Waffe halten. Gib sie mir.«

»Hier, nimm.« Kate reichte ihm den Revolver.

»*Lass mich los!* Lana lebt …«

Ich kämpfte, um Nikos' Griff zu entkommen, aber er hielt mich fest wie ein Schraubstock. Meine Panik wurde stärker.

Jason drückte mir den Revolver in die Hand und schloss seine Finger um meine. Dann hielt er mir die Waffe seitlich an den Kopf. Ich spürte, wie sie sich tief in meine Schläfe bohrte.

»Drück ab, Elliot«, forderte er mich auf. »Das ist deine Strafe. Drück ab.«

Ich kämpfte gegen die Tränen an. »*Nein, nein – ich habe nichts Falsches getan. Bitte …*«

»Scht.« Jasons Stimme klang jetzt seltsam sanft, beinahe

zärtlich. »Hör jetzt auf, uns etwas vorzuspielen«, flüsterte er mir ins Ohr. »Tu es. Drück ab.«

»*Nein – nein …*«

»Drück ab, Elliot.«

»Nein.« Mittlerweile schluchzte ich. »*Bitte* … hört auf!«

»Dann tue ich es.«

»Nein«, sagte Kate. »*Ich* tue es.«

Plötzlich starrte ich in Kates Augen. Sie waren riesig, grausam, Furcht einflößend.

»Das ist für Lana«, zischte sie.

»Nein, nein!«

Und dann begann ich vor lauter Angst zu schreien.

Natürlich schrie ich nach Lana. Ich hatte keine Ahnung, ob sie sich in Hörweite befand, aber sie *musste* mich einfach hören. Sie *musste* mich retten.

»LANA*!* LANA*!*«

Ich spürte Kates Hand, die sich auf meine legte – und meinen Zeigefinger zwangen, sich um den Abzug zu krümmen. Und mir wurde mit absoluter Gewissheit klar, dass Kates Finger auf meinem, der Revolver an meiner Schläfe, der Wind in meinem Gesicht die letzten Dinge waren, die ich jemals spüren würde.

»LAAANA …«

Kates Finger drückte ab.

»LAN…«

Mein Schrei erstickte. Ich hörte ein Klicken – dann einen gewaltigen Knall. Alles wurde schwarz.

Und meine Welt verschwand.

AKT V

Ich weiß, dass dies falsch ist.
Aber stärker als mein Gewissen ist mein Zorn.

Euripides,
Medea

1

Lana erwachte im Dunkeln.

Sie war sich nicht sicher, wo sie war – oder wie viel Uhr es war. Sie fühlte sich verwirrt und angeschlagen.

Langsam gewöhnten sich ihre Augen an die Dunkelheit, und sie erkannte ein großes Fenster mit zugezogenen Vorhängen. An den Rändern schimmerte es hell, von draußen stahl sich Licht herein.

Es ist Morgen, dachte sie. *Und ich liege auf Elliots Couch.*

Als sie die Überbleibsel der vergangenen Nacht betrachtete, die offenbar ziemlich ausgeufert war – den Couchtisch, übersät mit leeren Weinflaschen, Wodkaflaschen, verschiedenen Gläsern, verstreuten Marihuanablüten und überquellenden Aschenbechern –, kehrte die Erinnerung zu ihr zurück. Sie war gestern am späten Abend hergekommen. Auch der Grund für ihren Besuch fiel ihr jetzt wieder ein: die Entdeckung, dass Kate und Jason eine Affäre hatten. Eine Woge des Schmerzes durchflutete sie.

Für einen Moment blieb Lana still liegen. Sie fühlte sich so traurig, so erschöpft, so voll und ganz gebrochen … Es kostete sie Mühe, genügend Kraft aufzubringen, um aufstehen zu können. Es gelang ihr, sich auf die Armlehne zu stützen und sich aufzurichten. Sie schwang die Füße vom Polster und erhob sich. Leicht schwankend begann sie, ihre Sachen einzusammeln.

Dann sah sie, auf der gegenüberliegenden Seite des Wohnzimmers, die Gestalt eines Mannes, der tief und fest schlief, das Gesicht auf der Schreibtischplatte.

Elliot, dachte sie.

Vorsichtig bahnte sie sich einen Weg durch das Chaos und blieb vor dem Schreibtisch stehen, um mir für einen Moment beim Schlafen zuzusehen.

Weitere Erinnerungen an die letzte Nacht kehrten zurück, und sie dachte daran, dass in der Stunde der Not, als sie dringend einen Freund brauchte – verzweifelt, überfordert –, Elliot Chase da gewesen war, der sie unterstützte, ihr beistand, ihren Kopf über Wasser hielt.

Er ist mein Fels, dachte sie. *Ohne ihn würde ich ertrinken.*

Wider Willen musste Lana plötzlich lächeln, als ihr der verrückte Racheplan einfiel, den wir gemeinsam geschmiedet hatten, als sie völlig durchgedreht war.

Wir haben uns hinreißen lassen, dachte sie. *Aber wir haben uns gemeinsam hinreißen lassen. Komplizen. Verbündete.*

Während sie dort stand und mich betrachtete, verspürte sie so viel Liebe. Für Lana war es, als würde ich aus einem Nebel heraustreten, als würde sie mich zum ersten Mal klar sehen.

Er sieht aus wie ein kleiner Junge, dachte sie. *Wie ein Kind.*

Sie musterte liebevoll mein Gesicht. Es war ein Gesicht, das sie sehr gut kannte, aber noch nie zuvor so genau betrachtet hatte.

Es war ein blasses, erschöpft aussehendes Gesicht. Ein trauriges Gesicht. Ungeliebt.

Nein, das stimmt nicht, dachte Lana. *Er wird geliebt. Ich liebe ihn.*

Und während Lana mich in dem trüben Licht betrachtete, erfuhr sie einen lebensverändernden Moment der Klarheit. Ihr wurde bewusst, dass sie mich nicht nur liebte, sondern dass sie mich immer schon geliebt hatte. Vielleicht nicht mit der wahnsinnigen Leidenschaft, die Jason in ihr entfachte, sondern stiller, beständiger … tiefer. Eine große

Liebe, eine wahre Liebe – geboren aus gegenseitigem Respekt und wiederholten Akten der Freundlichkeit.

Hier war endlich ein Mann, auf den sie sich verlassen konnte. Ein Mann, dem sie vertrauen konnte. Ein Mann, der sie niemals verlassen oder betrügen oder belügen würde. Er würde ihr geben, was sie am dringendsten benötigte – er würde ihr Kameradschaft, Freundlichkeit und Liebe schenken.

Plötzlich verspürte Lana den Drang, mich zu wecken – und mir zu sagen, wie sehr sie mich liebte.

Ich werde Jason verlassen, wollte sie sagen. *Und du und ich, mein Geliebter, können zusammen sein, wir können glücklich sein. Für immer und ewig und …*

Lana streckte die Hand aus, um mich an der Schulter zu berühren, doch etwas ließ sie innehalten.

Mein Notizbuch lag auf dem Schreibtisch, unter meiner rechten Hand.

Es war aufgeschlagen, die Seiten mit meiner krakeligen Handschrift bedeckt. Es sah aus wie der Entwurf eines Drehbuchs oder wie eine Szene aus einem Theaterstück.

Ein Wort stach ihr ins Auge: *Lana.*

Sie sah genauer hin. Weitere Worte sprangen sie an: *Kate … Jason …* und *Waffe.*

Es musste sich um diesen verrückten Plan von gestern Nacht handeln. *Der alberne Kerl,* dachte sie, *er hat wohl angefangen, unsere Idee aufzuschreiben, bevor er eingedämmert ist. Sobald er wieder wach ist, sorge ich dafür, dass er die Seiten vernichtet.* Lana ging davon aus, dass ich – genau wie sie – nüchterner und klüger wäre, wenn ich aufwachte.

Sie zögerte einen Moment, dann gewann ihre Neugier die Oberhand. Vorsichtig, um mich nicht zu wecken, zog sie das Notizbuch unter meiner Hand hervor, nahm es und trat damit ans Fenster. Dort hielt sie es in das hereinfallende Tageslicht und fing an zu lesen.

Nachdem sie die erste Seite überflogen hatte, legte Lana verwirrt die Stirn in Falten. Sie verstand nicht, was sie da las. Er ergab keinen Sinn. Also blätterte sie ein paar Seiten weiter. Dann noch ein paar … dann schlug sie wieder die erste Seite auf – und las alles von Anfang an.

Und währenddessen fing Lana an zu begreifen, was sie da sah. Ihre Finger zitterten. Ihre Zähne klapperten. Sie hatte das Gefühl, die Kontrolle über sich zu verlieren – hatte das Gefühl, sie müsste schreien.

Raus hier!, rief ihre innere Stimme. *Hau ab, hau ab, hau ab …*

Sie traf eine Entscheidung. Sie stopfte das Notizbuch in ihre Handtasche – doch dann überlegte sie es sich anders und legte es aufgeschlagen auf den Schreibtisch, schob es wieder unter meine Finger.

Gerade als ich mich regte und aufzuwachen begann, schlich Lana aus meiner Wohnung.

Lautlos.

2

Es war früher Morgen, als Lana aus dem Gebäude stolperte.

Das Tageslicht überwältigte sie, blendete sie, und sie beschirmte schützend ihre Augen, senkte beim Gehen den Kopf. Das Herz hämmerte in ihrer Brust, ihr Atem ging schnell und stoßweise. Sie fürchtete, ihre Beine würden nachgeben, aber es gelang ihr, weiter einen Fuß vor den anderen zu setzen.

Sie wusste nicht, wohin sie ging, sie wusste nur, dass sie so weit wie möglich wegwollte von den Worten, die sie gelesen hatte, genau wie von dem Mann, der sie geschrieben hatte.

Unterwegs versuchte sie, einen Sinn in dem zu erkennen, was in dem Notizbuch stand. Es war schrecklich und viel zu viel, als dass sie es hätte begreifen können. Diese Seiten zu überfliegen war, als würde man einen Blick in den gespaltenen Geist eines Wahnsinnigen werfen, einen Blick in die Hölle.

Zunächst hatte sie den verstörenden Eindruck, sie hätte ihr eigenes Tagebuch vor sich, so viel von ihr stand darin – das Notizbuch war voll mit ihren Worten, ihren Ideen, ihren Weltanschauungen, ihren Träumen. Alles getreulich aufgezeichnet, in der ersten Person, als hätte sie es selbst geschrieben. Es kam ihr fast vor wie eine Schauspielübung – als würde sie studiert, als wäre sie eine Figur in einem Drama, keine reale Person.

Schlimmer noch und sehr viel schmerzhafter zu lesen war die lange Liste mit Treffen von Jason und Kate, die sich über mehrere Seiten ersteckte. Jeder Eintrag war sorgfältig datiert, der Ort notiert, dazu eine Aufzählung dessen, was stattgefunden hatte.

Es gab eine Liste, die mit Lana überschrieben war – mit einer Reihe von möglichen Hinweisen darunter, die in ihrem Haus hinterlassen wurden, um sie an Jasons ehelicher Treue zweifeln zu lassen.

Eine weitere Liste, Jason, enthielt eine Vielzahl von Methoden, wie man sich seiner entledigen konnte. Doch die Liste war durchgestrichen. Anscheinend hatte sich keine dieser Methoden als wirklich zufriedenstellend entpuppt.

Auf den letzten Seiten des Notizbuchs – immer wieder neu verfasst – war schließlich eine bizarre Verschwörung zu finden: Kate sollte dazu gebracht werden, Jason auf der Insel umzubringen. Noch weitaus verstörender jedoch war, dass diese Verschwörung wie ein Bühnenstück verfasst war, mit Dialogen und Regieanweisungen. Lana schauderte, wenn sie nur daran dachte. Sie hatte den Eindruck, auch sie wäre verrückt geworden. Das letzte Mal, als sie ein solches Gefühl der Irrealität verspürt hatte, hatte sie gerade den Ohrring entdeckt.

Der Ohrring – der laut Notizbuch absichtlich so platziert worden war, dass sie ihn finden musste. War das möglich? Sie versuchte, die Worte, die sie gelesen hatte, mit dem Mann in Verbindung zu bringen, von dem sie stammten. Ein Mann, den sie zu kennen – und zu lieben – glaubte.

Das war es, was die Sache so besonders schmerzhaft machte, die Liebe, die sie für ihn empfand. Dieser Verrat ging so tief unter die Haut, dass er sich anfühlte wie eine körperliche Wunde – ein klaffendes Loch. Es konnte nicht wahr sein. Hatte ihr bester Freund sie wirklich belogen? Hatte er sie manipuliert, sie isoliert, mit dem Vorsatz, ihre Ehe zu beenden? Und jetzt plante er sogar einen Mord?

Lana wusste, dass sie sich damit an die Polizei wenden musste, und zwar auf der Stelle. Ihr blieb keine andere Wahl. Ermutigt durch diese Entscheidung, beschleunigte sie ihre Schritte. Sie würde direkt zum Präsidium marschieren, und sie würde den Polizisten sagen …

Was würde sie ihnen sagen? Wollte sie ihnen etwa von dem zu Papier gebrachten Gegeifer eines Irren erzählen? Würde sie nicht genauso verrückt wirken mit ihren wirren Anschuldigungen bezüglich Psychoterror, Affären und geplanter Mordanschläge? Ihre Schritte wurden langsamer. Die Geschichte würde die Runde machen, und schon morgen wäre sie auf der Titelseite jeder Boulevardzeitung rund um den Globus. Sie bot genügend Material, um die Presse wochenlang zu beschäftigen, wenn nicht gar Monate. Nein, das durfte sie nicht zulassen – um Leos willen und um ihrer selbst willen. Sich an die Polizei zu wenden, war keine Option.

Was dann? Was konnte sie sonst tun? Ihr fielen keine weiteren Möglichkeiten ein.

Sie blieb stehen, verharrte reglos, in der Mitte des Gehsteigs. Sie wusste nicht, was sie machen sollte, wohin sie gehen sollte.

Die Straße war nicht sonderlich belebt, es war noch zu früh. Eine Handvoll Passanten ging an ihr vorbei, ohne sie weiter zu beachten, nur ein ungeduldiger Mann seufzte laut. »Nun treten Sie doch zur Seite«, drängte er sie, »machen Sie verdammt noch mal den Weg frei.«

Dies veranlasste Lana dazu, sich aus ihrer Starre zu lösen, einen Fuß vor den anderen zu setzen und weiterzugehen. Sie wusste noch immer nicht, wohin, aber sie blieb einfach in Bewegung.

Irgendwann fand sie sich in Euston wieder. Sie ging zum Bahnhof und sank erschöpft auf eine Bank. Sie war völlig fertig.

Dies war der zweite brutale Angriff auf ihre Psyche, den sie binnen weniger Tage erleiden musste. Der erste war die Entdeckung der Affäre zwischen Jason und Kate – was einen Ausbruch von Emotionen, Tränen und Hysterie ausgelöst hatte. Aber Lana hatte all ihre Tränen aufgebraucht, für diesen zweiten Verrat waren keine mehr übrig. Sie war unfähig zu weinen, zu empfinden. Sie fühlte sich nur noch ausgelaugt und konfus. Sogar das Denken fiel ihr schwer.

Lana saß etwa eine Stunde lang dort auf der Bank, den Kopf gesenkt. Der Bahnhof erwachte mehr und mehr zum Leben, doch niemand bemerkte sie – sie war unsichtbar, eine weitere verlorene Seele, ignoriert vom steten Strom der Pendler.

Schließlich sah sie doch jemand. Ein alter Mann, der, genau wie Lana, nirgendwohin gehen konnte. Er schlurfte dicht an sie heran. Er roch nach Alkohol.

»Kopf hoch, Süße«, sagte er. »So schlimm kann doch alles gar nicht sein.« Dann, als er sie näher betrachtete: »Sagen Sie, Sie kommen mir bekannt vor … Kenne ich Sie irgendwoher?«

Lana sah nicht hoch, antwortete nicht, schüttelte nur den Kopf. Irgendwann gab der alte Mann auf und zockelte davon.

Lana zwang sich, aufzustehen. Sie verließ den Bahnhof, gerade als das Pub gegenüber öffnete. Sie zögerte und überlegte, hineinzugehen, doch dann entschied sie sich dagegen. Sie durfte sich nicht betrinken. Sie musste unbedingt einen klaren Kopf bewahren.

Als sie am Pub vorbeischlenderte, dachte sie an Barbara West.

Plötzlich wurde Lana von Erinnerungen überschwemmt, die sie unbedingt hatte vergessen wollen. Alles, was Barbara über Elliot gesagt hatte, fiel ihr wieder ein. Dass er gefährlich war – und verrückt. Lana hatte sich geweigert, ihr zu glauben. Sie hatte darauf bestanden, dass Elliot ein guter Mann war, freundlich und liebenswert.

Doch sie hatte sich getäuscht. Barbara hatte die Wahrheit gesagt.

Während des Gehens spürte Lana, wie ihre Konzentration zurückkehrte. Das Denken fiel ihr leichter. Jetzt kannte sie ihr Ziel. Wusste, was sie zu tun hatte.

Es graute ihr davor, aber ihr blieb keine Wahl – sie musste die Wahrheit in Erfahrung bringen. Also legte sie die ganze Strecke von Euston bis nach Maida Vale zurück, und zwar zu Fuß. Irgendwann blieb sie vor der Tür eines viktorianischen Reihenhauses in Little Venice stehen und drückte den Finger auf die Klingel – so lange, bis sie zornige Schritte im Flur hörte und die Tür von der erbosten Besitzerin aufgerissen wurde.

»Was zum Teufel …?« Kate sah schrecklich aus. Sie hatte eine anstrengende Nacht hinter sich und war gerade erst schlafen gegangen. Ihre Haare waren zerzaust, ihr Make-up verschmiert. Ihr Ärger verpuffte, als sie sah, dass Lana vor der Tür stand. »Was machst du denn hier? Was ist los?«

Lana starrte sie an. Dann sagte sie das Erste, was ihr in den Sinn kam: »Gehst du mit meinem Mann ins Bett?«

Kate atmete scharf ein, fast so, als würde sie nach Luft schnappen. Dann stieß sie einen langen, hörbaren Seufzer aus.

»Ach, *Herrgott,* Lana … es ist vorbei. Ich habe Schluss gemacht. Es tut mir leid … schrecklich leid.«

Das war nicht viel – aber irgendwie bot dieser ehrliche Austausch eine winzige Basis, einen Trittstein, von dem aus man weiterhüpfen konnte. Die Wahrheit wirkte befreiend, zumindest diente sie als Türöffner. Endlich konnten die beiden Frauen aufrichtig miteinander reden.

Lana trat ein und setzte sich an Kates Küchentisch. Stundenlang saßen sie dort zusammen und redeten und weinten. Sie waren so ehrlich zueinander wie schon seit Jahren nicht mehr. All die Missverständnisse, Grenzüberschreitungen, verletzten Gefühle, Lügen, Verdächtigungen – alles kam heraus. Kate gestand Lana ihre Gefühle für Jason, die sie seit dem Tag ihrer ersten Begegnung für ihn hegte. Sie vergrub den Kopf in den Händen und schluchzte.

»Ich habe ihn geliebt«, sagte sie leise. »Und du hast ihn mir weggenommen, Lana. Das hat so wehgetan. Ich habe versucht, loszulassen, ihn zu vergessen – aber ich konnte es nicht.«

»Dann hast du versucht, ihn zurückzugewinnen? Ist es das?«

»Ich habe es versucht, ja.« Kate zuckte die Achseln. »Er will mich nicht. Du bist diejenige, die er will.«

»Mein Geld, meinst du.«

»Ich weiß es nicht. Ich weiß nur, dass das zwischen uns beiden – zwischen dir und mir – echt ist. Das ist Liebe. Wirst du mir je verzeihen können?«

»Ich kann es versuchen.« Lana lächelte schwach.

Womöglich kam diese bewegende Versöhnung gar nicht so überraschend. Lana und Kate standen sich nun näher als je zuvor. Sie bildeten eine Einheit.

Schließlich hatten sie jetzt einen gemeinsamen Feind.

Mich.

3

Kate rauchte zornig Kette, während sie ungläubig Lanas Geschichte lauschte.

»Verflucht noch mal«, sagte sie, die Augen weit aufgerissen vor Verblüffung. »Elliot ist *böse!*«

»Ich weiß.«

»Was sollen wir jetzt tun?«

Lana zuckte mit den Achseln. »Ich weiß es nicht. Ich kann nicht denken. Ich fasse es nicht, dass so etwas passiert.«

»Ich schon.« Kate lachte grimmig. »Das kannst du mir glauben.«

Trotz ihres anfänglichen Misstrauens fiel es Kate sehr viel leichter, die Nachricht von meinem Verrat zu akzeptieren als Lana. Kate hatte mir seit Jahren instinktiv misstraut. Jetzt fühlte sie sich endlich bestätigt – sogar auf triumphale Weise – und berechtigt, Vergeltung zu üben.

»Wir können den Bastard nicht einfach so davonkommen lassen«, sagte Kate und drückte ihre Kippe aus. »Wir müssen etwas unternehmen.«

»An die Polizei können wir uns mit dieser Geschichte nicht wenden.«

»Nein, ich weiß. Ehrlich gesagt, habe ich keine Ahnung, wie ernst man uns nehmen würde. Um zu verstehen, wie verdammt krank das ist, muss man ihn *kennen.* Man muss *wissen,* was für ein Psychopath er ist.«

»Glaubst du wirklich, er ist verrückt, Kate? Ich schon.«

»Selbstverständlich ist er das. Total übergeschnappt.« Kate schenkte ihnen zwei Whiskey ein. »Ich habe dich schon vor Jahren gewarnt, erinnerst du dich? Ich habe dir gesagt, du darfst ihm nicht vertrauen. Ich wusste, dass er irgendwie seltsam ist. Du hättest ihn niemals so nahe an dich heranlassen dürfen. Das war dein Fehler.«

Für einen Moment erwiderte Lana nichts, dann sagte sie ruhig: »Ich glaube, ich habe ein bisschen Angst vor ihm.«

Kate runzelte die Stirn. »Genau deswegen dürfen wir ihn nicht gewinnen lassen, verstehst du? Wir müssen handeln. Hast du mit Jason gesprochen?«

»Nein, ich habe nur dir davon erzählt.«

»Du musst es ihm sagen.«

»Noch nicht.«

»Was ist mit Elliot?« Kate sah sie neugierig an. »Wirst du ihn zur Rede stellen?«

»Nein.« Lana schüttelte den Kopf. »Er darf nicht erfahren, dass wir es wissen. Unterschätz ihn nicht, Kate. Er ist gefährlich.«

»Das weiß ich. Was machen wir dann?«

»Es gibt nur eine Sache, die wir tun können.«

»Und die wäre?«

Lana heftete die Augen auf Kate und musterte sie eine Sekunde lang schweigend. Dann sagte sie völlig emotionslos, als verkündete sie eine simple Tatsache: »Wir müssen ihn vernichten. Bevor er Jason umbringt.«

Sie sahen einander an.

Kate nickte bedächtig. »Einverstanden. Aber wie?«

Wortlos saßen sie zusammen und tranken nachdenklich ihren Whiskey.

Plötzlich schaute Kate auf. Ihre Augen funkelten. »Ich hab's. Wir schlagen ihn mit seinen eigenen Waffen!«

»Und wie soll das gehen?«

»Wir spielen einfach mit! Wir folgen seinem Skript. Und sobald er denkt, dass alles nach Plan läuft, drehen wir den

Spieß um. Wir schreiben ihm ein neues Ende – ein Ende, mit dem er nicht rechnet.«

Lana dachte darüber nach. Dann nickte sie. »Okay.«

Kate hob ihr Glas und brachte einen Toast aus. »Auf die Vergeltung.«

»Nein.« Lana hob ebenfalls ihr Glas. »Auf die *Gerechtigkeit.*«

»Ja. Auf die Gerechtigkeit.«

Die beiden Frauen tranken feierlich auf den Erfolg ihrer Inszenierung.

Der Vorhang ging sofort auf. Tatsächlich sogar noch am selben Nachmittag, als ich mich müde und verkatert auf den Weg zu Lana machte.

»Ich will nur nach dir sehen, Liebes«, sagte ich. »Ich habe mir Sorgen gemacht, als ich aufgewacht bin und festgestellt habe, dass du fort bist. Ist alles in Ordnung?«

»Mir geht es gut«, sagte Lana. »Ich wollte dich wecken, aber du sahst so friedlich aus.«

»Ich habe einen Höllenkater«, sagte ich. »Wir haben gestern Nacht viel zu viel getrunken. Apropos – wie wär's mit einem Konter-Drink?«

Lana nickte. »Warum nicht?«

Wir gingen in die Küche, und ich öffnete eine Flasche Champagner. Anschließend erinnerte ich Lana schonend an das, worüber wir letzte Nacht gesprochen hatten. Ich ermutigte sie, unseren Plan zu verfolgen und Kate und Jason auf die Insel zu locken.

»Vorausgesetzt, du möchtest das Ganze immer noch machen«, sagte ich beiläufig.

Ich wartete. Mir fiel auf, dass Lana Probleme hatte, mich anzusehen, doch ich schob es auf ihren Kater.

Sie zwang sich zu einem Lächeln in meine Richtung.

»Nichts könnte mich davon abhalten.«

»Gut.«

Dann griff sie auf meinen Vorschlag hin zum Telefon. Sie rief Kate an, die im Old Vic war.

»Hey. Alles okay?«, fragte Kate.

»Bald schon«, erwiderte Lana. »Mir ist gerade eben klar geworden, dass wir ein bisschen Sonnenschein brauchen. Kommst du auch mit?«

»Wie bitte?« Kate klang verwirrt. »Wohin?«

»Auf die Insel – über Ostern?«

Bevor Kate etwas erwidern konnte, fuhr Lana in schmeichelndem Ton fort: »Sag nicht Nein! Nur wir: du, ich, Jason und Leo. Und natürlich Agathi … Ich bin mir nicht sicher, ob ich auch Elliot einladen soll – er ist mir in letzter Zeit ein bisschen auf die Nerven gegangen. Nun, was denkst du?«

Dies machte Kate darauf aufmerksam, dass Lana nicht allein war, dass ich mich in einem Raum mit ihr befand.

Kate verstand. Sie lächelte und spielte mit. Sie nickte.

»Ich buche sofort meinen Flug.«

4

Sie weihten die anderen erst in ihren Plan ein, als sie auf der Insel waren.

Lana schob es immer wieder vor sich her, Agathi davon zu erzählen, sie war sich sicher, dass Agathi nicht mitmachen würde. Es stellte sich jedoch heraus, dass Lana unrecht hatte – Agathi war mehr als bereit, bei den abendlichen Lustbarkeiten mitzuwirken.

Am zweiten Tag erzählte Lana Leo davon, bei dem Picknick am Strand. Sie schlug vor, einen gemeinsamen Spaziergang zu machen.

»Liebling«, sagte Lana mit gesenkter Stimme, als sie Arm in Arm an der Wasserkante entlangschlenderten. »Es gibt etwas, was du wissen solltest. Heute Abend wird ein Mord passieren.«

Verblüfft hörte Leo zu, als seine Mutter ihm den Ablauf der Handlung erläuterte. Man musste Leo zugutehalten, dass er einen Anflug von Verunsicherung spürte, ein unbehagliches Gefühl, dass das, was Lana da vorschlug, moralisch falsch war und dass sie einen schrecklichen Preis dafür bezahlen müssten. Doch er verbannte den Gedanken schnell aus seinem Kopf. Als angehender Schauspieler wusste er, dass er ihren Wunsch nicht ausschlagen durfte. Er würde nie wieder eine Rolle wie diese angeboten bekommen. Die Tatsache, dass Leo mich hasste, half ihm, seine Skrupel zu überwinden. Er fand, ich hätte es verdient. Vielleicht hatte er recht.

Es Jason beizubringen, war um einiges kniffliger.

Lana versuchte, mit ihm zu reden, nachdem wir am

Nachmittag vom Strand zurückgekehrt waren. Sie stahl sich davon, um Jason bei der Ruine aufzusuchen, wo er jagte. Aber Jason war nicht allein. Kate war bei ihm.

Als Lana sah, wie die beiden sich küssten, wurde sie zornig. Es dauerte eine Weile, bis sie sich wieder beruhigt hatte. Sie stellte Kate zur Rede – auf dem Schnellboot, auf dem Weg ins Yialos.

»Du hast gesagt, es wäre vorbei«, flüsterte sie. »Das zwischen dir und ihm.«

»Ja und? Ist es doch auch.«

»Warum hast du ihn dann geküsst?«

»Bei der Ruine? Elliot hat uns beobachtet – ich hab gesehen, dass er sich dort versteckte. Ich musste ihm etwas vorspielen, mir blieb keine Wahl.«

»Nun, du warst sehr überzeugend. Gratuliere.«

Kate nahm den Rüffel mit einem Achselzucken hin. »Na schön, ich hab's verdient.« Sie warf Lana einen argwöhnischen Blick zu. »Wann willst du mit Jason reden? Du musst ihn warnen!«

Lana schüttelte den Kopf. »Ich werde ihm nichts sagen.«

»Wie bitte?« Kate sah sie fassungslos an. »Der Plan funktioniert nicht, wenn er es nicht weiß. Du bist die Einzige, die ihn zum Mitmachen bewegen kann, mir wird es bestimmt nicht gelingen, ihn dazu zu überreden.«

»Oh, wenn du willst, kannst du sehr überzeugend sein. Sieh es als schauspielerische Herausforderung an.«

»Das kannst du Jason nicht antun.«

»Das ist seine Strafe.«

»Das ist so was von abgefuckt!« Kate schnitt eine Grimasse. »Und *ich* muss dabei zusehen?«

»Ja.« Lana nickte. »Das ist *deine* Strafe.«

Ein paar Stunden später stand Lana vor einem Fenster des Gästehauses und sah Kate dabei zu, wie sie vor einem Ein-Mann-Publikum ihren Part performte.

»Jason wollte Lana nicht erschießen«, sagte ich. »Er wollte *dich* erschießen.«

Kate schüttelte den Kopf. »Du bist krank ... du bist ja völlig durchgeknallt!«

Sie durchlief in dieser Szene die gesamte Bandbreite an Emotionen – paranoid, verängstigt, wütend. Es war eine bravouröse Darbietung, wenngleich in Lanas Augen ein wenig übertrieben.

Kate schießt über das Ziel hinaus, dachte sie. *Allerdings scheint er ihr auf den Leim zu gehen – wie selbstgefällig er doch ist. Wie eitel. Würde er auch nur über ein Minimum an gesunder Selbsteinschätzung verfügen, würde er sie durchschauen. Aber er hält sich ja für so clever, hält sich für eine Art Gott. Doch er wird seine Lektion schon lernen. In die Schranken gewiesen werden.*

Im Gästehaus zog ich den Revolver aus der Hosentasche und drückte ihn in Kates Hände. Anschließend schickte ich sie zu Jason auf den Anleger.

Lana hielt sich in der Dunkelheit versteckt und wartete. Als sie Kate sah, trat sie auf den Pfad. Ihre Blicke begegneten sich. Sie tauschten die Waffen.

»Toi, toi, toi«, sagte Lana.

Kate sagte nichts. Sie starrte Lana für eine Sekunde an, dann machte sie kehrt und ging davon.

Lana folgte mir an den Strand. Sie postierte sich in der Dunkelheit – ein kleines Stück hinter mir. Anschließend schickte sie Nikos zu mir, damit er mich anpöbelte und mit vorgehaltenem Gewehr zwang, zum Anleger zu gehen, wo ich gedemütigt und brutal geschlagen wurde.

Lana beobachtete all dies, ihre blauen Augen leuchteten

in der Dunkelheit wie die Augen einer rachsüchtigen Göttin – grausam, mitleidlos. Sie beobachtete, wie ich, ihr Opfer, auf die Knie gezwungen wurde, um Gnade flehte, ihren Namen rief … bis mich ein Schuss zum Schweigen brachte.

Und Lanas Rache vollendet war.

5

Ich habe Ihnen einen Mord versprochen, nicht wahr? Wetten, Sie hätten niemals gedacht, dass es um meinen eigenen geht?

Nun, es tut mir leid, Sie zu enttäuschen – ich war gar nicht tot. Ich glaubte wirklich, mein letztes Stündlein auf der Erde hätte geschlagen. Der Schuss ließ mich bewusstlos werden. Ich erschrak zu Tode, wie man so schön sagt.

Ein Fuß stieß mich an und holte mich aus meiner Ohnmacht zurück.

»Weck ihn auf«, sagte Kate.

Nikos' Fuß stieß mich erneut an, diesmal fester. Ich öffnete die Augen, und die Welt um mich herum rückte wieder in den Fokus. Ich lag am Boden, auf der Seite. Vorsichtig setzte ich mich auf und betastete meine Schläfe – eine Schusswunde suchend.

»Entspann dich«, sagte Kate. »Die Waffe ist aus der Requisite.« Sie warf den Revolver auf den Boden. »Sind nur Platzpatronen drin.«

Ach so, dachte ich. *Natürlich.*

Kate war Schauspielerin, keine Mörderin. Ich hätte es wissen müssen.

Seinem Gesichtsausdruck nach zu urteilen, war Jason sogar noch überraschter als ich, dass ich noch atmete.

»*Was zur Hölle …?*« Jason starrte Kate ungläubig an. »Was geht hier vor?«

»Es tut mir leid. Ich wollte es dir sagen, aber sie hat mich nicht gelassen.«

»Wer? Wovon redest du?«

Kate setzte zu einer Antwort an, doch dann entdeckte sie Lana am Strand und verstummte. Jason folgte Kates Blick. Mit offenem Mund beobachtete er völlig entgeistert, wie Lana durch den Sand auf den Anleger zustrebte. Sie hielt Leos Hand. Hinter ihnen ging die Sonne auf, der Himmel war durchzogen mit roten Streifen.

Lana und Leo stiegen die Stufen zum Anleger herauf und traten zu den anderen.

»Lana?«, fragte Jason. »Was zur Hölle …? *Was soll das?*«

Lana ignorierte ihn, ging über seine Fragen hinweg, als hätte er gar nichts gesagt. Sie nahm Kates Hand fest in ihre. Sie sahen sich eine Sekunde lang an, dann wandten sie sich mir zu.

Sie standen alle in einer Reihe – wie Schauspieler vor dem Vorhang, bereit, sich zu verbeugen. Lana, Kate, Agathi, Nikos, Leo. Nur Jason stand abseits, fehl am Platz, verwirrt. Sogar ich verstand besser, was passiert war, als er.

Tatsächlich verstand ich alles nur allzu gut.

Mit einiger Mühe kam ich auf die Beine. Ich klatschte dreimal, voller Sarkasmus. Dann versuchte ich zu sprechen – doch mein Mund füllte sich mit Blut. Ich spuckte das Blut auf den Boden und versuchte es erneut, was nicht leicht war mit einem gebrochenen Kiefer. Ich brachte nur ein einziges Wort über die Lippen: »*Warum?*«

Anstelle einer Antwort zauberte Lana mein Notizbuch hervor. »Du hättest das nicht herumliegen lassen sollen.« Sie schleuderte das Buch zu mir. Es prallte fest gegen meine Brust.

»Ich dachte, du wärest anders«, stieß sie hervor. »Ich dachte, du wärest mein Freund. Aber das bist du nicht. Du bist niemandes Freund. Du bist *nichts.*«

Ich erkannte Lana nicht wieder. Sie klang wie ein anderer Mensch. Hart, unbarmherzig. Hasserfüllt sah sie mich an –

es gibt kein anderes Wort, um ihren Gesichtsausdruck zu beschreiben.

»Lana, bitte …«

»Halte dich von mir fern«, sagte sie. »Halte dich von meiner Familie fern. Sollte ich dich noch einmal sehen, ganz gleich, wann, werde ich die Polizei rufen – und du wirst ins Gefängnis wandern.«

Sie wandte sich an Agathi. »Sorg dafür, dass er von der Insel verschwindet.«

Anschließend drehte sie sich um und schickte sich an, den Anleger zu verlassen. Jason streckte die Hand nach ihr aus, doch sie schlug sie empört weg. Ohne auch nur einen Blick zurückzuwerfen, stieg sie die Stufen hinunter und ging über den Sand davon, allein.

Es entstand eine kurze Pause, dann änderte sich beinahe schlagartig die Stimmung. Plötzlich brach Leo das Schweigen, indem er schallend anfing zu lachen – ein schrilles, kindisches Lachen.

Lachend deutete er auf mich. »Seht nur: Er hat sich angepisst! Was für ein Freak.«

Kate lachte ebenfalls, nahm Leos Arm und drückte ihn. »Komm, mein Schatz. Lass uns gehen.«

Sie hielten auf die Stufen zu.

»Du hast fantastisch gespielt«, sagte Leo. »Total echt. Ich möchte auch Schauspieler werden.«

»Ich weiß. Deine Mutter hat es mir erzählt. Ich halte das für eine ausgezeichnete Idee.«

»Bringst du es mir bei?«

»Ich kann dir mit Sicherheit ein paar Tipps geben.« Kate lächelte. »Das Wichtigste ist natürlich, dass du ein gutes Publikum hast.«

Sie warf mir einen letzten triumphierenden Blick zu, dann stieg sie die Stufen hinunter. Leo und die anderen folgten ihr.

In einer Reihe wie bei einer Prozession überquerten sie den Strand. Kate und Leo voran, ein kleines Stück dahinter Nikos, der Agathi mit seinem Arm stützte. Den Kopf gesenkt, die Hände vor Zorn zu Fäusten geballt, bildete Jason das Schlusslicht.

Während sie sich entfernten, konnte ich Kate und Leo reden hören.

»Ich weiß nicht, wie es dir geht«, sagte Kate, »aber ich denke, das Ganze schreit danach, begossen zu werden. Wie wär's mit einer superteuren Flasche Blubberwasser?«

»Gute Idee. Ich trinke vielleicht auch ein Glas.«

»Ach, Leo.« Kate drückte ihm einen Kuss auf die Wange. »Es besteht ja tatsächlich noch Hoffnung für dich.«

Als sie weiter weg waren, verklangen ihre Stimmen – doch ich hörte immer noch Leos kindisches Gelächter.

Es hallte in meinem Kopf wider.

Würde ich auch nur einen Funken Verstand besitzen, würde ich an dieser Stelle aufhören. Ich würde Ihre Getränke bezahlen und hastig aus der Bar schwanken. Würde Sie mit dieser abschreckenden Geschichte allein lassen und zusehen, dass ich aus der Stadt verschwinde, bevor mir noch etwas entschlüpft, was ich besser nicht sagen sollte.

Aber mir bleibt keine Wahl – ich muss weitererzählen. Dies zeichnete sich von Anfang an ab, warf einen Schatten auf mich, seit ich mich hingesetzt habe, um Ihnen diese Geschichte zu erzählen.

Sie sehen, mein Porträt ist nicht vollständig. Noch nicht. Es fehlen ein paar kleine Details. Einige wenige Pinselstriche hier und dort, um es zu vollenden.

Seltsam, dass ich dieses Wort verwendet habe – *Porträt.*

Ich denke schon, dass es sich um ein Porträt handelt. Aber von wem?

Anfangs dachte ich, es wäre ein Porträt von Lana. Jetzt allerdings vermute ich langsam, dass es ein Porträt von mir ist. Ein beängstigender Gedanke. Es ist nichts, was ich gern sehen würde, diese abscheuliche Darstellung meiner selbst.

Aber wir müssen uns noch ein letztes Mal damit auseinandersetzen, Sie und ich – um diese Geschichte zu Ende zu bringen.

Ich warne Sie, es ist kein schöner Anblick.

6

Der Morgen graute. Ich war allein auf dem Anleger. Ich verspürte schrecklichen Schmerz. Ich wusste nicht, was am meisten wehtat: mein gepeinigtes Kreuz, wo Nikos mich mit dem Gewehrkolben geschlagen hatte, meine gebrochenen Rippen oder mein pochender Kiefer. Ich zuckte zusammen, als ich die Stufen zum Strand hinuntertaumelte.

Ich wusste nicht, wohin ich ging – ich konnte nirgendwohin. Also humpelte ich einfach über den Sand, an der Brandung entlang.

Währenddessen versuchte ich, einen Sinn in dem zu erkennen, was gerade passiert war.

Es genügt zu sagen, dass mein Plan nicht so aufgegangen war, wie ich gehofft hatte. In meiner Fassung wären Lana und ich jetzt zusammen, im Haus, und warteten auf das Eintreffen der Polizei. Ich würde sie trösten – ihr erklären, dass Jasons Tod ein bedauernswerter, wenn nicht gar tragischer Unfall war.

Ich hatte keine Ahnung, dass die Dinge derart aus dem Ruder laufen würden, würde ich zu Lana sagen und dabei gegen die Tränen ankämpfen. *Dass Kate tatsächlich eine Waffe mitbringen und diese dann auch noch benutzen würde …*

Ich würde Lana sagen, dass ich mich niemals von dem entsetzlichen Anblick erholen würde, wie Kate am Strand mehrfach in unbändigem, alkoholbefeuertem Zorn auf Jason schoss.

Das wäre meine Geschichte, und dabei würde ich bleiben.

Kate würde eine andere Geschichte erzählen – aber mein

Wort stünde gegen ihres. Mehr würde nicht übrig bleiben – Worte, Erinnerungen, Vorwürfe, Mutmaßungen, vom Wind verweht. Nichts Echtes. Nichts Greifbares. Die Polizei, oder, noch wichtiger, Lana würde schlussendlich mein Wort über das von Kate stellen, denn Kate hätte schließlich gerade kaltblütig Lanas Ehemann erschossen.

»Ich fühle mich so schuldig«, würde ich behaupten. »Das alles ist meine Schuld …«

»Nein«, würde Lana dagegenhalten. »Es ist meine. Ich hätte mich niemals auf diese verrückte Idee einlassen dürfen.«

»Ich habe dich überredet, und das werde ich mir nie verzeihen. Niemals …«

Und so weiter und so fort. Wir würden einander trösten und jeder die Schuld auf uns nehmen. Wir wären verzweifelt, aber wir würden uns erholen. Wir wären vereint, sie und ich – vereint in unserer Schuld. Wir würden glücklich leben bis ans Ende unserer Tage.

So hatte die Geschichte enden sollen.

Doch dann entdeckte Lana mein Notizbuch.

Was wirklich bedauerlich war, denn es las sich schlecht, das sehe ich ein. Worte, im Zorn niedergeschrieben; Ideen, aus dem Kontext gerissen; intime Fantasien, von denen niemals jemand hätte erfahren sollen – schon gar nicht Lana.

Hätte sie mich doch bloß geweckt, gleich an Ort und Stelle, nachdem sie das Notizbuch gefunden hatte! Hätte sie mich doch bloß zur Rede gestellt, dann hätte ich ihr alles erklären können. Ich hätte es ihr verständlich machen können, doch diese Chance gab sie mir nicht.

Warum nicht? Mit Sicherheit hatte sie in den letzten Tagen genauso schreckliche Dinge über *Kate* in Erfahrung gebracht. Trotzdem war es Lana möglich, ihr zu vergeben. Warum nicht mir?

Ich stelle mir vor, dass es Kate war, die Lana auf die Idee brachte. Genau wie ich hatte sie immer brillante Ideen. Ich stelle mir vor, wie viel Spaß es ihnen machte, das Skript zu verfassen und ihren Auftritt zu proben. Wie sie über mich lachten, die ganze Zeit, während sie mir zusahen, wie ich mich auf der Insel zum Narren machte. Wie sie mich in dem Glauben ließen, ich wäre der Autor dieses Stücks – dabei war ich nur das Publikum.

Wie hatte Lana mir das antun können? Ich verstand nicht, wie sie so grausam sein konnte. Diese Strafe übertraf mein Vergehen bei Weitem. Man hatte mich gedemütigt, eingeschüchtert, aller Würde und Menschlichkeit beraubt, reduziert auf nichts als Rotz und Tränen: auf ein Kind, das weinend im Dreck liegt.

So viel zum Thema Freundschaft. So viel zum Thema Liebe.

Während ich weiter am Strand entlanghumpelte, wurde ich zunehmend zorniger. Ich hatte das Gefühl, wieder in der Schule zu sein. Schikaniert zu werden. Misshandelt. Nur dass es diesmal keine Hoffnung gab, dem zu entkommen. Kein zukünftiges Glück mit Lana, auf das ich mich freuen konnte. Ich war hier gefangen, bis in alle Ewigkeit.

Ohne es zu merken, war ich zur Ruine zurückgekehrt und stand in dem Kreis aus umgestürzten, zerbrochenen Säulen.

Im Licht der Morgendämmerung wirkte die Ruine trostlos und unheimlich.

Plötzlich waren überall Wespen, die mich umschwirrten wie ein schwarzer Nebel. Wespen krabbelten über die Marmorsäulen, krabbelten über die Erde. Sie krabbelten über meine Hand, als ich sie in den Rosmarinstrauch steckte. Wespen krabbelten über das Gewehr, als ich es herauszog.

Ich wollte gerade weitergehen, als ich etwas sah, was mich erstarren ließ.

Man sagt, der Wind macht einen verrückt. Und genau das muss er mit mir gemacht haben – ich muss für einen Moment den Verstand verloren haben. Denn ich beobachtete etwas, was unmöglich real sein konnte. Dort, vor mir, strömten Windböen aus allen Richtungen zusammen, bildeten eine Art Strudel, formten eine gigantische Spirale aus Wind.

Einen Wirbelwind, der strudelnd in der Luft kreiste.

Ringsherum war es vollkommen still. Nicht einmal der Hauch einer Brise war zu spüren. Kein Blatt bewegte sich. Die ganze Gewalt, der ganze Zorn des Sturms konzentrierte sich hier, in dieser wirbelnden Masse.

Ich starrte sie ehrfürchtig an, denn ich wusste, was sie war.

Ich wusste mit unumstößlicher Gewissheit, dass ich es hier mit Aura höchstpersönlich zu tun hatte. Das hier war die Göttin – Furcht einflößend, rachedurstig, voller Zorn. Sie war der Wind.

Und sie war meinetwegen hier.

Kaum war mir dieser Gedanke gekommen, brauste der Wind auf mich zu. Er drang in meinen offenen Mund ein, fuhr durch meine Kehle und erfüllte meinen Körper. Er blähte mich auf, ließ mich wachsen, anschwellen, so sehr, dass meine Lungen beinahe platzten. Der Wind strömte durch meine Adern, wirbelte um mein Herz.

Der Wind verzehrte mich, und ich wurde zu ihm.

Ich wurde der Zorn.

7

Lana ging in die Küche. Die anderen folgten ihr, doch sie nahm ihre Anwesenheit kaum wahr.

Sie schaute aus dem Fenster in den sich aufhellenden Himmel – tief in Gedanken versunken, aber frei von Bestürzung oder Kummer.

Lana fühlte sich seltsam ruhig, als hätte sie eine erholsame Nacht verbracht und wäre gerade erst aus tiefem Schlaf erwacht. So klar hatte sie sich schon lange nicht mehr gefühlt.

Sie werden vielleicht vermuten, dass sie an mich dachte, aber da liegen Sie falsch. Ich war fast gänzlich aus ihren Gedanken verschwunden, als hätte ich nie existiert.

Und mit meinem Verschwinden entstand dann diese neue Klarheit. Alles, wovor Lana sich so sehr gefürchtet hatte – Einsamkeit, Verlust, Schuldgefühle –, machte ihr jetzt nichts mehr aus. All die zwischenmenschlichen Beziehungen, die sie für unerlässlich gehalten hatte, um glücklich zu sein, bedeuteten ihr nichts mehr. Endlich erkannte sie die Wahrheit – dass sie allein war, immer schon allein gewesen war.

Warum war ihr das so beängstigend erschienen? Sie brauchte Kate nicht, genauso wenig wie Jason. Sie würde sie freigeben, alle. Sie würde ihre Geiseln freilassen. Sie würde Agathi ein Grundstück in Griechenland kaufen, ein Haus und ein Leben, anstatt von ihr zu verlangen, sich für Lanas Angst zu opfern. Lana hatte keine Angst mehr. Sie würde Leo sein eigenes Leben leben lassen, seine eigenen Träume verfolgen lassen. Was gab ihr das Recht, ihn festzuhalten, sich an ihn zu klammern?

Und Jason? Sie würde ihn auf die Straße werfen. Sollte er doch ins Gefängnis wandern oder in die Hölle – er bedeutete ihr nichts mehr.

Sie konnte es kaum erwarten, von der Insel fortzukommen, wollte weg, so schnell wie möglich. Sie würde nie mehr hierher zurückkehren, und sie würde auch London verlassen, das wusste sie.

Doch wohin sollte sie gehen? Sollte sie ziellos durch die Welt schweifen, für immer verloren? Nein. Sie war nicht mehr verloren. Der Nebel hatte sich gelichtet, der Weg war jetzt frei. Die Reise, die vor ihr lag, klar zu erkennen.

Sie würde nach Hause fahren.

Nach Hause. Bei diesem Gedanken fühlte sie, wie sich ihr Herz erwärmte.

Sie würde nach Kalifornien zurückkehren, nach Los Angeles. All die Jahre über war sie davongelaufen, geflohen vor der Person, die sie war, geflohen vor dem Einzigen, was ihr Bedeutung verlieh. Jetzt würde sie sich endlich ihrem Schicksal stellen, es annehmen. Sie würde wieder nach Hollywood gehen, wo sie hingehörte. Sie würde wieder arbeiten.

Lana fühlte sich so gestärkt wie ein Phönix, der aus der Asche aufstieg. Kraftvoll und furchtlos. Allein, aber nicht furchtsam. Es gab nichts, wovor sie sich fürchten musste. Sie fühlte sich … wie? Wie konnte man dieses Gefühl bezeichnen? Beschwingt? Ja, das war es. Voller Freude. Sie fühlte sich erfüllt von Freude.

Lana hörte nicht, dass ich in die Küche kam. Ich hatte das Haus durch die Hintertür betreten. War lautlos durch den Flur geschlichen, als ich sie alle vernahm, in der Küche, wo sie einander zu ihrer erfolgreichen Inszenierung gratulierten. Ich hörte Gelächter und das Ploppen von Champagnerkorken.

Als ich eintrat, schenkte Agathi Champagner in eine Reihe von Gläsern. Sie bemerkte mich zunächst nicht – doch dann sah sie mehrere Wespen auf der Anrichte. Sie schaute auf.

Sah mich auf der Türschwelle stehen und warf mir einen befremdeten Blick zu. Es musste an den Wespen liegen, die auf mir herumkrabbelten, dass sie mich so anstarrte.

»In zwanzig Minuten kommt ein Wassertaxi«, teilte Agathi mir mit. »Du solltest deine Sachen packen.«

Ich erwiderte nichts. Verharrte bloß an Ort und Stelle und schaute Lana an.

Lana stand abseits von den anderen am Fenster und schaute hinaus. Wie schön sie in diesem frühmorgendlichen Licht aussah, dachte ich. Die Sonne spiegelte sich im Fenster wider und bildete eine Art Heiligenschein um ihren Kopf. Sie sah aus wie ein Engel.

»Lana?«, sagte ich mit leiser Stimme.

Ich klang ganz ruhig. Wirkte nach außen hin ruhig. Aber in der mit einem Vorhängeschloss versehenen Zelle in meinem Kopf, in der ich es gefangen hielt, hörte ich das Kind, das zum Leben erwachte wie ein Golem. Das jammerte und schrie und mit den Fäusten gegen die Zellentür hämmerte, heulend vor Zorn.

Wieder einmal misshandelt. Wieder einmal gedemütigt. Und schlimmer noch, sehr viel schlimmer: All seine düstersten Ängste, all die schrecklichen Dinge, die – wie ich ihm weisgemacht hatte – gar nicht der Wahrheit entsprachen, waren ihm soeben von dem einzigen Menschen, den es wirklich liebte, bestätigt worden. Lana hatte dem Kind klipp und klar zu verstehen gegeben, was es wirklich war: unerwünscht, ungeliebt, ein Hochstapler. Ein *Freak*.

Ich konnte hören, wie es ausbrach, aus seiner Zelle stürmte – heulend wie ein Dämon. Es hörte nicht auf zu schreien, ein grauenvoller, angsteinflößender Schrei.

Ich wünschte mir, es würde aufhören.

Und dann wurde mir klar, dass es nicht das Kind war, das schrie.

Ich war es.

Lana fuhr herum und starrte mich alarmiert an. Ihre Augen weiteten sich, als ich das Gewehr hinter meinem Rücken hervorholte.

Ich richtete es auf sie.

Bevor mich jemand aufhalten konnte, drückte ich ab.

Ich feuerte dreimal.

Und so, mein Freund, endet die traurige Geschichte, wie es dazu kam, dass ich Lana Farrar ermordete.

EPILOG

Neulich hatte ich Besuch.

Ich bekomme nicht oft Besuch, müssen Sie wissen. Es war daher schön, ein vertrautes Gesicht zu sehen.

Es war meine frühere Therapeutin. Mariana.

Sie war gekommen, um einen Kollegen zu besuchen, und weil sie dachte, zwei Fliegen mit einer Klappe schlagen zu können, schaute sie auch bei mir vorbei. Was diese Ehre ein wenig abminderte, aber so war es nun mal. Heutzutage muss man nehmen, was man kriegen kann.

Mariana sah gut aus, den Umständen entsprechend. Ihr Ehemann war vor ein paar Jahren gestorben, und sie war untröstlich gewesen. Am Boden. Ich weiß, wie sich so etwas anfühlt.

»Wie geht es Ihnen?«, erkundigte ich mich.

»Mir geht es gut.« Mariana lächelte verhalten. »So halbwegs. Und Ihnen? Wie kommen Sie hier zurecht?«

Ich zuckte mit den Achseln und antwortete die üblichen Banalitäten: Man müsse das Beste aus allem machen, und nichts wäre für die Ewigkeit. »Ich habe jede Menge Zeit zum Nachdenken. Vielleicht zu viel.«

Mariana nickte. »Und was denken Sie so über alles?«

Ich lächelte, doch ich erwiderte nichts. Was sollte ich auch sagen? Wie könnte ich ihr die Wahrheit verständlich machen?

Als hätte sie meine Gedanken gelesen, fragte Mariana: »Haben Sie schon mal überlegt, das Ganze aufzuschreiben? Alles, was auf der Insel passiert ist?«

»Nein. Das kann ich nicht.«

»Warum nicht? Es könnte hilfreich sein, die Geschichte zu erzählen.«

»Ich werde darüber nachdenken.«

»Sie klingen nicht sehr begeistert.«

»Mariana«, ich lächelte, »ich bin ein professioneller Autor.«

»Und was heißt das?«

»Das heißt, dass ich nur für ein Publikum schreibe. Ansonsten ergibt es keinen Sinn.«

Mariana wirkte amüsiert. »Glauben Sie das wirklich, Elliot? Dass es ohne Publikum keinen Sinn ergibt?« Sie lächelte, als wäre ihr gerade ein Gedanke gekommen. »Das erinnert mich an etwas, was Winnicott gesagt hat – über das ›wahre Selbst‹. Er vertritt die Ansicht, der einzige Zugriff darauf erfolge über das *Spielen.*«

Ich missverstand, was Mariana meinte, und spitzte die Ohren.

»Ein Schauspiel? Tatsächlich?«

»Kein Schauspiel.« Mariana schüttelte den Kopf. »*Spielen* – das Verb.«

»Oh, ich verstehe«, sagte ich, das Interesse verlierend.

»Er meinte, dass unser wahres Selbst nur dann zum Vorschein kommt, wenn niemand da ist, dem wir etwas vorspielen können – kein Publikum, kein Applaus. Keine Erwartung, die erfüllt werden soll. Ich nehme an, weil spielen keinen praktischen Zweck erfüllt und keine Belohnung erfordert. Das Spielen selbst ist die Belohnung.«

»Verstehe.«

»Schreiben Sie Ihre Geschichte nicht für ein Publikum auf, Elliot. Schreiben Sie sie für sich selbst.« Mariana sah mich ermutigend an. »Schreiben Sie sie für das Kind.«

Ich lächelte höflich. »Ich werde darüber nachdenken.«

Bevor sie sich verabschiedete, sagte Mariana noch, dass

es mir womöglich helfen würde, mit ihrem Kollegen zu sprechen, dem, den sie hier besuchte. »Sie sollten ihm zumindest Hallo sagen. Sie werden ihn sicher mögen. Man kann sich sehr gut mit ihm unterhalten. Es wird Ihnen helfen, davon bin ich überzeugt.«

»Vielleicht tue ich das tatsächlich.« Ich lächelte. »Ich könnte jemanden zum Reden gebrauchen.«

»Gut.« Sie wirkte erfreut. »Sein Name ist Theo.«

»Theo. Arbeitet er hier als Therapeut?«

»Nein.« Mariana zögerte. Für den Bruchteil einer Sekunde machte sie einen betretenen Eindruck. »Er ist ein Insasse, genau wie Sie.«

Als Schriftsteller neige ich dazu, der Realität zu entfliehen, Dinge zu erfinden und Geschichten zu erzählen.

Mariana hat mich einmal in einer Therapiesitzung danach gefragt, sich erkundigt, warum ich mein Leben damit verbringe, mir Begebenheiten auszudenken. Warum ich schreibe. Warum ich kreativ bin.

Ich war überrascht, dass sie das fragen musste. Für mich war die Antwort schmerzlich offensichtlich. Ich war kreativ, weil ich als Kind unzufrieden war mit der Realität, die ich ertragen musste. Also schuf ich in meiner Fantasie eine neue.

Ich nehme an, genau so entsteht Kreativität – aus dem Wunsch heraus, der Realität zu entfliehen.

Diese Überlegung im Hinterkopf, befolgte ich Marianas Rat. Würde ich meine Geschichte aufschreiben, könnte ich mich womöglich davon befreien. Und wie sie mir empfohlen hatte, schrieb ich nicht für ein Publikum, schrieb kein Bühnenstück. Ich schrieb für mich selbst.

Nun, das stimmt vielleicht nicht ganz.

Als ich mich zum ersten Mal an den schmalen Schreibtisch in meiner Zelle setzte, um zu schreiben, verspürte ich eine seltsame, dissoziierte Angst. Früher hätte ich sie ignoriert, hätte mir eine Zigarette angezündet oder eine weitere Tasse Kaffee oder einen Drink eingeschenkt, um mich abzulenken.

Nun aber wusste ich, dass es das Kind war, das Angst hatte, nicht ich. Seine Gedanken rasten, es hatte Angst vor diesem Unterfangen. Wer mochte das Geschriebene lesen, wer würde die Wahrheit über das Kind erfahren, und mit welchen Konsequenzen müsste es rechnen? Ich sagte ihm, es solle sich keine Sorgen machen, ich würde es nicht im Stich lassen. Wir saßen im selben Boot, das Kind und ich, bis zum bitteren Ende.

Ich nahm das Kind und setzte es behutsam neben mich auf das Einzelbett. Ich sagte ihm, es solle sich beruhigen – und ich erzählte ihm eine Gutenachtgeschichte.

Dies ist eine Geschichte für all diejenigen, die jemals geliebt haben, fing ich an.

Es war wahrscheinlich eine ziemlich ungewöhnliche Gutenachtgeschichte, voller Abenteuer, mit guten und schlechten Figuren, Heldinnen und bösen Hexen.

Ich muss sagen, ich bin ziemlich stolz darauf. Es ist eine der besten Geschichten, die ich je erzählt habe. Und es ist gewiss die ehrlichste.

Erlauben Sie mir, im Sinne dieser Ehrlichkeit eine letzte Geschichte zum Besten zu geben, bevor wir uns verabschieden. Eine Geschichte über mich und Barbara West und die Nacht, in der sie starb.

Ich denke, Sie werden sie aufschlussreich finden.

Nachdem Barbara die Stufen hinuntergestürzt war, eilte ich zu ihr nach unten.

Ich untersuchte den am Fuß der Treppe liegenden Körper. Erst als ich mir sicher sein konnte, dass sie tot war, richtete ich mich auf und ging in ihr Arbeitszimmer. Bevor ich den Rettungswagen rief, wollte ich mir Gewissheit verschaffen, dass sie nichts Belastendes hinterlassen hatte. Womöglich hatte sie schriftliche oder fotografische Beweise für all die Dinge, die sie mir vorgeworfen hatte. Ich traute Barbara durchaus zu, ein geheimes Tagebuch zu führen, in dem sie meine Vergehen detailliert festhielt.

Daher ging ich methodisch ihre Schreibtischschubladen durch – bis ich endlich, ganz hinten in der untersten Schublade, auf etwas Unerwartetes stieß. Sieben dünne Notizbücher, mit einem Gummiband zusammengehalten.

Ein Tagebuch, dachte ich, als ich das Gummiband löste und eins nach dem anderen aufschlug. Schnell realisierte ich, dass das, was ich da in den Händen hielt, kein Tagebuch war.

Es handelte sich um ein handgeschriebenes Bühnenstück – von Barbara West.

Es ging darin um sie und mich, um unser gemeinsames Leben. Es war das Niederträchtigste, Verheerendste, Brillanteste, was ich je gelesen hatte.

Und was tat ich?

Ich riss die Titelseite heraus und machte das Stück zu meinem eigenen.

Wissen Sie, ich bin nicht wirklich ein Schriftsteller. Ich habe kein echtes Talent für irgendetwas – außer fürs Lügen. Und ich bin ganz sicher kein guter Geschichtenschreiber.

Seien wir ehrlich, ich konnte nicht einmal einen Mord planen.

Ich hatte immer nur *eine* Geschichte zu erzählen. Und jetzt, da ich sie erzählt habe, kann ich mich nicht dazu durchringen, sie zu vernichten. Stattdessen werde ich sie bis zu meinem Tod wegsperren. Wenn alles nach Plan läuft, kann sie posthum veröffentlicht werden. Die damit verbundene Intrige sollte sie zum Bestseller machen – was mir große Freude bereiten wird, sogar im Grab.

Scherz beiseite. Wenn Sie dies lesen, lesen Sie die Worte eines toten Mannes. Das ist die letzte Wendung. Ich bin auch nicht lebend davongekommen. Am Ende tut das keiner.

Aber lassen Sie uns nicht näher darauf eingehen.

Lassen Sie uns stattdessen so enden, wie wir begonnen haben – mit Lana.

Ich kann nicht glauben, dass sie tot ist. Selbst jetzt noch, nach all der Zeit, akzeptiere ich ihren Tod nicht. Das liegt daran, dass sie in meiner Erinnerung weiterlebt.

Und wenn ich allein bin oder mich fürchte oder sie vermisse – was ich ständig tue –, muss ich nur die Augen schließen.

Dann bin ich wieder da, ein kleiner Junge im Kino, in der fünfzehnten Reihe.

Und ich betrachte sie, lächelnd in der Dunkelheit.

DANK

Es ist niemandem möglich, ein Buch wie dieses zu schreiben, ohne dabei auf Größen aufzubauen, die dies zuerst und sehr viel besser getan haben. Daher möchte ich Schriftstellerinnen und Schriftstellern wie Agatha Christie, Anthony Shaffer, Patricia Highsmith und Ford Madox Ford meine Dankbarkeit bekunden, die mich zu *Die Insel des Zorns* inspiriert haben.

Es heißt, man braucht ein ganzes Dorf, um ein Kind aufzuziehen – und nie entpuppte sich ein Sprichwort als so zutreffend wie bei diesem Buch. Sehr viele Leute haben mir dabei geholfen. Es hat mir großen Spaß gemacht, diese Geschichte zu schreiben und diese Welt zu erkunden, aber manchmal fühlte ich mich ernstlich verloren. Meine brillanten Lektoren – Ryan Doherty von Celadon und Joel Richardson von Michael Joseph – sowie mein unvergleichlicher Agent Sam Copeland haben mich stets auf den Weg zurückgeführt. Ich danke euch, meine Freunde – ihr seid weit über eure Pflicht hinausgegangen.

Ich möchte meinen Verlegern in den USA und Großbritannien für ihre hervorragende Arbeit danken. Ihr unermüdlicher Einsatz und herausragendes Talent überwältigen mich. Bei Celadon schulde ich Deb Futter, Jamie Raab, Rachel Chou, Christine Mykityshyn und Anne Twomey ein großes Dankeschön. Außerdem möchte ich mich bei Jennifer Jackson, Jaime Noven, Sandra Moore, Rebecca Ritchey, Cecily van Buren-Freedman, Liza Buell, Rani Kramer und Julia Sikora bedanken. Danke, Will Staehle und Erin Cahill, für das fantastische Cover. Danke, Jeremy Pink, Vincent

Stanley, Emily Walters und Steve Boldt in der Herstellung. Ein großes Dankeschön außerdem an den Vertrieb von Macmillan.

Bei Michael Joseph möchte ich mich bei Louise Moore, Maxine Hitchcock, Grace Long und Sarah Bance bedanken. Außerdem bei Ellie Hughes, Sriya Varadharajan, Vicky Photiou, Hattie Evans und Lee Motley.

Bei Rogers, Coleridge & White schulde ich Peter Straus, Honor Spreckley, David Dunn, Nelka Bell und Chris Bentley-Smith großen Dank. Ein ganz besonderes Dankeschön an die Agenten für ausländische Lizenzen, die schlichtweg die besten ihrer Branche sind – Tristan Kendrick, Aanya Dave, Katharina Volckmer, Stephen Edwards und Sam Coates.

Ich möchte auch Nedie Antoniades danken, die die Geschichte noch im Keim mit mir zusammen ausgetüftelt und die Figur Nikos mit aus der Taufe gehoben hat. Danke für eure unglaublich hilfreichen Anmerkungen, die die letzten Entwürfe entscheidend verbessert haben – Sophie Hannah, Hannah Beckerman, Hal Jensen, David Fraser, Emily Holt und Uma Thurman.

Danke, Ivan Fernandez Soto, für deine Hilfe und deinen fundierten Rat. Danke, Katie Haines, dass du so ein Genie bist und immer dafür sorgst, dass alles so viel Spaß macht. Danke, Olga Mavropoulou, dafür, dass du mir deinen wundervollen Namen geliehen hast.

Zum Schluss danke ich meinen Eltern George und Christine Michaelides sowie meinen Schwestern Emily Holt und Vicky Holt für ihre große Unterstützung.